서은수 장편소설

공주, 선비를 탐하다 1

ⓒ서은수 2025

1판 1쇄 인쇄	2025년 7월 1일
1판 1쇄 발행	2025년 7월 15일
지은이	서은수
펴낸이	박대일
교정	이문영 · 김래현
편집	이문영 · 이주현 · 김래현 · 임지원 · 남혜인
마케팅	임유미
디자인	디자인그룹 헌드레드
조판	박현주
펴낸곳	파란미디어
출판등록	2004년 9월 14일 제313-2004-00214호
주소	03992 서울시 마포구 동교로23길 14 국제빌딩 6층
전화	02.3141.5589 영업부 070.4616.2012 편집부
팩스	02.6499.5589
전자우편	paranbook@gmail.com
카페	http://cafe.naver.com/paranmedia
인스타그램	@paranmedia
ISBN	979-11-7259-109-0(04810)
	979-11-7259-108-3(전3권)

* 이 책의 판권은 지은이와 파란미디어에 있습니다.
　이 책 내용의 전부 또는 일부를 재사용하려면 반드시 양측의 서면 동의를 받아야 합니다.
* 잘못된 책은 구입하신 서점에서 바꾸어 드립니다.

목사

1. 푸른달의 첫 만남 ·· 7
2. 공주 은명 ·· 57
3. 포악한 성정의 공주, 그 소문과 진실 ················· 79
4. 재회 그리고 상흔 ··· 121
5. 최악의 신붓감 ··· 173
6. 사제지간(師弟之間) ·· 203
7. 선택의 시간 ·· 239
8. 강릉, 명이 아가씨(1) ······································· 307

푸른달의 첫 만남

세상이 온통 연둣빛으로 물든 푸른달 초순. 시원스레 반듯한 외모에 호리호리한 몸집의 한 소년이 건장한 무사의 호위를 받으며 충청도의 어느 고을에 첫발을 내디뎠다.

아직 관례도 치르지 않았을 앳된 얼굴이지만 소년은 이미 상투를 틀어 갓을 쓰고, 흰색 도포에 쪽빛 쾌자를 말끔히 차려입은 모습이었다. 그 외양이 어찌나 새뜻하면서도 맵시가 나는지, 근처를 지나던 고을 사람들은 너나 할 것 없이 흘끔흘끔 어린 선비를 훔쳐보느라 여념이 없었다.

"대체 뉘 댁 도련님이시랴. 옆 고을에서 온 분도 아닌 것 같은디."

"저 귀티 나는 얼굴 좀 봐. 시상에, 성 진사 댁 애기씨보다 훨 곱구먼!"

"기여? 오메…… 몇 년만 지나면 여인네들이 밤잠도 못 자고 설쳐대겄어."

소곤소곤 귀엣말을 주고받다 호호거리는 부녀자들의 속살거림이 곳곳에서 날아왔다. 봄날의 노곤한 오후, 일상에 지친 순진한 아낙들이 아름다운 외모의 어린 선비 하나를 눈요기 삼아 오후의 권태를 극복하는 것이리라.

고단한 여정의 끝, 막 발을 디딘 고을의 첫인상은 정겹고 순박했다. 낯선 곳에 들어서며 신경을 곤두세웠던 호위무사 치경은 눈매를 부드럽게 이완했다. 보는 이로 하여금 위압감마저 느끼게 하는 거구의 그였지만 어린 상전을 바라보는 두 눈엔 온화함과 자랑스러움만 그득했다.

"어?"

잠깐 경계를 늦춘 사이, 소년이 외마디 소리를 흘렸다. 그새 흥미로운 것이라도 발견했는지 갑자기 방향을 바꿔 옆길로 빠르게 나아갔다. 평소 궁금증을 참지 못하는 소년의 성정이 그대로 드러나는 듯해 치경은 미소를 띤 채 뒤를 따랐다.

작은 저자가 형성되어 있는 고을의 번화가. 물건값을 흥정하는 데 정신없어야 할 장 안 사람들이 다른 일로 복작복작 시끄러웠다. 두 갈래로 나누어진 무리가 길가 양쪽 끝으로 각각 붙어 서서 저 멀리 다가오고 있는 어떠한 행렬을 주시했다. 인파가 한데 모인 복잡한 상황이라 치경은 그들을 헤치고 앞서 나가 무슨 일인지 알아보고 돌아왔다.

"노비들입니다. 이번 변란 때 참수된 자들의 일족과 그 사노

들로 보입니다."

"그렇군."

구경꾼들에게서 크게 세 발짝쯤 물러나 있던 서율은 고운 미간을 찌푸렸다. 이 지긋지긋한 피바람은 과연 언제쯤이면 멈추게 될는지. 저도 모르게 연상된 과거의 기억이 힘겨워 억지로 머릿속을 비우는데 가까이서 또랑또랑한 여자아이의 음성이 들렸다.

"그럼 저들은 모두 이번에 새로 관노비가 된 자들이냐?"

소리가 나는 쪽을 동시에 내려다본 서율과 치경은 일순 환청을 들은 게 아닐까 착각이 일었다. 기껏해야 서율의 가슴팍에 닿을까 말까 할 정도로 조그마한 계집아이가 꼬질꼬질한 무명옷을 걸쳐 입고 그들을 빤히 올려다보고 있었다.

서율은 한쪽 눈썹을 산처럼 삐죽 치켜세웠고, 치경은 고개를 비스듬히 기울였다. 믿을 수 없는 상황에 살짝 멍해 있던 그들은 곧 평온을 되찾았다. 척 봐도 사대부인 서율과 건장한 어른인 치경에게 저 아이가 반말지거리를 했을 리 없다. 아무래도 우리가 잘못 들은 것 같다고 넘어가려 했는데 밤톨만 한 저 아이, 두 사람의 순간적인 착각을 단숨에 깨부쉈다.

"뭘 그리 멍청하게 보고만 있느냐. 내가 지금 묻고 있다!"

"근데 이 조그만 녀석이……."

그제야 사태를 파악한 치경이 화를 참지 못하고 꿀밤을 한 대 먹이려 아이에게 다가갔다.

"무엄하다!"

아이는 도망치기는커녕 흠칫 놀라면서도 꿋꿋이 버티고 서서 되레 목소리를 높였다. 그 잔망스러움에 잠시 멈칫했던 치경은 이내 코웃음을 치며 다시 주먹을 쥐는데 중간에서 서율이 그를 만류했다.

"그만. 그만두게."

"여기서 버릇을 고쳐 주지 않으면 다른 곳에서 큰 화를 입을 것입니다."

치경의 속 깊은 뜻을 서율도 모르는 바가 아니다. 상대가 그들이 아닌 거친 성정의 양반이었다면 지금쯤 저 아이는 끔찍한 매질을 당하고 있을지도 모를 일이다. 서율은 눈앞의 여아를 자세히 뜯어보았다.

티 없이 깨끗하고 뽀얀 얼굴에 그림같이 자리한 먹빛의 눈동자. 그 큰 눈망울은 맑고도 투명해 세상사 어려움이란 요만큼도 겪어 보지 않은 듯싶다. 게다가 말투와 표정, 행동거지 하나하나가 고대광실의 금자둥이처럼 한없이 도도하고 당당했다. 걸치고 있는 남루한 옷이 외려 이질적으로 느껴질 정도였다.

그중에서도 가장 기이한 건 보면 볼수록 저 아이, 매우 낯이 익단 점이다. 마치 일전에 어디선가 만난 적이 있었던 듯 굉장히 친숙한 느낌이었다. 물론 실지로 그랬다면 서율이 기억하지 못할 리 없었겠지만.

묘한 분위기를 풍기는 아이의 등장에 서율은 예리한 눈빛을 빛냈다. 진중히 입을 닫고 요모조모 살펴보는데 멀뚱히 그와 눈을 맞추던 계집아이가 더는 참지 못하고 발끈하였다.

"뭘 그리 보고만 있느냐. 어서 답을 하여라!"
"저들 중엔 다른 관할 지역의 노비였던 자들도 있을 것이다."
"정말?"
원하는 답을 들었는지 아이가 반색했다.
"그래. 내가 답을 주었으니 너도 협조 좀 하거라."
"그게 무슨 소리냐?"
서율은 아이의 말똥말똥한 눈을 마주 보다가 작은 손을 낚아채 재빨리 들여다보았다. 이제껏 물 한 방울 묻히지 않았을 희고 보드라운 손이다.

최근 몰락한 사대부가의 여식이라.

서율이 머릿속으로 신분을 가늠해보는데 화들짝 놀란 아이가 손을 거칠게 뿌리쳤다. 목소리에 노여움을 실어 제법 앙칼지게 소리쳤다.

"이제 보니 실성한 자로구나!"
"보자 보자 하니까 이 쥐방울만 한 녀석이!"
"그만."

저를 암팡지게 노려보는 아이와 한 대 쥐어박을 듯 씩씩거리는 치경. 서율은 그 두 사람 사이로 재빨리 끼어들며 힘주어 말했다. 인내심이 바닥난 치경은 끓어오르는 화를 참지 못해 분통을 터트리며 호소했다.

"도련님!"

양쪽에서 뿜어대는 화기를 온몸으로 느끼며 서율은 유유자적 푸르른 하늘을 올려다보았다. 난데없이 튀어나온 아이와 충

성심이 지극한 치경 때문에 고을에 들어서자마자 어이없는 피로감이 밀려들었다.

힐끔 아래를 보았더니 앵돌아진 아이는 여전히 이쪽을 쏘아보고 있었다. 본의 아니게 눈이 마주치자 파르르 성깔까지 부렸다.

"허락도 없이 감히 나에게 손을 대다니. 어서 무릎을 꿇지 못할까!"

기백이 남다르다고 해야 할지, 무모하다고 해야 할지. 대책 없이 당돌한 아이의 태도는 명백히 예에 어긋나는 것이었다. 그래도 서율은 호통을 치거나 대거리할 마음이 없었다. 다만, 우발적이고도 해괴망측한 이 실랑이를 이쯤에서 그만 마무리 짓고 싶었다.

"행렬이 요 앞까지 당도하였거늘 보고 싶은 마음은 별로 없는 것이냐?"

"어?"

관심을 돌리기 위한 즉흥적인 대처는 성공적이었다. 아이는 놀란 토끼 눈을 하고서 냉큼 뒤를 돌아보았다. 노비의 행렬은 실제로 코앞까지 이르러 있었다. 그것이 꼭 보고 싶었는지 지금껏 노발대발했던 것도 잊고 지체 없이 구경꾼들 틈으로 쪼르르 달려갔다.

서율은 그런 아이를 바라보다 헛웃음을 지었다. 조그만 게 아주 되바라지게 굴어 따끔하게 혼을 낼 수도, 무한정 받아줄 수도 없어 상당히 곤혹스러웠다.

"그만 가세."

쉽사리 골칫거리를 해결해 홀가분한 마음으로 발길을 돌렸다. 잠깐의 일탈을 마치고 이제 본래의 목적에 충실해야 할 시간. 애초의 계획대로 관아에 도착하기 전 고을을 한 바퀴 둘러보려면 서둘러야만 했다.

서율은 바쁘게 걸음을 옮기는데 얼마 못 가 옷자락이 어딘가에 걸린 것처럼 몸이 기우뚱하였다. 뒤에서 누군가 도포를 거세게 잡아당긴 것이다. 서율은 즉시 돌아보았고 이어서 뜨악한 표정을 지었다. 조금 전 떨쳐낸 줄 알았던 그 아이가 눈을 초롱초롱 빛내며 도포 자락을 쥐어 잡고 있었다.

버르장머리 없는 그 행태에 치경은 대번에 인상을 찡그렸다. 서율 역시 이번만큼은 따끔하게 꾸짖으려고 하는데, 아이는 여전히 해맑고 당당했다.

"그대, 나를 업어 주어야겠다. 나를 번쩍 업거라, 응?"

"……뭐라?"

서율의 낯빛과 음색이 엄격하게 바뀌었다. 문제는 정작 그것을 눈치채 줘야 할 상대가 그의 감정변화에 손톱만큼의 관심도 보이지 않고 있다는 점이다. 아이는 난처해하는 눈길로 북적이는 인파를 살피느라 정신이 없었다.

서율의 눈동자가 저절로 아이의 시선을 따라 움직였다. 사정은 단박에 파악되었다. 장정 여럿이 이미 앞쪽으로 빼곡하게 자리하고 있어 그 사이를 비집고 들어가기가 버거운 모양이었다.

불쑥 솟았던 노여움은 덩달아 흐지부지 녹아내렸다. 이 와중에 준엄히 훈계한다고 한들 들어먹을 아이도 아니었다. 첫날부터 사소한 일에 힘을 빼서 무엇하나. 서율은 오직 측은지심에 입각해 치경을 보았다. 재깍 청을 들어주고 한시바삐 자리에서 벗어나고 싶었다.

"이보게."

"아니다!"

한데 아이는 서율이 입을 떼자마자 급하게 돌아보며 기겁했다. 경기를 일으킬 듯 서율의 옷소매를 꽉 틀어쥐기까지 하였다.

"무엇이냐?"

"나는 그대에게 업히겠다. 그대가 업어다오."

서율의 쌩한 물음에 아이가 눈을 동그랗게 뜨고 사정했다. 주춤주춤 치경을 등지며 무엇이 그리 긴장되는지 연신 마른 입술을 축였다. 오밀조밀, 작은 얼굴에 불편한 기색도 뚝뚝 흘렀다. 천둥벌거숭이처럼 굴지만 아직은 어린 나이, 거칠고 무뚝뚝한 무사가 무서울 만했다.

면전에서 노골적으로 거부당한 치경은 못마땅한 심경을 표정에 드러냈다. 그러자 더 겁을 먹은 아이는 서율의 소매를 부여잡고 거의 매달리다시피 애원했다.

"이러다 행렬을 놓칠 것이다. 나는 저들을 꼭 보아야 한다. 날 도와다오!"

"도련님, 소인이 다녀오겠습니다."

"자네는 가서 길이나 열어 주게."

눈물이 차오를 것 같은 새까만 눈망울이 이상하게 마음을 두

드렸다. 서율은 짧게 한숨을 내쉬고 아이 앞에 순순히 등을 내밀어 주었다. 아이는 이런 일이 종종 있었던 듯 아주 능숙하게 작은 몸을 그의 등에 맡겼다.

또래보다 키가 컸던 서율은 아이를 가뿐히 업어 올려 성큼성큼 나아갔다. 치경은 꽉 막힌 인해를 간단히 헤치며 앞에서 길을 열었다. 갑자기 끼어든 그들이 못마땅해 눈을 부릅뜨는 자들도 있었지만 육 척이 훨씬 넘는 장신의 치경을 보고는 금세 움츠러들었다. 어느새 그들은 맨 앞자리에 도착해 있었다.

노비들의 행렬은 길지 않았다. 그들은 관아로 가서 하루나 이틀 정도 묵었다가 이 고을에 남게 될 몇 명만 빼고는 또다시 어딘가로 이동하게 될 것이다.

서율은 아이가 누군가를 절실히 찾고 있음을 직감했다. 행렬을 유심히 살피는 아이의 눈에는 신기한 구경을 한다는 일말의 유희도 찾아볼 수 없었다. 안타까운 얼굴로, 혹시나 하는 어떠한 기대감으로, 지칠 대로 지친 관노들의 얼굴을 일일이 확인하고 있었다.

정말 멸문당한 가문의 여식인가……

피곤에 절어 있는 노비들과 자신의 목을 꼭 끌어안고 최대한 고개를 앞으로 내밀고 있는 아이. 서율은 가슴이 먹먹해지는 것을 느꼈다. 은은히 풍기는 운치 있는 향기는 아이에게서 나는 것일까. 어쩌면 이렇게 숨을 쉬고 살아 있음에 그나마 감사해야 하는지도.

등으로 전해오는 아이의 말랑말랑한 감촉과 따스한 체온이

유난히도 포근하고 안심되는 순간이었다.

"고마웠다. 너희의 도움은 절대 잊지 않으마."
서율의 등에서 내려온 아이는 감사를 표하는 마지막 말까지 하대를 하였다. 빚을 진 사람치곤 지나치게 건방진 말투였으나 치경은 더 이상 아이를 나무라지 않았다. 그저 애처로운 듯 흐릿한 미소를 걸치고 하는 양을 가만히 내려다보았다. 서율 또한 연민의 빛을 드리우긴 마찬가지, 이전보다 다감한 눈길로 아이를 내려다보았다.
"누구를 찾고 있는 중이냐?"
"……."
"혹 가족과 헤어진 것이냐?"
"……."
거듭되는 질문에 아이는 시무룩한 빛을 띠면서도 좀처럼 답을 주지 않았다.
"지금 어디에 살고 있느냐? 이 고을 관아에서 지내고 있는 것이냐?"
"아니다."
"아니다?"
아이는 더 답할 마음이 없는지 입을 다물고 커다란 두 눈만 슴벅거렸다. 무엇이든 직선적으로 말하되, 답하기 곤란한 질문엔 둘러대기보다 차라리 입을 다무는 성정인 것 같았다.
"알았다. 네가 답하고 싶지 않다면 나도 더는 묻지 않으마.

하지만……."

"앗!"

아이의 배에서 꼬르륵 소리가 터져 나온 건 서율이 캐묻기를 그만두고 앞으로의 신변안전을 위해 잔소리를 조금 하려던 차였다. 어지간히 배가 고팠는지 앙증맞은 몸에 비해 그 소리가 요란했다. 아이는 민망함이 섞인 외마디 비명을 지르며 양팔로 배를 얼른 감싸안았다.

서율과 치경은 어이가 없어 웃음을 짓다가 거의 동시에 입매를 굳혔다. 아이의 왼손 검지에서 화려하게 빛나는 은빛 반지가 눈에 띈 탓이다.

언뜻 보기에도 영롱한 보석이 촘촘하게 박힌 진귀한 물건이었다. 노비 아이라면 절대로 가질 수 없는, 설사 멸문당하기 전 소유했다고 해도 지금까지 갖고 있는 게 불가능할 정도로 희귀해 보였다. 하물며 아이는 그것을 거리낌 없이 손가락에 끼고 있기까지 하였으니.

서율은 반지와 아이를 번갈아 살폈다. 당연하게 멸문가의 자손이라 여기고 있었거늘 갑자기 아이의 정체가 모호하게 느껴졌다.

뜨끈하면서도 고소한 국물을 한 모금 삼키자 따뜻한 기운이 몸 전체로 빠르게 퍼졌다. 극에 달했던 피로도 스르르 누그러졌다.

 아이를 데리고 주막에 들어선 서율과 치경은 구수한 냄새가 후각을 자극할 때쯤에야 자신들도 허기져 있었음을 깨달았다. 돌이켜 보면 한양에서 보령까지 쉬지 않고 달려온 길이었다. 긴 거리를 단시간에 주파해 도착했으니 체력이 남아나지 않은 것은 당연했다. 그나마 기름진 국물이 목구멍을 타고 넘어가자 바닥을 드러냈던 원기가 조금씩 회복되는 듯했다.

 한동안 먹는 데 열중했던 서율은 문득 수저질을 멈췄다. 앞자리의 아이가 음식에 전혀 입을 대지 않고 있었기 때문이다. 무척 배고플 터인데 아이는 음식이 아닌 주막 구석구석을 훑는 데 정신이 팔렸다. 푸짐한 국밥은 수저로 건성건성 휘젓고만 있는 수준. 아무리 기다려도 도통 먹을 기미가 없자 서율은 넌지시 물었다.

 "음식이 입에 맞지 않는 것이냐?"

 요리조리 움직이던 크고 새까만 눈동자가 오롯이 서율에게 고정되었다. 아이는 어깨를 으쓱했다.

 "아직 먹어 보지 않아서 모르겠다."

 "배고프다 하지 않았느냐. 어찌하여 음식을 입에 대지도 않고 있는 것이야. 따로 먹고 싶은 게 있는 것이냐?"

 "그런 게 아니다. 나는…… 조금 이상해서 그런다."

 "이상하다?"

 "이렇게 한 상에서 여러 명이 함께 식사하는 게 너희는 이상하지도 않으냐? 그리고 이건 숭늉도 식혜도 아닌 것이 밥알을 국물에 담가서 나오다니."

아이의 천진한 대답에 서율은 미간에 살짝 주름을 잡았다. 그 외에는 이렇다 할 반응을 보이지 않자 옆에 있던 치경이 무뚝뚝함을 지우고 다정하게 먹을 것을 권했다.

"한번 먹어 보기나 해라. 우리 도련님께서도 처음엔 너처럼 이상해하셨지만, 이제 꽤 즐기시는 편이다. 자, 어서."

치경의 채근에 아이는 마지못해 한술 떠서 맛을 보더니 그런대로 괜찮았는지 수저질을 이어 갔다. 배가 고픈데 뭐든 맛있지 않으랴. 치경은 그럴 줄 알았다고 슬쩍 웃으며 다시 수저를 들었다. 반면 서율은 뭐가 그리 이상한지 아예 수저를 내려놓고 국밥을 조심조심 먹고 있는 아이를 묵묵히 관찰했다.

그로부터 한 식경 후, 값을 치르고 주막을 나선 서율과 치경은 아이의 엉뚱한 행동에 또다시 경악했다. 누더기를 걸친 아이가 밥값을 내겠다며 귀한 반지를 일호의 망설임도 없이 빼내서 그들 앞에 내민 것이 원인이었다.

"받거라. 내가 공으로 얻어먹을 순 없지."

순간적으로 당황했던 서율은 어디 구경이나 해보자는 심산으로 반지를 받아 자세히 들여다보았다. 아이의 반지는 은빛 겉면을 빙 둘러싸고 노란빛의 호박이 정교한 국화 문양을 이루고 있는 게 고아하고 멋스러웠다. 더욱이 이름조차 알 수 없는, 깨알보다 작은 하얀 보석이 전체적으로 반짝반짝 눈송이처럼 박혀 있어 화려함의 극치를 이루었다.

그 재료와 세공된 기술을 보았을 때 국경 안에서 구할 수 있는 물건이 절대로 아니었다. 이 정도의 반지를 아이에게 끼울 수 있는 집안이라면 분명 손가락에 꼽히는 이 나라 최고의 명문거족 중 하나일 터.

꼬맹이, 너는 누구이더냐?

서율의 시선이 다시 아이에게로 향했다.

"참으로 진귀한 반지구나. 이건 어디에서 난 게냐?"

"어머니께서 주셨다. 건강하게 오래오래 살라고."

품위와 장수를 상징한다는 국화. 반지의 안쪽을 살펴보니 과연 아이의 말대로 건강을 비는 글귀와 한 송이의 국화꽃이 운치 있게 새겨져 있었다. 이리저리 돌려가며 반지의 안과 밖을 꼼꼼히 살펴본 서율은 아이의 왼손을 잡아 올려 가느다란 손가락에 그것을 도로 끼워 주었다.

뜻밖이었는지 아이의 얼굴에 의아함이 서렸다.

"무얼 하는 것이냐?"

"반지는 그냥 가지고 있거라."

"나는 괜찮다."

"나 또한 괜찮다. 흉년도 아니요, 연이 닿은 상대에게 국밥 한 그릇쯤 대접할 수 있는 것이 아니겠느냐. 어머니의 마음은 잘 간직하도록 하여라."

서율의 대답에 아이의 깨끗한 눈동자가 알 수 없는 감정으로 출렁거렸다. 무슨 이유인지 한동안 침묵하며 서율을 직시하더니 잠시 후 회심에 찬 목소리로 입을 열었다.

"그럼 내일 사람을 보내 후히 사례할 것이다. 어디에 살고 있느냐?"

마치 최고권력자의 따님과도 같은 깜찍한 말이었다. 그렇다면 장단을 맞춰 줄 수밖에. 서율은 아이가 어디까지 하는지 지켜보고 싶었다.

"이 고을 관아에서 지낼 것이다."

"관아?"

아이가 눈을 커다랗게 뜨고 되물었다.

"그래. 나는 오늘부로 이 고을에 새로 부임한 현감이다."

"지금 농을 하는 것이냐? 너처럼 어린 현감을 내가 본 적이 없거늘."

아이의 시먹은 말투에 화가 나기는커녕 웃음부터 터졌다. 아무래도 단단히 적응된 모양이었다.

아이가 의구심을 갖는 것은 당연했다. 서율은 현재 여타 또래 동접들과 확연히 다른 길을 걷고 있었다. 남들이 몇십 년씩 준비한다는 대과에서 불과 열넷의 나이로 장원급제해 단번에 종6품 관직을 제수받은 것부터가 그러했다.

'장차 나라의 동량이 될 인재 중의 인재'라는 상감마마의 상찬을 받으며 부임지로 내려오긴 했지만, 외견상 타인의 눈에는 아직 덜 자란 소년으로밖에는 보이지 않을 터였다. 아이의 의심을 합리적으로 받아들이면서도 서율은 짐짓 이치에 맞지 않음을 꼬집었다.

"이전에 본 적이 없다 하여 무조건 그르다 하는 것은 편협한 생각이다. 세상의 모든 일을 네가 전부 알고 있다, 어찌 장담할 수 있겠느냐."

"……그래?"

아이는 여전히 반신반의하며 고개를 갸웃댔다.

"좋다. 내가 내일 직접 관아로 가서 네가 현감이 맞는지 확인할 것이다. 만약 사실이 아니라면 내게 거짓을 고한 대가로 크게 경을 치게 될 것이야."

"내 기대하고 있으마. 하나 형편이 여의치 않다면 굳이 값을 치를 필요는 없다."

서율의 진지한 당부에 아이가 처음으로 까르르 소리 내어 웃었다. 그 웃음이 어찌나 쾌활하고 산뜻한지 지켜보는 서율과 치경의 입가에도 부드러운 곡선이 그려졌다.

"내 말이 그리도 재미있느냐?"

"아니다. 나의 형편이 어렵지 않으니 걱정하지 말거라. 그럼 내일 보자."

아이는 방긋 웃으며 인사하더니 상대의 말은 듣지도 않고 곧바로 발길을 돌렸다. 기분이 좋은지 나풀나풀 뛰듯이 금세 저만큼 멀어졌다.

이대로 가버리는 것인가?

얼결에 인사할 기회를 놓친 서율은 아이의 등에 대고 황급히 외쳤다.

"집까지 바래다주랴?"

"되었다. 내가 잘 봐두었느니라!"

아이는 한번 돌아보지도 않고 웃음기가 묻어나는 짧은 말만 남기곤 모퉁이를 돌아 눈 깜짝할 새 자취를 감췄다. 처음부터 끝까지, 정말이지 한결같이 제멋대로인 아이였다.

"저리 웃으니 참으로 어여쁩니다. 화를 당한 집안의 아이일까요? 물정 하나 모르는 게 얼마 전까지 귀하게만 살았던 아기씨 같습니다."

"글쎄……."

안타까워하는 치경과 달리 서율의 눈가엔 석연찮은 기색만 가득했다.

─────

그 무엇도 눈과 귀에 들어오지 않았다. 앞으로 돌보게 될 고을 이곳저곳을 둘러보아도 건성건성 훑기만 할 뿐 서율의 마음은 저 멀리 다른 곳을 헤매는 중이다.

반 시진 전 보았던 그 아이가 자꾸만 눈앞에서 감실감실, 궁금증이 치솟아 거의 미칠 지경이었다. 평소 타인의 신분이나 집안 따위 안중에도 없는 그였건만 아까 만난 그 아이는 왜 이토록 호기심을 자극하는지.

처음에는 서율도 몰락한 대가 댁 여식이겠거니 단순하게 치부했다. 그러나 시간이 갈수록 생각은 복잡하게 꼬여 갔다.

모진 일을 당한 아이라 하기엔 맑은 두 눈에 티끌만큼의 한도 서려 있지 않은 것이 그 시작이었다. 손가락엔 귀중품을 버젓이 끼고 있고, 식사할 땐 독상을 받는 버릇이 배어 있었으며,

저보다 나이가 많은 사대부에게 하대하는 데 거리낌이 없었다.

자신이 새로 부임한 이 고을 현감이라고 밝혔음에도 주눅이 드는 건 고사하고 거침없이 하대하던 그 위풍당당함이란. 저보다 높은 위치의 사람이 별로 없는, 종친 중에서도 최상위층 소수 몇 명에게서만 볼 수 있는 특유의 모습 그대로였다.

그러다가도 또 한편으로는 처음 추측이 맞는 것도 같았다. 단순하게 추론하면 규방에서 나고 자라 담장 높은 울타리 안에서 왕녀 아기씨처럼 자란 탓일 수도 있기 때문이었다.

차림새만 보더라도 현재 이어지는 명문가의 여식이라 하기엔 무리가 있었다. 누가 봐도 영락없는 노비나 시비 아이의 모습이 아니었던가. 더군다나 관노비들을 바라보는 눈빛이 심상치가 않았다.

……대관절 어디에서 튀어나온 아이인지.

생각하면 할수록 그 정체가 헷갈려 서율은 머릿속이 한층 복잡해졌다. 꼬맹이가 하도 안차게 굴어 내내 황당해하다가 명자를 묻는 것조차 깜빡하고 말았다. 아는 거라곤 안면밖에 없으니 내일 그 아이가 나타나지 않으면 궁금증은 영원히 해소되지 않을 수도 있었다. 순식간에 나타났다 제멋대로 사라지다니. 서율은 콩알만 한 아이에게 슬금슬금 약이 올랐다.

그사이, 두 사람은 고을을 크게 한 바퀴 둘러보고 노비 행렬이 있었던 그 자리로 되돌아왔다.

"이리 다오. 그건 내 거다. 내 것이란 말이다!"

옷감을 취급하는 점포 앞. 어린 은명은 눈앞의 여인에게 반지를 돌려받고자 까치발을 하고 허공으로 팔을 뻗어 허우적거렸다. 하지만 얄미운 그 여인, 반지를 쥐고 있는 왼쪽 팔을 번쩍 치켜들더니 다른 손으로 작은 몸을 사정없이 밀쳤다.

"아얏!"

"천것 주제에 말본새하고는!"

여인에게 떠밀린 은명은 짐짝처럼 내동댕이쳐졌다. 그로 인해 무릎과 손바닥, 손목 안쪽이 흙바닥에 쓸리며 살갗이 까지고 약간의 핏물이 배어났다. 눈물이 핑 돌 만큼 아픔이 컸지만, 정신적인 충격에 비하면 그것은 아무것도 아니었다.

천것? ……내가?

은명은 생전 처음 들어보는 말에 혼이 빠져 일어나지도 못하고 여인을 멍하니 쳐다보기만 했다.

그녀는 마치 불결한 것이라도 묻은 듯 은명이 닿았던 곳을 툭툭 털면서 혐오감을 내비쳤다. 비단옷을 차려입고 고운 빛깔의 천들을 구경하던 다른 사람들 역시 은명을 향한 두 눈에 멸시와 경멸이 가득했다.

도대체 왜?

하늘빛 비단 천을 보는 순간 어머니가 즐겨 입으시던 치마가 떠올라 잠시 서서 만져 본 것뿐이었다. 그때 웬 여인이 나타났고 무지막지한 힘으로 손가락에서 반지를 빼 가더니 천것이라 부르고 있었다.

"누더기나 주워 입는 천것이 감히 우리 아이 물건에 손을 대? 벼락을 맞을 년 같으니라고."

영문을 몰라 얼없이 주저앉아 있던 은명은 여인의 비난에 정신이 번쩍 들었다. 사람들이 왜 저토록 싸늘한 눈길을 보내고 있는지 그제야 연유를 알 것 같았다.

몸에 걸치고 있는 해진 무명옷. 저들은 단지 허름한 겉모습만 보고서 죄 없는 사람을 천하다 여기며 도둑으로 몰아가고 있었다.

은명은 눈앞이 하얘질 만큼 울분이 솟구쳐 입술을 잘근 깨물었다. 주먹을 불끈 쥐고 일어나 대차게 여인을 쏘아보았다. 여인은 기가 찼는지 눈을 매섭게 번뜩이며 호통을 쳐댔다.

"도둑년 주제에 어디서 감히 눈을 부라려!"
"그 입 다물라! 네 정녕 죽고 싶은 것이냐!"

은명은 얼굴이 빨갛게 달아오를 정도로 바락바락 소리쳤다. 그러자 성을 내던 여인을 비롯해 옆에서 구경 중이던 사람들까지 아연실색하였다. 반상의 법도가 지엄하거늘 딱 봐도 천것이 분명한 계집아이가 감히 양가댁 부인을 상대로 하극상을 일으키다니. 주위가 한바탕 술렁대는데 그러거나 말거나 은명은 억울함과 분함을 참지 못해 발까지 동동 구르며 기를 쓰고 고함쳤다.

"누구더러 천하다 하느냐. 누구더러 도둑이라 하느냐? 내게서 반지를 빼앗아 간 건 너다. 너야말로 도둑이란 말이다!"
"뭐, 뭐야?"

"금수만도 못한 것. 비단옷을 걸치고 도둑질이나 하는 못되고 천한 것!"

"이, 이년이……."

김이 모락모락 날 것처럼 낯빛이 시뻘게진 여인은 은명의 멱살을 우악스럽게 틀어쥐었다. 여린 몸이 지푸라기처럼 끌려가자 세차게 내리칠 태세로 한쪽 팔을 높이 추켜올렸다.

"아악!"

은명은 맥없이 옷깃을 잡히면서도 움츠러들거나 시선을 피하지 않았다. 대신에 큰 소리로 비명을 질렀다. 누구든 도와 달라는, 힘없는 아이가 할 수 있는 최선의 구조요청이었다.

나름대로는 머리를 굴린 것인데 순진한 기대에 불과했다. 추레한 몰골의 아이를 믿고 선뜻 나서 주는 사람이 나올 리 없었다. 여인은 보란 듯이 비소를 날리곤 다시 분노에 차 미간에 주름을 그었다. 팔에 힘을 주고 그대로 뺨을 내리치려 하는데 뒤에서 누군가 그녀의 팔목을 강하게 붙잡았다.

모두의 시선이 그쪽으로 쏠리는 사이 또 다른 선비는 여인의 손에서 아이를 빼내어 그의 등 뒤로 재빨리 감췄다. 정말이지 순식간에 벌어진 일이었다.

어찌된 것일까.

잠시 혼겁했던 은명이 고개를 살짝 내밀었다. 전방을 살피니 국밥을 먹고 헤어졌던 그 무사가 여인의 팔을 놓아주고 있었다.

그렇다면 이자는……!

은명이 고개를 뒤로 꺾어 위를 올려다보자 낯익은 얼굴이 한 눈에 들어왔다. 노비 행렬을 지켜볼 때 자신을 업어 주었던 그 번듯한 이목구비의 어린 선비였다.

"괜찮으냐?"

팽팽히 날 서 있던 전신의 신경이 다정한 한마디에 탕, 끊어지고 말았다. 천군만마를 얻었다 한들 이보다 더 든든할 수 있을까. 깊은 안도감에 은명은 눈동자가 따끔거려 선비의 등에 얼굴을 묻고 천천히 심호흡했다. 당장에라도 심장이 터질 듯 거칠게 쿵쿵대고 있었다.

더 빨리 끼어들었어야 했는데.

아이의 조막만 한 손이 제 도포 자락을 꽉 움켜쥐는 걸 서율은 안쓰럽게 바라보았다.

저자를 둘러보다 익숙한 목소리에 발길을 멈췄다. 빠르게 달려와 고개를 내밀어보았더니 반 시진 전 보았던 그 꼬맹이가 뭔가를 돌려 달라며 필사적으로 하늘을 향해 팔을 뻗고 있었다. 진즉부터 상황을 지켜본 서율은 아이의 행동을 관찰하느라 시간을 끌었던 게 못내 후회스러웠다.

"이게 무슨 짓이오?"

"……."

"이보시오!"

난데없이 제지당한 여인은 무사의 상전처럼 보이는 서율에게 신경질을 부렸다. 그런데도 서율은 아이의 상태를 꼼꼼히 확인한 후에야 여인을 돌아보았다.

"반지를 보여 주십시오."

"뭐요?"

"조금 전부터 지켜보고 있었습니다. 부인께서는 이 아이를 도둑이라 칭하지 않으셨습니까?"

"이것은 내 딸아이의 것이오."

여인은 정색하며 어딘가를 바라보았다. 그대로 눈길을 따라가 보니 여인과 조금 거리를 두고 여덟, 아홉 살쯤 되어 보이는 여아가 몸종의 보호를 받으며 소동을 지켜보고 있었다. 서율은 안색이 하얗게 질린 아이를 똑똑히 살피고 다시 고개를 바로 했다.

"이 아이 또한 반지가 자신의 것이라 주장하고 있으니 일단은 보여 주십시오."

"지금 저 천것의 말을 믿는다는 것이오?"

여인은 불쾌감을 띠고 비아냥거렸다. 순순히 반지를 내놓을 생각이 없는 것이다.

그렇다면 방법은 하나. 서율의 시선이 치경에게로 향했다. 상전의 신호를 받은 치경은 눈 깜짝할 새 여인의 손에서 반지를 낚아채 서율에게 가져다주었다.

"이, 이 무슨 무례한 짓인가? 남의 것을 무력으로 빼앗아 가다니!"

손목이 꺾이며 악 소리를 냈던 여인이 모여든 사람들 모두가 들으라는 듯 고함을 질렀다.

여인의 술수를 지켜보던 서율은 눈빛이 싸늘하게 식었다. 문제의 반지가 반 시진 전, 밥값이라며 아이가 빼 주었던 그것임을 확인한 뒤였다.

"이 반지가 정녕 따님의 것입니까?"

"내가 지금 거짓말이라도 한다는 거요? 정 못 믿겠으면 당장 관아로 갑시다. 내 오늘 저 요망한 년의 주리를 틀고 버르장머리를 단단히 고쳐 놓을 것이니."

"그리하시지요. 단, 반지가 이 아이의 것임이 확인되면 부인은 절도죄와 무고죄로 중벌을 면치 못할 것입니다."

반가의 여인이 재물에 눈이 멀어 파렴치한 짓을 저지르다니!

화가 머리끝까지 난 서율은 끝장을 볼 태세로 여인과 맞서는데 밑에서 아이가 꼼지락거렸다.

"관아에 꼭 가야 하느냐?"

뜻밖의 소리에 슬쩍 아래를 살폈더니 아이는 붉어진 두 눈에 걱정과 불안을 지고 있었다.

아!

서율은 그제야 자신이 성급하게 굴었음을 인지했다. 관아로 가게 되면 기록이 남는 것을 피할 수는 없을 터, 신분이 불분명한 아이에겐 지극히 불리했다. 다시 말해, 이번 일은 크게 키우기보다 현장에서 무마하는 것이 최선일 것이다.

생각을 고쳐먹은 서율은 여인을 향해 건조하게 말했다.

"반 시진 전, 여기 있는 아이도 이것과 똑같은 반지를 끼고 있었습니다."

"말도 안 되는 소리. 어찌 저런……."

"또한, 아이의 반지에는 글자가 새겨져 있습니다."

거침없이 위세를 부리던 여인은 반지에 글자가 새겨져 있다는 대답에 얼굴이 확연히 굳었다. 서율은 질질 끌지 않고 재빨리 캐물었다.

"혹 따님의 반지에 특별한 글자를 새겨 넣었습니까?"

"그런 건…… 없소."

"이 아이의 반지 안쪽에는 건강을 축원하는 글귀와 국화 한 송이가 새겨져 있습니다. 그럼 확인해 보지요."

서율은 자신이 먼저 살펴본 후 여인의 코앞에 반지를 떡하니 들이밀어 안쪽을 보여 주었다. 쭈뼛거리던 여인은 반지를 들여다보고는 새빨간 홍시처럼 두 뺨에 붉은 기가 번졌다. 그 꼴을 전부 지켜본 주위의 구경꾼들은 의심 어린 눈으로 부인을 흘깃대며 저희끼리 쑥덕거렸다.

"부인께서는 생사람을 잡으셨습니다."

"나는…… 착각하였소. 우리 아이 거랑 고양이 너무 똑같아서."

"그러셨겠지요. 확인을 마쳤으니 이만 이 아이를 데리고 가겠습니다."

달리 대답할 말이 없었는지 여인은 화끈거리는 뺨으로 손바닥을 가져다 대었다. 주위를 의식하며 눈동자가 불안하게 일렁이더니 마침 자신에게 대들던 계집아이에게 눈길이 가닿자 벌컥 노여워하였다.

"기다리시오!"

낌새가 이상해 서두르려던 서율 일행은 미처 그곳을 벗어나지 못하고 발목을 잡혔다. 여인은 울분이 뒤섞여 분풀이하듯 꼬투리를 잡았다.

 "저년은 반가의 부인인 나에게 하대하고 욕을 보였소. 절도했다는 오해는 풀렸을지 모르나 양반을 모독한 그 죄는 결코 씻을 수 없을 것이오. 여기 있는 모두가 나의 증인이니 저년을 내놓으시오. 내 저년을 당장 관아로 끌고 가 죗값을 톡톡히 치르게 해야겠소!"

 여인의 몰염치한 행태에 서율은 작게 탄식했다. 조용히 끝내고 싶었는데 왜 저리 화를 자초하는 것인지. 어언간 서율이 바투 다가가자 여인이 놀라 움찔하였다. 서율은 두 사람만 들릴 정도로 낮고 사늘하게 경고를 날렸다.

 "적반하장도 유분수지, 부끄럽지도 않으십니까?"

 "무, 무슨……."

 냉기가 뚝뚝 흐르는 어린 선비의 말씨에 여인이 당혹스러워했다.

 "욕심이 나셨겠지요. 탐이 나서 빼앗고 싶으셨을 겁니다. 그러고도 양반이랍시고 권위부터 내세우는 겁니까? 양반은 도둑질을 해도 된다, 어느 법전에 쓰여 있더란 말입니까!"

 "나, 나를 능멸하는 것이오?"

 "촌구석에서 제법 행세하는 집안이라 하여 감당할 수 있는 물건이 아닙니다. 절도죄로 형을 받고 가문을 수치스럽게 만들고 싶지 않으시면 이쯤에서 그 입을 닫고 조용히 물러나십시오."

치욕스러움에 여인의 눈가가 벌겋게 열이 올랐지만 서율은 사정을 두지 않았다.

"아이에게 무릎을 꿇고 잘못했다 싹싹 빌어도 모자랄 판에……."

차가운 눈길로 마지막까지 여인을 비난하고 돌아섰다. 누가 보아도 저쪽이 억울한 일을 당한 양 아이를 친절하게 달래며 태연히 그곳을 떠나갔다.

홀로 남겨진 여인은 인파로 뒤덮인 거리에서 삽시에 구경거리로 전락했다. 함부로 입을 떼는 이는 없었으나 의미심장한 사람들의 눈초리에 얼굴이 화끈화끈 벌레에 쏘이는 듯하였다. 수치심에 분노가 끓어오른 여인은 멀어지는 그들의 뒷모습을 독기에 찬 눈으로 쏘아보았다.

인적이 드문 저자의 귀퉁이. 부지런히 걷다가 주변을 둘러본 서율은 근방이 한적한 곳임을 확인하고 두 발을 멈췄다. 무조건 데려오기에 바빴던 아이를 그제야 찬찬히 살피며 달래기에 나섰다.

"많이 놀란 게로구나. 이제는 안심하여라."

충격이 컸는지 아이는 반쯤 넋이 나간 얼굴로 대답조차 못했다. 혹시나 위로가 될까 싶어 서율은 아이의 손가락에 되찾은 반지를 끼워 주었다.

"어머니께 받은 소중한 것이니 다시는 잃어버리지 말거라."

"……어찌하여 나를 도와주는 것이냐? 지금 내 몰골이 이러하거늘."

 망연히 반지를 바라보던 아이는 서글픔을 머금고 잔잔히 물었다. 눈물을 참는 것인지 어린것이 자꾸 눈을 깜빡이는 게 지켜보는 이의 가슴을 찡하게 하였다.

 "억울하게 당할 뻔했으니 당연히 도와야지. 지금 너한텐 우리뿐이지 않으냐."

 진심이 담긴 한마디는 아이의 심금을 건드렸다. 내내 서율을 기함시켰던 이전의 당돌함과 달리, 아이는 삐죽삐죽 입가를 실룩이는가 싶더니 억눌렀던 감정을 한꺼번에 터트렸다.

 "흐흑…… 흐아앙!"

 서러움과 두려움이 봉인을 해제하고 폭포수 같은 눈물이 쏟아져 나왔다.

 당황한 서율은 어쩔 줄을 몰랐다. 눈동자가 불안하게 흔들리다가 도움을 청하듯 치경에게 향하는데 덩치 큰 무사는 눈을 휘둥그렇게 뜬 채 바위처럼 굳어 있었다. 할 수 없이 서율이 주춤주춤 다가갔다. 어떻게든 달래 보려 손을 내미는 순간,

 "엇!"

 아이가 소년의 허리를 와락 끌어안더니 그대로 가슴에 얼굴을 파묻고 더욱 구슬피 울었다.

 남녀칠세부동석이라, 어릴 때부터 귀가 닳도록 가르침을 받아 온 서율은 사색이 되었다. 아이는 암만 봐도 일곱은 족히 넘겼을 나이. 우는 아이를 떼어낼 수도, 그렇다고 가만히 있을 수도 없어 두 팔을 허공에 올리고 숨도 쉬지 못했다.

머릿속이 새하얘져 그저 서 있기만 했던 서율은 잠시 뒤 놀란 눈으로 아래를 내려다보았다. 찰싹 달라붙은 작은 몸이 달달 떨고 있었다. 여인에게 맞서며 다라지게 굴었으나 실은 무서웠을 것이다. 절로 딱한 마음이 일었다. 서율은 애매하게 들고 있던 팔을 내리고 아이를 부드럽게 끌어안아 토닥토닥 다독여 주었다.

그렇게 얼마간의 시간이 흐르고 그의 쾌자가 축축해질 무렵, 눈언저리와 코끝이 새빨개진 아이가 고개를 들었다. 꺽꺽거리면서도 서러움을 꾸역꾸역 입 밖으로 꺼내 놓았다.

"내가…… 내가, 무서웠다. 맞을 뻔하였느니라!"

아이의 하소연이 애처롭고도 귀여웠다. 서율이 싱긋 웃으며 꽉 안아 주자 울음소리는 배로 커졌다. 이대로 계속 울면 아이가 탈진하지 않을까 슬슬 걱정되었다. 차라리 아이의 주의를 다른 데로 돌리는 게 나을 듯해 서율은 등을 살살 쓸어 주며 곰살맞게 타박했다.

"그러게 곧장 집으로 돌아갈 것이지 반 시진이 넘도록 어딜 그리 배회한 것이냐?"

"……개울가."

아이는 훌쩍거리면서도 온순히 대답을 주었다.

"개울가?"

"아이들이 엄청 많기에. 그렇게 많은 아이는 내 처음 보았다."

서율과 치경은 기가 막혀 쿡쿡 웃음이 터졌다. 본디 아이들이란 물놀이라면 사족을 못 쓰는 법. 두 사람도 고을을 둘러보며 조그만 아이들이 바글바글 몰려 있는 개울가를 지나쳐 왔다. 그런데 설마…….

그런 광경을 처음 보았던 것인가? 대체 이 아이는…….

또다시 의문이 떠오른 서율은 아이를 품에서 떼어내 눈물을 쓱쓱 닦아 주었다. 이 길로 집까지 쫓아가 아이의 속사정을 자세히 알아보고 싶었다.

"함께 가자꾸나. 내 너를 집까지 데려다줄 것이다."

"……."

"왜. 싫으냐?"

서율의 물음에 그를 빤히 보던 아이가 도리도리 고개를 저었다. 팔을 들어 눈물을 스윽 훔치곤 스스럼없이 그의 손을 덥석 잡았다. 작은 손은 보송하면서도 아늑했다. 서율이 주춤하여 힐끔 보았더니 아이는 눈물 자국이 남아 있는 얼굴로 생긋 웃었다.

정녕 허락도 없이 제 몸에 손을 댔다며 파르르 떨던 아까 그 아이가 맞으렷다.

생각지도 못한 돌발상황에 서율은 어리둥절하였다.

하긴. 정신을 차릴 새도 없이 등을 내주고 품도 내주었으니 이까짓 손쯤이야.

서율은 모든 것을 정당화하며 현재 상황을 담담히 받아들이고 마는데, 어느덧 그의 입가에도 봄바람 같은 미소가 살포시 지어졌다.

산과 들이 신록으로 물든 푸른달 초순. 장차 나라의 인재로 성장할 김서율이 저도 모르는 새 굉장한 아이의 인생에 스스로 발을 들이고 있었다.

<hr />

"여기가 확실합니까?"

"이쯤 어딘가 있을 것이다."

노기를 품은 여인이 관아의 비장과 포졸들을 대동하고 저자 곳곳을 이 잡듯 뒤지고 있었다.

조금 전 저자에서의 일을 떠올리면 화기가 끓고 분통이 터져 목덜미가 빳빳하게 굳어졌다. 마음 같아선 버릇없는 천비 년과 어린 선비 놈을 잡아 한꺼번에 숨통을 끊어버리고 싶으나 모든 것을 뜻대로만 처리할 수 없는 일. 반가의 자제를 함부로 건드릴 수 없으니 계집아이만이라도 찾아내 반병신을 만들어 놓으리라 단단히 벼르는 중이었다.

"산속 민가까지 모조리 수색해야 할 것이다."

"저를 찾으십니까?"

감정이 들끓은 여인이 신경질적으로 명을 내리는데 앳되지만 진중한 목소리가 귓전에 와 닿았다. 소리를 따라 고개를 돌리니 조금 전 저자에서 저를 망신 준 어린 선비와 그의 호위무사가 태연히 이쪽을 보고 있었다. 여인은 싸늘한 눈초리로 그들의 주위를 훑고는 퉁명스럽게 물었다.

"그 천비 년은 어디 있소?"

"귀가하였습니다. 그리 알아듣게 말씀드렸건만 아직도 볼일이 남으셨습니까?"

여인은 선비를 잡아먹을 듯 노려보았다.

"나의 실수는 인정하겠소. 내 그 아이에게 우선 사과부터 할 것이오. 한데 이상한 게 있소. 촌구석에서 행세깨나 한다는 우리 집안도 감당치 못한다는 반지를 남루한 행색의 그년은 어찌 감당한단 말이오? 반지가 그년의 것임이 틀림없소?"

"틀림없는 사실입니다."

"그렇다면 나를 그년의 집으로 데려가 주시오. 가서 그년의 집안을 확인하고 내가 실수하였다면 무릎을 꿇고 사죄하리다."

"……"

"왜, 못 가겠는가? 혹 어린 종년이 상전의 것을 훔친 것은 아니요?"

"일단 관아로 가시지요."

앳된 선비의 차분한 제안을 여인은 간단히 무시했다. 단칼에 고개를 돌리더니 포졸들에게 기세 좋게 명령했다.

"최대한 빨리 죄인을 잡아들여야 할 것이다. 포졸들을 전부 풀어 그년을 찾아내어라."

"예!"

관졸들은 일제히 그 명을 받들어 일사불란하게 움직였다. 곧 내지른 추상과도 같은 선비의 호령에 몇 발짝 옮기지는 못했지만.

"멈추어라!"

어린 선비의 목소리가 어찌나 서슬이 퍼런지 관졸들이 동시에 소년을 돌아보았다. 나이는 어리나 든직하니 위엄이 서려 있는 게 상대를 압도하는 무언의 힘을 지니고 있었다.

"지금 누구의 명을 따르는 것이냐? 나라의 녹을 먹는 자들이 어찌하여 사사롭게 명을 받드는 것이야!"

선비의 문책에 저도 모르게 멈칫했던 비장은 노골적으로 귀찮아하는 기색을 내보였다. 인상을 있는 대로 찌푸리더니 소년에게 다가가 소곤거렸다.

"지나던 길이시면 그냥 가십시오. 저분께서는 성 진사 댁 며느님이십니다. 원래 지금처럼 사또께서 아니 계시는 시기일 땐 진사 어른 댁에서 고을 일에 관여를 하였습죠."

"진사? 이 고을에 도승지 영감의 본가가 있을 터인데?"

"예, 있습죠. 하지만 워낙 지체가 높으신 분들이라 소소한 고을 일에는 관여를 잘 안 하십니다."

"뭘 꾸물거리고 있는가. 언제까지 쓸데없는 잡담이나 나누고 있으려는 게야!"

내가 누구인지 잘 알았느냐는 듯 여인은 한층 의기양양하여 소리쳤다.

그 모양을 지켜본 서율이 치경에게 눈짓을 보냈다. 그러자 골격이 거대한 무사는 봇짐 속에서 문서를 꺼내 비장에게 건네주었다. 비장은 의아한 얼굴로 문서를 펴 보았고, 곧 두 눈이 화등잔만 해져 더듬거렸다.

"……고, 고신告身?"

"이분께서 새로 부임한 현감이시오."

"예에?"

치경의 소개에 다들 기함하여 서율을 보았다. 여인도 상당히 놀라 입을 뻐끔거렸다.

"어찌…… 저 어린 선비가……."

"관아로 가서 부인의 궁금증을 풀어드리지요. ……부인을 모시고 관아로 가거라."

"아…… 예!"

잠시 얼이 빠져 있던 비장은 뒤늦게 정신을 차리고 대답했다. 직첩을 확인한 여인도 일단은 움직일 수밖에 없었다. 떨떠름한 표정을 하고서 어쩔 수 없이 걸음을 떼었다. 여인과 관졸들이 충분히 멀어지자 서율도 뒤를 쫓으며 치경에게 은밀히 명령했다.

"얼른 가서 아이를 데려다주고 무슨 곡절이 있는지 소상히 알아 오게."

"예, 도련님."

슬그머니 뒤로 빠진 치경은 날쌔게 몸을 움직여 아이를 숨겨 놓은 장소로 뛰어갔다. 저자의 좁은 골목으로 들어서 모퉁이를 돌고 돌아 인적이 없는 후미진 구석. 건물과 건물 사이, 어린아이 하나가 넉넉히 들어갈 정도의 작은 공간 앞에서 두 발을 멈췄다. 저자에서 여인과 관졸들을 먼저 발견한 그들이 아이를 안전하게 피신시킨 곳이다.

숨을 고를 틈도 없이 가림막으로 세워 둔 짚과 나무부터 얼른 치웠다. 그런데 이럴 수가. 치경은 아이가 사라지고 텅 비어 있는 공간을 망연하게 바라보았다. 혹시나 하여 속히 주변을 살펴봤지만, 개미 새끼 한 마리 눈에 띄지 않았다.

 향긋한 바람이 솔솔 불어오는 5월의 늦은 오전. 수심에 찬 치경이 하릴없이 화단을 응시하고 있는데 집무실을 나온 서율이 그에게로 다가왔다.
 "나오셨습니까."
 치경의 알은체에 고개만 살짝 끄덕인 소년은 어딘지 갑갑한 얼굴로 창창한 하늘을 올려다보았다. 두 사람 다 어제 그 아이가 걱정돼 속내가 어수선했다. 무사히 집으로 돌아갔는지 알고 싶어 이곳저곳을 수소문 중이지만 들려오는 소식은 없었다.
 그저 잘 있다는 전언이라도 들을 수 있으면 좋으련만. 서율과 치경에게서 동시에 한숨이 새어나오는데 이방이 요란한 발소리를 내며 헐레벌떡 달려왔다.
 "현감 어르신!"
 "무슨 일인가?"
 "성 진사 댁 큰서방님과 며느님이 오셨습니다."
 "또 어제의 얘기를 꺼내겠다는 것인가?"
 지나치게 뻔뻔했던 저자에서의 그 여인이 거론되자 서율은 냉기를 휘둘렀다. 이방은 두 팔을 크게 저으며 부정했다.

"아닙니다요. 어제 현감 어르신께 결례가 많았다며 사과를 드리러 오셨답니다."

"사과? 어제 관아에 와서도 법석을 떨더니 갑자기 그게 무슨 소리인가?"

"그것이…… 사또에 관한 무슨 소문을 들은 모양입니다. 어, 저기 옵니다요!"

이방의 오두방정에 서율은 그가 가리키는 쪽을 바라보았다.

저 앞에 이립이 조금 못 되어 보이는 한 선비가 어제 그 여인과 함께 걸어오고 있었다. 가까이 다가온 성 선비는 이방의 소개로 서율과 인사를 나눈 뒤 곧바로 한 발짝 물러나 있던 자신의 처, 정 씨를 인사시켰다.

전날까지만 해도 극히 표독스러웠던 정씨 부인은 지아비 앞이라 그런지 전혀 다른 사람이 되어 있었다. 눈은 내리깔고, 목소리는 나긋나긋, 행동 하나하나 조심조심. 머리부터 발끝까지 정숙하고 품위 있는 반가 여인의 품새를 완벽히 갖추었다.

"어제는 저의 생각이 짧아 결례가 많았습니다. 부디 노여움을 푸시고 너그러운 마음으로 용서하여 주십시오."

"그리 성을 내시더니 하루아침에 전혀 다른 분이 되셨습니다."

냉담한 서율의 반응에 여인은 눈도 깜짝 안 했다.

"송구합니다. 어제는 그 천것이 매우 무례하였고, 그날 저자에 있던 다른 댁 부인들도 하나같이 분개하였는지라……."

"애초에 부인께서 그 아이의 물건에 욕심을 내지 마셨어야지요."

"그게 무슨 말씀입니까? 이 사람이 천비 아이의 물건에 욕심을 냈다니요?"

서율의 직언에 지아비마저 끼어들자 여인은 잠시 당황하는 듯하더니 다시 침착하게 변명을 늘어놓았다.

"그럴 리가 있겠습니까. 어제 말씀드린 다로 그 아이가 제 상전의 것을 훔친 것 같아 진상을 밝히고자 했을 뿐입니다. 어제부터 제가 간곡히 부탁드리지 않았습니까. 사또께서 그 천비를 잡아들여 진상을 낱낱이 밝혀 주십시오."

"나를 잡아들이라는 말이냐?"

부인의 말이 끝나기가 무섭게 어제 그 아이의 영민한 목소리가 들렸다. 화들짝 놀라 급히 돌아본 서율은 눈앞에 펼쳐진 낯선 광경에 두 눈이 휘둥그레졌다.

그 아이였다.

아니, 어제 그 아이가 맞긴 했으나 차림새는 하늘과 땅만큼 달라져 있었다. 아이는 밝은 초록빛 비단치가에 잔잔한 꽃수가 놓인 연노랑 저고리를 받쳐 입고 화창한 햇살 아래 봄꽃처럼 눈부신 자태를 자랑했다.

장신구도 화려했다. 왼쪽 가슴엔 나비 모양의 황옥과 연옥, 비취가 줄줄이 이어진 노리개를 달고, 윤기가 자르르 흐르는 새까만 머리 한편엔 백옥으로 만들어진 여러 송이의 매화꽃이 고급스럽게 장식되어 있었다.

"……어제 그 천것?"

정씨 부인이 놀라서 중얼거리자 아이의 바로 뒤에 시립하고 있던 한 중년 여인이 곧바로 움직였다. 작심이라도 하고 온 듯 빠르게 앞으로 튀어나와 부인의 뺨을 사정없이 내리쳤다.

"악!"

쫘악, 하는 엄청난 마찰음과 함께 정씨 부인의 고개가 훅 돌아갔다.

"이 무슨……."

또다시 찰싹.

"아악!"

갑자기 당한 일이 억울해 정씨 부인이 항의하며 고개를 들자 중년의 여인은 기다렸다는 듯 더 세차게 뺨을 후려갈겼다. 강도가 세서 맞은 이가 중심을 잃고 비틀거릴 정도였다.

"이게 무슨 짓이오? 반가의 부인을 이리 욕보이다니!"

내자가 맞는 것을 막지 못한 성 선비가 얼굴이 새빨개져 목소리를 높였다. 그러나 뺨을 후려친 여인은 선비의 저항을 가벼이 무시하고 불호령을 내렸다.

"네년이로구나! 네가 저분의 몸에 상처를 내고, 귀중품을 훔치려 하였으며, 감히 입에 담을 수도 없는 말로 욕을 보였다던, 바로 그 죄인이렷다!"

"저, 저는……."

"어서 무릎을 꿇지 못할까!"

연속으로 뺨을 두 대나 얻어맞은 정씨 부인은 거의 반쯤 혼이 나가 있었다. 상대방의 꼬장꼬장함에 눌려 뭐라 입도 떼지 못하고 엉거주춤 흙바닥에 주저앉았다.

저쪽은 딱 봐도 출중해 뵈는 무사가 둘이나 버티고 있어 노상 하던 대로 들이받을 수도 없었다. 더군다나 아이가 입고 있는 옷은 여인이 이제껏 본 적 없는 최고급 자질의 비단이었다.

대체 어느 가문을 건드렸단 말인가!

허름했던 아이가 하루아침에 권문세가의 따님으로 탈바꿈해 정씨 부인은 머리가 핑글핑글 어지러웠다.

"너는 씻을 수 없는 죄를 지었으니 그 값을 목숨으로 물어야 할 것이다!"

정씨 부인은 물론 주위 사람들이 죄다 놀라 서릿발 같은 여인을 바라보았다. 얼굴이 흙빛으로 물든 성 선비는 완전히 넋이 빠져 제 한 몸 건사하기도 힘들어 보였다.

이럴 때는 보통 조정의 관리가 나서야 하는데 새로 부임한 현감과 그의 호위무사는 흥미진진한 표정으로 사태를 관망하기에 바빴다.

"모, 몰랐습니다. 모르고 한 것입니다!"

"몰랐다? 저분이 네게 스스로 천비라 하였느냐?"

"그, 그건……."

"너는 겉모습만으로 저분의 신분을 짐작하고 불경스러운 짓을 저질렀다. 심지어 반지의 주인이라 밝히셨음에도 끼고 계시던 것을 억지로 빼앗아 갔으니 산속의 도적 떼와 무엇이 다르다 할 수 있겠느냐. 탐욕에 눈이 멀어 귀한 분의 보체에 상처를 입혔으니 너는 물론 너희 집안까지 무사치 못할 것이다!"

평소 같으면 국법을 들먹이며 쨍쨍하게 대항했겠지만, 저들의 기세가 예사롭지 않았다. 온갖 죄를 뒤집어씌운다면 존재감 미미한 집안 하나 해치우기란 대수롭지도 않은 일일 것이다. 세도가의 여식을 잘못 건드렸단 아찔함에 정씨 부인은 하늘이 무너지는 것 같았다. 이제 살길은 딱 하나, 최대한의 동정심을 유발하는 수밖에 없었다.

"씻을 수 없는 죄를 지었으니 소인을 죽여 주시고 부디 가족들만은 구명하여 주십시오!"

여인은 땅바닥에 엎어져 아예 통곡을 해댔다. 잠시 위신이 상하더라도 코앞에 닥친 위기를 어떻게든 모면하겠다는 과장된 몸부림이었다.

잠자코 지켜보던 아이는 그제야 치맛자락을 사르륵 들어 올려 사뿐사뿐 그 앞으로 나아갔다. 거동은 음전하였으나 표정과 눈빛은 나이답지 않게 제법 엄격했다.

"고개를 들어라."

"죽을죄를 지었습니다!"

"신분이 천하다 하여 그 본색이 천한 것은 아니라 하였다. 또한, 신분이 귀하다 하여 그 본색까지 귀한 것도 아니라 하였다. 양반이라 해도 그 사람됨이 비루하게 천할 수 있고, 천민이라 해도 그 됨됨이가 얼마든지 귀할 수 있다!"

이틀 새 눈앞의 꼬맹이가 서율을 여러 번 놀라게 하였다. 우선은 지켜보다 정도가 심해지면 끼어들려 했는데 입을 여는 족족 옳은 말만 해대니 굳이 가로막을 이유가 없었다.

아이는 주먹을 그러쥐고 당차게 할 말을 이었다.

"너는 어떠할 것 같으냐? 신분은 양반일지 몰라도 너의 됨됨이는 그야말로 천것에 지나지 않는다. 자고로 사람의 목숨이란 하늘에 달린 것이라 하였으니 내 어찌 함부로 거둘 수 있을까. 하나 너의 죄가 결코 가볍지만은 않다. 천것 주제에 그동안 다른 이에게 수도 없이 천것이란 말을 해 왔을 것이니 그 벌로 네게 치도곤을 놓게 하라, 현감께 청할 것이다."

정씨 부인이 경악하여 아이를 노려보더니 목소리를 낮추어 음산하게 쏘아붙였다.

"대체 어디까지 하려고 이러시오? 치도곤이라니!"

어린 너를 상대로 내가 이렇게까지 기어 주고 있으면 적당히 하고 물러설 것이지 정도가 지나치다는 비난이었다.

아이는 꿈쩍하지 않았다. 네가 반성하지 않을 줄 알았다는 듯 오히려 깜찍하게 맞받았다.

"대가는 치러야지. 왜, 어제 일은 실수였다, 또 우기기라도 할 참이냐? 하면 고을 사람들을 죄다 모아 당시 상황을 하나하나 따져 볼까?"

여인의 눈동자가 심하게 흔들렸다. 지아비의 눈치를 살피며 유불리를 따져 보는가 싶더니 도저히 피할 길이 안 보이는지 흑흑, 눈물을 쏟았다. 그 한심한 작태에 아이는 똑 부러지게 주의를 주었다.

"죄를 지어 놓고 대가를 치르려니 이제 와 두렵겠지. 그렇다면 이 순간을 가슴에 깊이 새겨 두고두고 간직하도록 하여라. 하여 행색이 남루한 자가 우스워 보이거든 오늘의 두려움을 꺼내어 너의 그 가당찮은 욕심과 우월감을 꾹꾹 눌러 담아야 할 것이야."

아이는 목소리와 말씨, 표정, 손끝 마디마디까지 어린 나이가 무색할 정도로 권위가 제대로 서려 있었다. 어느 댁 여식이 저리 대차고 다기진 것인지. 권문세족의 여식이 틀림없어 보이기는 했으나 그런 추측만으론 만족할 수 없었다. 아이를 향한 서율의 호기심은 최고조에 이르렀다.

자줏빛 수수꽃다리가 흐드러지게 피어 있는 관아의 후원. 바람이 불 때마다 꽃송이가 휘날리며 그윽한 향기를 퍼트리는 가운데 한 소년과 어린 여자아이가 서로를 마주 보며 은근한 미소를 나누었다. 특히 소년은 관복이 아닌 연한 옥빛 도포에 새하얀 답호를 입고 있어 여자아이의 차림새와 근사하게 어울렸다.

"네가 현감이라 하더니 허언은 아니었구나."

"그럼 이제 말을 높여야지, 이 녀석아."

"앗!"

서율이 손가락으로 이마를 톡 튕기자 아이는 외마디 비명을 질렀다. 맞은 곳을 살살 문지르며 버럭 성을 내었다.

"무엄하다!"

시건방진 저 말투조차 반가워 서율은 속웃음을 지었다.

지난밤, 아이의 안부가 걱정돼 어지간히 속을 끓였다. 그나마 길게 애태우지 않고 이렇게 번듯하고 화사한 모습으로 나타나 주었으니 천만다행이었다.

서율은 따뜻한 눈길로 다시 한 번 아이를 머리부터 발끝까지 살펴보았다. 어제는 생김새와 차림새가 그토록 이질적이더니 오늘은 생김새, 차림새, 행동과 말투까지 모든 것이 완벽하게 딱딱 들어맞았다.

"몇 살이냐?"

"어찌하여 여인의 나이를 묻는 것이냐."

그리 질질 짜며 안겨 올 땐 언제고. 아이는 이제 와 내외하는 꽃띠 처녀 행세를 하였다. 서율은 아이가 새초롬하게 구는 양이 귀여워 입가에 미소가 끊이질 않았다.

"그리 차려입으니 참으로 어여쁘구나."

진심이 담긴 서율의 한마디에 아이가 눈썹을 꿈틀하였다. 매일 듣는 말인 듯 아무렇지 않은 척하면서도 양쪽 입꼬리가 하늘을 향해 솟구쳤다.

"명자가 무엇이냐?"

"그건 알 거 없다."

"얼마나 금쪽같은 명자이기에 말해 줄 수 없다는 것이냐?"

서율이 황당해하자 아이는 웃음기를 싹 지우고 새치름하게 고개를 팽 돌렸다.

어제도 답하기 곤란한 부분에선 끝까지 입을 다물고 있었던 아이. 지금의 태도를 보아하니 집안에 관해서도 말해 주지 않을 것은 자명했다. 그렇다면 닥치는 대로 질문을 퍼부어 나름대로 추리를 해 보는 수밖에.

"어제는 무엇을 하고 있었던 것이냐?"

아이가 입을 다물고 고개를 가로젓자 서율은 빠르게 다음 질문으로 넘어갔다.

"집에는 어찌 돌아간 것이고?"

"밖을 내다보다 나의 호위무사를 만났느니라."

어제는 누더기 한 벌을 주워 입고 몰래 빠져나온 것이 틀림없었다. 그러니 집안에서 무사들을 풀어 아이를 찾게 하였을 테지. 감히 상상조차 할 수 없는 짓을 덜컥 저지르는 아이라. 서율은 더 많이, 더 자세히 알고 싶어졌다.

"그럼 관아에는 왜 오기 싫다 하였느냐?"

"일이 커지면 한양에 계시는 아버님과 오라버니한테까지 소식이 올라갈 것이다."

"지금 친척집에 놀러 온 것이냐?"

"나는 피접을 나왔다."

"피접?"

뜻밖의 말에 서율은 뒤늦게 아이의 안색을 유심히 살폈다.

"몸이 안 좋은 것이냐? 그래도 모친 곁에 머무는 게 더 나았을 것인데."

"……어머니께서는 돌아가셨다."

아이가 눈가를 촉촉이 적시며 힘없이 고개를 떨어뜨리자 서율은 아차 싶었다. 충분히 있을 수 있는 일이거늘 주의가 부족했다. 미안한 마음에 분위기가 숙연해지는데 아이가 느닷없이 고개를 번쩍 들더니 억울해 죽겠다는 듯 질문했다.

"아버님의 딸이 자꾸 불손하게 굴면 어찌해야 하느냐?"

"아버님의 딸?"

"아버님의 딸보다 그 아랫것들이 더 싫다."

한참 고민을 들어주다 보니 아이는 첩에게 총애를 빼앗긴 정실의 딸인 것 같았다. 모친을 따라 피접을 다니느라 본가를 자주 비우는 사이 이복자매가 부친의 마음을 사로잡고 아이는 천덕꾸러기로 전락한 것이다. 그 모친도 안방을 빼앗기고 화병이 나서 세상을 뜬 게고.

게다가 아랫것들까지 모조리 첩실에게 붙어버렸다니, 어느 댁 어르신인지 참으로 한심하기 짝이 없었다. 그래도 다행인 것은 동복오라버니가 집안의 장남이어서 아이가 계속 융숭한 대접을 받을 수 있었다는 점이랄까. 첩과 이복자매의 위세에 눌려 저 혼자 속상해하는 아이의 모습이 절로 그려져 서율은 딱한 마음이 들었다.

아이는 사람의 정을 그리워하고 있었다. 피하고 싶을 만큼 서먹서먹한 부친과 늘 바쁘기만 한 오라버니. 한 몸처럼 붙어 다니던 모친을 갑작스레 잃고 마음 한 자락 기댈 곳을 찾지 못해 과거 어머니와 왔던 이곳을 다시 찾아온 것이다.

불쌍하구나.

서율의 가슴에 연민이란 감정이 싸하게 파고들었다.

"내가 어찌하면 좋으냐, 응?"

"어찌하긴 뭘 어찌해. 아까처럼 하면 되지."

하여 그런 것쯤은 별일 아닌 듯 태연히 조언했다.

"아까처럼?"

"그래. 조금 전 그 밉살맞은 여인을 따끔하게 혼내 주지 않았느냐. 당당하게 아랫것들의 잘못을 지적해 시정토록 하면 되는 것이다. 솔직히 말하면 아까 네 모습이 매우 의젓해 보이기에도 좋았다. ……왜 그러느냐?"

"혼인을 하였느냐?"

어느 순간 아이가 그의 말을 듣지 않고 물끄러미 바라보고만 있다 싶더니 엉뚱한 질문을 던졌다. 잠시 말문이 막혔던 서율은 빙긋 웃으며 대답을 주었다.

"아직 미취하였다."

"그렇다면 내가 조금 더 자라 그대를 나의 지아비로 삼아 줄 것이야."

"……뭐?"

생각지도 못한 아이의 당찬 포부에 서율은 큰 소리로 하하하, 함박웃음을 터트렸다.

"뭐가 그리 우스우냐? 기뻐서 그러하냐?"

"내가 마음에 든 것이로구나?"

아이는 대답 대신 고개만 세차게 끄덕였다.

"한데 어찌하여 네 명자도 알려주지 않는 것이냐?"

"보모가 명자를 함부로 알려주지 말라 하였다. 내 오늘 보모와 담판을 짓고 내일 다시 와서 명자를 알려줄 것이다. 대신 지금은 나이를 알려주마. 나는 올해 아홉이 되었다. 그럼 이제 내가 자랄 때까지 기다리겠노라, 약조해 주겠느냐?"

아이가 다짜고짜 새끼손가락을 쳐들더니 조바심이 돋아난

얼굴로 바싹 다가서며 물었다.

"내 한번 숙고해 보도록 하지."

"내가 싫으냐? 어제 그런 모습을 보여 그대 눈엔 내가 못난 이로 보이는 게로군."

새까맣고 순진한 눈망울을 출렁이며 한숨을 내쉬는 아이는 깨물어 주고 싶을 만큼 귀여웠다.

"그럴 리가 있겠느냐. 아까 어여쁘다 하지 않았어. 지금까지 만난 여아 중 네가 제일 예쁘다."

"참이냐? 그럼 지아비가 되어 줄 것이다, 그리 약조해다오."

축 처져 있던 아이가 반짝 되살아나 새끼손가락을 도로 치켜들었다. 그러나 어린 선비는 고개를 단호히 가로저었다.

실망한 아이는 속상한 마음을 표정으로 드러내며 힘없이 손을 떨구다 깜짝 놀랐다. 서율이 중간에서 작은 손을 잡아 다시 원위치로 끌어 올린 것이다.

"대신……."

그러더니 저의 기다란 손가락을 척 걸어 주며 낙담한 아이의 마음을 달래 주었다.

"장차 내가 지어미를 맞이해야 할 때가 오면 너를 제일 먼저 나의 신붓감으로 고려해 볼 참이다. 어떠냐, 이 정도로는 안 되는 것이냐?"

내리 거절만 당하다 겨우 얻은 긍정적인 답변이었다. 아이는 그 정도만으로도 감격스러운지 만면에 웃음을 띠었다. 마주 건 새끼손가락을 힘차게 흔들며 재차 다짐도 받았다.

"약조하였다. 나는 그대에게 가장 우선순위에 있는 신붓감이니라."

"그래."

"내일 올 터이니 기다려다오. 내일 오면, 나의 명자를 알려주고 그대의 명자도 물어볼 것이다. 내게 뜸 들이지 말고 그대의 명자를 꼭 알려주어야 한다."

그게 뭐 어려운 일이라고.

아이의 신신당부에 서율은 즉석에서 시원스레 자신을 소개했다.

"나는 김가 서율이라고 한다. 김서율."

어머니를 잃고 헛헛해하던 아이에게 자신이 새로운 안식처가 된 줄도 모르고 서율은 오후의 볕처럼 따스한 미소를 지어 보였다.

공주 은명

시원한 바람이 불어오고, 눈앞으로 시야가 탁 트이게 펼쳐진 깊은 산속 계곡. 수려한 기암괴석과 푸르른 녹음, 그 아래 햇살과 구름, 바람, 자연을 머금고 굽이굽이 넘실거리는 청량한 계곡물까지. 만물이 한데 어우러져 기묘한 절경을 자아내는 그곳에 한 여인과 여자아이가 나란히 서서 눈을 감고 있었다.
　은명은 실눈을 뜨고 옆에 계시는 어머니를 살짝 훔쳐보았다. 연미색 삼회장저고리에 풍성한 하늘빛 치마를 차려입으신 모습이 여느 때처럼 정갈하고 기품이 흘렀다. 깊은숨을 들이마실 때마다 향기로운 내음이라도 맡는 듯 행복한 표정이시라니.
　꽃향기라도 나는 것일까?
　은명도 눈을 감고 후각을 곤두세워 보지만 어떠한 향도 맡아지지 않았다. 궁금증을 스스로 해결하지 못하자 슬며시 어머니와의 대화를 시도했다.

"좋은 향이 나는 겁니까? 어디에서요?"

"마음을 비우고, 생각을 모두 떨쳐낸 후에 맡아 보아라. ……향이 느껴지느냐?"

"음…… 어머니에게서 좋은 향이 납니다."

딸아이의 천연덕스러운 대답에 여인은 감았던 눈을 뜨고 살포시 웃었다. 은명도 배시시 입꼬리를 끌어 올리며 그녀의 허리를 꼭 끌어안았다.

"그것 말고 또 다른 향은 없었느냐?"

"글쎄요."

다시 어머니의 품에서 떨어진 은명은 허공을 향해 킁킁거렸지만, 여전히 아리송했다. 잠자코 지켜본 여인은 듣기 좋은 음성으로 어린 딸을 차분히 일깨워 주었다.

"땅에서, 바람에서, 나무에서, 풀잎에서……. 셀 수도 없이 많은 향이 곳곳에서 피어오르고 있지 않으냐. 저기 저, 흐르는 투명한 물에서조차 향기가 나는구나."

은명은 어머니의 말을 들으며 콸콸 흐르는 깨끗한 계곡물을 바라보았다.

"세상에 존재하는 모든 것들은 자신만의 고유한 향기를 지니고 있기 마련이다. 사람 또한 그렇단다. 자신만의 향이 없다 함은 그 사람의 혼이 없는 것이나 마찬가지지."

은명이 어머니를 올려다보았다. 오늘따라 어머니의 표정과 목소리가 어쩐지 처연하게 느껴져 이상하게 마음이 흔들렸다.

"은명아, 향기 있는 사람이 되어라. 아무런 빛깔도 향기도 지니지 못한 무의미한 삶을 경계하여라. 다른 곳에서 얻으려고 하지 말고 너 스스로 향기를 피워 내는 그런 사람이 되어야 한다."

"예, 어머니."

"여인이기에 포기하지 말고, 규방에 갇혀 있다 하여 단념하지 말거라. 어여쁜 비단옷을 입고 있어도, 남루한 누더기를 걸치고 있어도, 언제나 그윽한 향을 자아내는 그런 사람이 되어야 하느니라."

은명은 고개를 세차게 끄덕였다. 하시는 말씀을 모두 이해하진 못했으나 이렇게라도 해서 왠지 슬퍼 보이는 어머니를 기쁘게 해드리고 싶었다.

어린 딸의 노력이 가상했는지 여인은 슬픈 기색을 지우고 환히 웃었다.

그 웃음이 지나치게 밝았던 탓일까.

은명은 갑자기 어머니가 햇살처럼 눈이 부셨다. 눈동자가 시리고 따가워 깜박거리다 어느 순간 눈꺼풀을 꼭 닫았다. 그리고 다시 눈을 떴을 때 함께 있던 어머니가 감쪽같이 사라졌다.

"어? 어머니!"

당황한 은명이 이리저리 움직여 살펴봤지만, 어디에도 어머니의 흔적은 남아 있지 않았다. 어머니는 결코 저를 혼자 놔둔 적이 없기에 덜컥 무서워졌다. 은명은 정처 없이 산속을 뛰어다녔다.

마치 억겁의 시간을 뛰어다닌 듯했다. 언제부터인지 목구멍이 따갑고 전신이 욱신욱신 아팠다. 머리도 깨질 듯 통증이 일었다. 그런데도 은명은 멈추지 않았다. 두려움에 휩싸여 어머니를 부르며 기를 쓰고 온 산을 찾아다녔다.

"어머니…… 어머니……."
"자가, 공주 자가! 정신이 드시옵니까?"
익숙한 목소리가 들리고, 시원한 어떤 것이 이마로 내려왔다.
꿈속을 떠돌던 은명은 서서히 잠에서 깨어났다. 무거운 눈꺼풀을 들어 올리자 누군가의 뿌연 윤곽이 시야에 들어왔다. 어머니가 아닌 것은 확실해 느릿하게 여러 번 눈을 깜박여 바라보니 눈시울이 붉어진 보모상궁이었다.
최 상궁도 어머니가 갑자기 사라지셔서 울고 있는 것일까?
묻고 싶은 말이 많아도 온몸이 쑤시고 천근만근 무거워 손가락 하나 까딱할 수 없었다. 시야는 왜 또 이리 흐릿해지는지. 감당할 수 없는 신열에 눈앞이 몽롱해진 은명은 그대로 까무룩, 암흑 속으로 무기력하게 빠져들었다.

하룻밤만 자고 일어나려 했는데.
정신을 잃고 며칠 만에 기운을 차린 은명이 양어깨를 축 늘어트렸다. 자리옷을 입은 채 금침 위에 앉아 바뀌어 있는 방 안 풍경을 멍하니 둘러보았다. 행궁으로 돌아오는 것도 몰랐을 만큼 그렇게나 아팠었다니. 보령에서의 일이 꿈만 같아 얼떨떨했다.
이곳은 온양의 행궁. 성상의 유일한 적녀로 1년 반 전 승하하신 효경왕후의 소생이자 세자의 하나뿐인 동복누이, 공주 은명이 피접을 나와 있는 별궁이었다.

약 보름 전, 은명은 온양에서 보령이 가깝다는 말을 주워듣고 과거 어머니와 즐거운 한때를 보냈던 도승지의 본가를 떠올렸다. 다시 한 번 가보고 싶다는 열망에 떠날 채비를 하라, 명을 내렸으나 웃전의 허락을 받아야 한다는 대답만 돌아왔다.

어머니가 계실 땐 즉흥적으로 손을 잡고 길을 나서곤 했는데 이제는 지척을 방문할 때조차 허락을 받아야 한다니. 화가 난 은명은 행궁이 뒤집어질 정도로 소란을 피웠다.

'한양까지 언제 파발을 띄워 허락을 받는단 말이냐! 나는 혼자라도 갈 것이니 오기 싫으면 너희는 여기에 있도록 하여라!'

'최 상궁, 거기서 며칠만 바람을 쐬고 돌아오면 아픈 것이 싹 다 나을 것 같아 그러는 것이다. 우리 조용히 다녀오자, 응?'

안 그래도 혼자된 공주가 측은하던 차에 불쌍한 표정으로 품에 안겨 살살거리자 최 상궁도 깜빡 넘어가고 말았다. 이러면 아니 되옵니다, 하면서도 안팎으로 입단속을 단단히 시키고 비밀리에 보령을 찾았다. 과연 그것이 잘한 일이었는지 끊임없이 후회하긴 했어도.

"그러니까 벌써 여러 날이 지났다는 거지?"

"예, 자가. 꽤 여러 날 앓으셨사옵니다."

"가야 할 곳이 있었거늘. 날 거짓말쟁이로 알 것이다."

은명은 힘없이 시선을 떨구었다.

"다시는 못 만나겠지?"

아니야! 다 나으면 김서율, 그자를 찾아가 아팠다고 말해 줘야지. 그때까지 나를 잊으면 아니 되는데…….

물수건으로 손과 발을 닦아 주던 최 상궁은 눈물이 차오른 공주를 걱정스레 바라보았다. 며칠 전 갑자기 사라지셔서 무던히 애간장을 태워야 했다. 그때를 생각하면 아직도 눈앞이 아찔해져 팔다리가 덜덜 떨렸다. 다행히 비밀리에 풀어 놓은 군관이 저자에서 공주를 찾았기에 망정이지.

처음에는 차림이 하도 해괴망측해 알아보지도 못했다고 하였다. 최 상궁도 공주의 몰골을 보고 그 자리서 털썩 주저앉을 뻔했다. 하나 그것은 약과에 불과하였으니, 목욕을 하며 저자에서 겪은 일들을 줄줄이 말하기 시작하시는데…….

최 상궁은 당장에라도 그 사악한 것의 목을 베고 자신도 목을 매어 제대로 모시지 못한 벌을 받고 싶었다.

대체 무엇을 하고 싶으셨던 것일까?

골백번 되짚어 보아도 공주의 무모한 행동을 이해할 수 없었다. 똑같은 일이 재발되는 것을 방지하기 위해 연유를 알아보려 요리조리 구슬려 보아도 소용없었다. 이제 겨우 아홉, 아직은 어린 나이임에도 한 번 다물면 아무리 용을 써도 절대로 입을 열지 않는 분이 공주 자가셨다.

생전 처음 겪은 망측한 일로 놀라지는 않으셨을까, 그날 바로 진맥을 받게 하고 싶었으나 그럴 수도 없었다. 공주가 손사래를 치며 음식을 싸놔라, 하사품을 내와라, 곱게 단장을 해 달라, 다른 일로 한창 들떠 있었기 때문이다.

결국 공주는 다음 날 관아에 다녀오자마자 열이 펄펄 끓어 정신을 놓았다. 행궁으로 돌아오는 내내 병세가 악화될까, 얼마나 마음을 졸였는지. 코끝이 찡해진 최 상궁은 눈물을 참으며 물기를 짜낸 천으로 이곳저곳을 정성껏 닦아드렸다.

때에 맞춰 의녀가 탕약을 들고 들어왔다. 공주는 쓰디쓴 약을 잘 받아먹고 입가심으로 달달한 앵두정과도 오물오물 먹더니 그대로 보모의 무릎을 베고 편히 누웠다.

"답답하니 문을 열어라."

최 상궁이 금침을 끌어다 공주를 덮어 주자 나인이 가까이에 자리한 분합문을 활짝 열어 주었다.

드넓게 펼쳐진 파란 하늘을 보니 기분이 한결 상쾌해졌다. 은명은 물결처럼 떠 있는 구름을 응시하며 처음으로 꿈속에서나마 뵐 수 있었던 어머니의 모습을 곰곰이 되새겨 보았다.

꿈속의 대화는 실제로 어머니께서 승하하시기 달포 전, 속리산에 올랐다 나눈 내용이었다. 물론 그때는 어머니의 손을 잡고 함께 산에서 내려오긴 했지만.

어머니, 이제 그곳에만 계시는 거여요? ……보고 싶습니다.

꿈속에서 끝내 어머니를 찾지 못했던 은명은 드높은 하늘을 하염없이 주시했다. 겹겹이 쌓인 구름을 헤치면 마지막 그 어딘가에서 혹시나 어머니의 치맛자락 끝이라도 뵐 수 있을까 하여.

대군 사저에서 군으로 태어났던 오라버니와 달리, 은명은 부친이신 안영대군이 보위에 오른 뒤 궐이 아닌 사가에서 공주로 태어났다. 이후 은명은 모후였던 중전 서씨를 따라 대부분의 시간을 궐 밖 사가에서 보냈다.

 중전은 공주를 항상 옆에 끼고 있다가 대비전에서 은명이 보고 싶다는 기별을 보내면 그제야 잠깐씩 입궐을 허했다. 때문에 궐에서는 기껏해야 한 해에 한두 달 머무는 게 고작이었다.

 부왕과는 처음부터 데면데면하였다. 아무리 오랜만에 용안을 뵙고 문후를 올려도 오가는 내용은 늘 같았다. 사실 별 내용이랄 것도 없었다.

 "중전께서는 평안하시냐?"

 "예. 평안하시옵니다."

 그러면 한동안 침묵이 이어졌다. 은명은 그 시간을 가장 싫어했다. 부왕께서는 매번 한두 가지 형식적인 질문을 던진 뒤 그대로 앉혀 놓고 한참 동안 얼굴을 바라보고만 계셨다.

 대충 순서를 알고 있던 은명은 전하의 가슴팍에 시선을 고정하고 할마마마와 무엇을 할지 궁리하며 시간을 때웠다. 그렇게 불편한 절차가 지나면 대비전으로 달려가 어리광을 피우며 할마마마의 사랑을 독차지했다.

 사가에서는 중전의 보살핌 아래, 궐에서는 대비의 보호 아래 은명은 구김살 없이 무럭무럭 예쁘게 성장했다. 흙으로 돌아가는 그날까지 매일매일 화창한 날만 계속될 줄 알았는데 불행은 예고 없이 찾아왔다. 대비께서 지병으로 승하하신 지 약 한 해가 흐른 뒤 꽃보다 곱고 아름다웠던 어머니, 중전께서도 불현듯 세상을 하직하신 것이다.

전날까지만 해도 은명과 놀아 주실 정도로 건강했던 어머니가 하루아침에 몸져누웠다. 시름시름 고열에 시달리며 헛소리까지 하셨다. 원인 모를 병세는 급속도로 악화되었고, 급기야 세자 내외가 황급히 병문안을 나오는 소동까지 벌어졌다.

아들 내외의 방문에 기운이 나셨는지 다행히 어머니는 그다음 날 자리를 털고 일어났다. 은명은 며칠 동안 어머니와 오라버니, 그리고 빈궁에게 둘러싸여 기분 좋은 시간을 보낼 수 있었다. 얼마간 꿈같은 시간을 보내고 세자 내외가 환궁하는 날이 밝았을 때였다. 어머니는 은명을 앉혀 놓고 뜻밖의 말씀을 하셨다.

"은명아, 궐에 다녀오지 않으련?"

갑작스러운 제안에 은명은 깜짝 놀라 고개를 도리도리 저었다. 오라버니와 조금 더 함께 있고 싶긴 했지만 이제 막 기운을 차리신 어머니의 곁을 떠날 수는 없었다.

"아니어요. 소녀는 그냥 어머니 곁에 있겠사옵니다."

"오랜만에 뵙는 동궁마마랑 조금 더 함께 지내고 싶지 않으냐?"

"그러고는 싶지만……."

"어미가 걱정되어 그러는 것이구나. 이리 온."

은명이 어머니의 품으로 쏙 안겨들자 세자는 장난치듯 놀렸다.

"은명이 아직도 아기로구나. 앞으로 유모 젖을 한참 더 먹어야 되겠다."

"소녀는 이미 다 컸사옵니다!"

은명이 얼굴을 찡그리며 바락대자 방 안에 있던 모든 이의 얼굴에 웃음꽃이 피어났다.

중전은 무릎에 앉힌 어린 딸을 따뜻한 눈길로 바라보며 새까만 머리와 조막만 한 얼굴을 다정하게 쓸어 주었다.

"네가 귀엽고 여여뻐 오라버니가 장난치는 것이다. 어미는 오늘 이렇게 세자와 빈궁, 그리고 공주가 함께 있는 모습을 보니 더없이 기쁘고 행복하구나. ……선아."

"예, 어마마마."

"궐에 가면 누이를 잘 돌봐 주어야 한다. 궐에서뿐 아니라 언제 어디서든 은명이를 잘 지켜주어야 하느니라."

"심려 마시옵소서. 잘 돌볼 것이옵니다."

아들의 대답이 마음에 들었는지 중전은 밝은 웃음을 띠고 오랫동안 자식들과 며느리의 얼굴을 들여다보았다. 세자 내외와 공주가 떠날 때는 친히 대문 밖까지 나와 배웅을 하셨다.

덩(공주나 옹주가 타던 가마)에 오르기 전, 은명은 안색이 창백한 어머니를 돌아보며 신신당부하였다.

"어머니, 금방 올 터이니 적적하시더라도 조금만 참으시어요."

"그래, 아가야. 조심히 잘 다녀오너라."

연과 덩이 천천히 움직이자 은명은 창밖으로 고개를 내밀어 손을 흔들었다. 어머니는 잔잔한 미소를 머금고 오래도록 행렬을 지켜봐 주셨다. 그리고 그것은 두 모녀가 눈을 맞추고 서로를 마주 보는 마지막이 되었다.

이틀 뒤, 아침에 일어나니 궁은 온통 눈물바람이었다. 밖에서 들리는 통곡 소리에 은명은 등골이 섬뜩해졌다. 조용히 문이 열리고 눈자위가 붉어진 최 상궁이 들어서는데 아래위로 온통 새하얀 옷차림이었다.

할마마마가 돌아가셨을 때 상궁들이 입고 있던 상복이 떠올라 은명의 어린 가슴은 조마조마하였다. 누가 또 돌아가셨단 말인가. 곧이어 눈앞에 엎어진 보모상궁은 울음기 가득한 목소리로 믿을 수 없는 소식을 전해 주었다.

"화경궁에서의 전갈이옵니다. 지난밤에 중전마마께옵서…… 승하하셨다 하옵니다."

어린 은명이 기억하는 가장 끔찍한 아침이었다.

언제나 겹겹이 덮여 있던 보호막이 사라지고, 은명은 차가운 세상 속에 무방비하게 노출되었다. 일곱 살 어린 공주에게 직접적으로 와 닿은 현실 세계는 충격과 경악, 절망 그 자체였다. 궐 안 어디에도 은명이 설 자리는 존재하지 않았다. 중전이 사가에서 지내는 동안 내명부를 장악한 간택후궁들의 권세는 그야말로 하늘을 찌를 듯했다.

그중에서도 중전을 대신해 내명부를 이끌던 혜빈 김씨의 기세는 거침이 없었다. 무엇보다 은명을 뒤흔든 건 혜빈의 소생인 화국옹주를 대하는 아바마마의 따스하기 이를 데 없는 다정한 태도였다. 놀랍게도 전하께서는 어여쁜 옹주의 손을 잡고 종종 산책에 나서곤 하셨다.

늘 차가우셨던 아바마마께 저리도 온화하고 다정한 면이 있었다니.

은명은 믿기지가 않아 몇 번이나 눈을 깜박이며 다시 보았다. 하나 그 따스함은 오직 옹주에게만 향해 있기에 은명은 부왕의 웃는 용안을 멀리서 훔쳐봐야 하는 신세였다. 두 부녀를 지켜보며 속에서 올라오는 통증을 삭이는 일 역시 어린 공주 혼자만의 몫이라 은명은 하루하루 생기를 잃었다.

아바마마께옵서 왜 나를 싫어하실까?

도무지 영문을 알 수 없어 혼자서 끙끙거리던 어느 날, 우연히 나인들끼리 속닥이는 대화를 엿듣고 자세한 내막을 알게 되었다. 혜빈이 왜 그토록 기세가 등등한 것인지, 어머니는 왜 그렇게 궐 밖에만 머물러야 했는지.

선대왕께서 후사를 남기지 못하고 갑자기 붕어하시어 보위가 동복아우인 성상께로 넘어왔다. 그런데 즉위식을 앞두고 커다란 역모 사건이 발생했다. 출중한 무관이었던 은명의 외조부, 서한철 대감과 선대왕의 충신이었던 김대원 대감이 곧바로 진압에 나섰다. 두 사람이 각각 전후방을 맡아 역도들을 잡아들이는 사이 궐에서는 무사히 즉위식을 끝마칠 수 있었다.

문제는 그 후에 일어났다. 역도들을 처벌하는 과정에서 이를 기회로 상대세력을 음해하려는 당파 간의 치열한 물밑작업이 시작된 것이다. 자칫하다간 크나큰 권력암투로 번질 수도 있는 일촉즉발의 긴장감이 돌았다. 파국을 막기 위해 왕은 모든 대소 신료들을 모아 놓고 확고한 의지를 천명했다.

"앞으로는 암암리에 벌어지는 정치적 음해나 다툼을 엄단할 것이며, 이를 어긴 자에겐 그 어떠한 관용도 베풀지 않을 것이오. 또한, 당색이나 파벌에 상관없이 오로지 개개인의 능력에 따라 인재를 등용할 것이니 경들도 이러한 과인의 뜻을 따라 주길 바라오."

명분을 내세운 공표였던 만큼 모든 신료는 그 뜻을 받들겠노라 맹세하였고 얼마간의 평화를 유지할 수 있었다. 하지만 그것은 어디까지나 겉으로 드러나는 모습이었을 뿐. 김대원을 위시한 저들 세력은 곧 은명의 외조부인 달성부원군의 제거를 단행했다.

그들은 먼저 부원군이 왕명을 어기고 상대세력을 음해하려 했다며 발고해 궁지에 몰았다. 그런 다음 그가 왕을 해하고 어린 세자를 앞세워 조정을 장악하려 했다는 무시무시한 죄명을 뒤집어씌웠다. 이는 사화로까지 번질 뻔했던 크나큰 사건으로 당시 부원군을 주살하고 세자와 중전을 폐위하라는 상소가 끝도 없이 빗발쳤다.

강직하기로 이름난 부원군이었기에 혐의를 믿지 않는 사람들도 많았으나 옴짝달싹할 수 없는 증좌로 그는 허무하게 무너졌다. 그럼에도 끝까지 죄를 부인했다던 부원군. 그는 결국 모진 고신 끝에 바닥에 혈서 하나를 남기고 옥에서 숨을 거두었다.

증좌로 발각된 모든 것들은 전부 신(臣)이 홀로 계획하고 자행한 것입니다. 세자 저하와 중전마마께 죄가 있다면 이 모자란 사람을 전하의 충신으로 알고 믿어 주신 것일 뿐. 욕심에 눈이 멀어 화를 자초한 이 늙은이를 엄벌하여 주시옵소서.

달성부원군이 목숨과 가문을 버리고 어린 외손자와 여식을 살렸다는 은밀한 수군거림을 뒤로한 채 왕은 빠르게 움직였다. 그의 혈서를 자백으로 인정하고 서씨 가문을 응징하라, 왕명을 하달했다. 이를 두고 백성들 사이에선 세자와 중전을 구하기 위한 상감마마의 결단이 아니었겠느냐, 추측하기도 했다.

이후 김대원과 그 세력은 강력한 신권을 쥐게 되었지만 무리하게 어린 세자를 끌어들인 탓에 세간의 구설에 오르게 되었다. 말이야 바른말이지, 당시 여섯밖에 되지 않은 어린 세자가 어찌 부왕을 모해하고 용상을 꿈꿀 수 있었단 말인가.

그들의 주장은 혜빈에게서 막 태어난 왕자, 정한군을 세자로 올리기 위한 정치적 술수로밖에는 보이지 않았다. 혜빈은 성상의 즉위와 함께 김대원이 궐로 들인 후궁이었으므로.

모진 일을 당한 중전은 심병을 앓다 피접을 핑계 삼아 궐 밖으로 나돌았다. 그리고 두 해 뒤, 왕비의 폐위 문제는 또다시 수면 위로 떠올랐다. 친정에서 유일하게 살아남아 관노비가 된 남동생 부부의 뒤를 돌봐 주다 발각되었기 때문이다. 이때 중전을 살린 이가 바로 은명이었다.

아무도 예상치 못했던 중전의 회임. 그야말로 천우신조가 아닐 수 없었다. 임금은 이를 기회로 세자가 보위에 오른 다음까지 권신들의 후일을 보장해 주고, 중전을 궐 밖 사가인 화경궁에 거처하게 함으로써 폐위 문제를 일단락 지었다.

그로부터 일곱 달 뒤, 중전께서는 왕의 유일한 적녀인 공주를 출산했다. 당시 아홉이었던 세자는 삼칠일이 지나자마자 제일 먼저 달려가 흐뭇한 얼굴로 누이를 들여다보았다. 어머니가 아기를 안겨 주었을 때도 무서워하지 않고 얌전히 품에 안아 한참을 토닥토닥 얼러 주었다.

"아기가 어여쁘냐?"

"예. 참으로 조그맣고 어여쁩니다. ……그런데 어마마마, 이 아이가 여러 생명을 구했다 들었사옵니다. 그것이 참말이옵니까? 이렇게 울기만 하는 아이가 언제 그런 일을 한 것이옵니까?"

아들의 순진한 물음에 중전은 어떠한 대답도 해 주지 못했다. 입가에는 미소를, 눈가에는 눈물을 매달고 아기와 어린 아들을 애틋하게 바라만 보았다.

외숙에 관한 기억은 은명의 머릿속에 아직도 생생히 남아 있다. 사가에서 어머니는 장옷을 깊이 뒤집어쓰고 어느 관아의 노비 내외를 멀리서 지켜보며 눈시울을 붉히곤 하셨다.

은명이 여섯 살이 되던 해, 어찌된 영문인지 그 노비 내외가 삼남매를 데리고 화경궁으로 들어왔다. 은명은 비슷한 또래의 그 아이들과 어울렸고, 노비 내외는 멀리서 슬픈 미소를 지으며 지켜보았다.

어느 밤, 무서운 꿈을 꾼 은명은 곤히 잠든 보모를 놔두고 몰래 안채에 갔다가 엄청난 이야기를 들었다. 어머니와 노비 내외가 나누는 어렵고도 믿을 수 없는 은밀한 대화였다. 어린 딸이 밖에서 듣고 있었음을 나중에야 알게 된 어머니는 크게 노여워하셨다. 이날 은명은 생전 처음으로 눈물이 쏙 빠지도록 꾸지람을 들었다.

외숙에 관해 절대 발설치 말라는 어머니의 신신당부를 은명은 놀라울 만큼 철저히 지켰다. 이는 중전과 은명 그리고 지밀인 김 상궁만 알고 있는 비밀이 되었다. 덕분에 공주와 외숙 일가와의 관계는 나날이 끈끈하게 결속되었다. 그럴수록 은명은 당시의 상황을 이해할 수 없었다. 어머니는 이 나라의 왕비마마이신데 그 아우인 외숙은 어찌하여 노비로 살고 있는지.

그러다 우연히 듣게 된 나인들의 대화를 통해 은명은 몰랐던 전말을 이해하고 기가 팍 죽었다. 아마도 그래서 부왕께서 자신을 싫어하시는 거라며.

혜빈전 궁녀들은 상궁부터 나인에 이르기까지 도도함이 하늘에 닿아 있었다. 중전의 사후, 그들은 궁 안의 다른 궁녀들을 모아 놓고 혜빈께서 새로이 중전에 오르실 거라며 으스대기도 했다.

"이제 우리 혜빈 자가께서 내전의 새로운 주인이 되실 거야."
"하지만 후궁께서는 중전마마에 오르지 못하도록 되어 있는걸."
"병판 대감이 계시잖아. 병판께서 모든 실권을 쥐고 있는 한 아무도 혜빈께 대적할 수는 없어."

"그럼 이제 옹주께서는 공주 자가가 되시고, 정한군께서는 대군 자가가 되시는 거네!"

"공주 자가만 안 되셨지, 뭐. 전하께서는 옹주 자가만 예뻐하시고, 세자 저하께서는 온종일 바쁘시니. 옹주께서 정말 공주가 되신다면 지금의 공주 자가께서는 천덕꾸러기가 되실 거야."

천덕꾸러기란 말에 은명은 금세 눈물이 차올랐다. 서럽고 또 서러웠다. 분수도 모르고 날뛰는 저들을 모조리 잡아다 따끔하게 혼내야 했지만 혜빈과 옹주에 관해서라면 이상하게 주눅이 들었다.

은명은 이날 찍소리도 못 하고 숨을 죽일 수밖에 없었다. 이후 어머니를 잃은 상실감, 전하를 향한 서운함으로 오랫동안 속병을 앓다가 피접을 나오기에 이르렀다.

외숙께서는 지금 어디에 계실까? 하루빨리 찾아서 숨겨 드려야 하는데…….

새파란 하늘을 응시하던 은명은 외숙 일가가 떠오르자 가슴이 찌르르 아팠다. 피접이 결정되었을 때 그들을 몰래 이곳으로 데려오고 싶었다. 알음알음 방법을 물색해 봤으나 뜻을 이루진 못했다. 어머니의 서거 후 외숙의 정체가 발각돼 모두 잡혀갔다는 소식만 겨우 접할 수 있었다.

최 상궁을 졸라 이리저리 알아봤지만 그들의 행방은 묘연했다. 은명은 홀로 냉가슴만 앓다가 며칠 전 보령을 방문했을 때 그쪽으로 관비가 잔뜩 온다는 종복들의 수군거림을 들었다.

후원을 거닐다 그 소식을 접하고 가슴이 고동쳤다. 혹시라도 그들 중 외숙 일가가 있지 않을까, 조바심이 일었다. 혼자서 고민했던 은명은 급기야 도승지 댁 노비들이 내다 버린 헌 옷을 주워 입고 몰래 외출을 단행했다.

예전에는 외가에 대해 쑥덕이는 소리만 들어도 풀이 죽었다. 덩달아 무슨 잘못이라도 저지른 듯 고개를 들 수 없었는데 이제는 어렴풋이 알 것 같았다.

외숙같이 곧은 분이 죄인일 리 없었다. 외조부께서도 억울한 누명을 쓰셨을 테지.

며칠 전, 누추한 옷을 입었다 하여 반지를 빼앗고 자신을 도둑으로 몰았던 정씨 부인이 떠올랐다. 뻔뻔하게 물건을 빼앗고도 오히려 펄펄 뛰며 화를 냈던 그 여인. 멱살이 잡혔을 땐 너무 무서워 그 앞에서 울음을 터트릴 뻔하였다. 그때 여인도 정확히 알고 있었다. 은명이 말로는 지지 않고 끝까지 대들었지만 실은 두려워하고 있었다는 것을.

이쪽에서 겁을 먹을수록 그치는 더욱 포악하게 굴며 죄 없는 자신을 파렴치한으로 몰아붙였다. 그런 일을 겪고도 계속 움츠러들기만 한다면 앞으로는 그보다 더한 수모를 당할 게 자명했다.

아아, 어머니께서는 바로 그런 점이 염려스러워 꿈에 찾아오신 게로구나!

내가 겁쟁이가 되어 영영 도망치기만 할까 봐.

꽤 오랜 시간 멍하니 하늘을 올려다보던 은명은 명확한 깨달음에 상체를 벌떡 일으켜 세웠다.

당당해지고 싶었다. 더는 쓸데없는 일로 겁을 먹거나 기가 죽어 도망치고 싶지 않았다.

"어디가 불편하시옵니까?"

갑작스러운 행동이 걱정스러웠는지 최 상궁이 조심스레 살폈다.

"아니다."

"하면 어이하여 그러시옵니까?"

"최 상궁."

"예, 자가."

"이제 궐로 돌아가야겠다."

최 상궁은 놀라서 눈을 깜빡이는데 은명은 결연한 빛을 띠고 시선을 한 곳에만 두었다.

떳떳해질 것이다. 세상에도 스스로에게도. 그런 다음 반드시 찾아갈 것이다. 꾀죄죄한 몰골의 계집아이를 편견 없이 보듬어 주었던 김서율, 그가 있는 곳으로.

그러니 그대, 나를 잊지 말고 기다려다오. 그때까지 부디, 나를 꼭 기억해다오.

앞으로는 그의 앞에서 엉엉 울지 않을 것이다. 도움을 청하는 나약한 모습도 보이지 않을 것이다. 잃어버린 위엄을 되찾아 반드시 그와 의젓하게 마주 설 것이다.
 은명은 허리를 꼿꼿이 세우고 다부진 표정을 지었다. 어린아이답지 않게 시릿한 기운을 뿜어내면서도 한 소년을 떠올리는 먹빛의 눈동자만큼은 초근초근 출렁이고 있었다.

포악한 성정의 공주, 그 소문과 진실

곤전의 주인은 새로 간택되어 궐에 들어온 전前 공조판서의 손녀, 중전 심씨의 차지가 되었다. 혜빈은 법도에 따라 정1품 빈의 자리에 만족해야 했으나 내외명부에서 막강한 실권을 휘두르는 건 여전했다.

올해 열아홉, 아직은 미숙한 중전이 10여 년간 궐 안팎을 장악해 온 노련한 후궁을 상대하기란 쉽지 않았다. 세자빈 또한 이제 겨우 열다섯. 중전을 대신하기엔 아직은 어린 나이였으므로 사실상 혜빈의 위세를 저지할 사람은 아무도 없었다.

이러한 판세는 엉뚱하게도 올해 아홉이 된 어린 공주가 환궁하며 크나큰 변화를 맞이하게 된다. 그리고 그 변화의 바람은 아무도 예상치 못했던 소박한 사건, 투호놀이에서 비롯되었다.

"와!"

밝은 볕이 내리쬐는 7월의 중순, 공주전 소속의 나인인 난이와 수비가 구석진 창고에 들어서 환성을 질렀다. 최 상궁의 명으로 투호병과 화살을 찾으러 다니다 간신히 하나를 발견해 기쁨을 주체하지 못한 것이다.

"다행이다! 못 찾으면 어떡하나 걱정하고 있었는데."

금일, 전하께서는 세자와 대신들뿐 아니라 내외명부 부인들까지 모두 이끌고 사냥을 가셨다. 사냥이 펼쳐지는 동안 따로 할 일이 없는 부인들과 연로한 대신들을 위해 여러 가지 오락거리도 마련되었다. 그중 하나가 누구나 쉽게 즐길 수 있는 투호였다.

취지를 충분히 이해하고 선택도 무난했다. 하지만 궐 안의 것들을 모조리 쓸어간 건 과하다 싶었다. 적당히 개수를 맞춰서 가져가면 될 것을 융통성 없이 있는 대로 이고 지고 싸 가다니. 높으신 어른들이 한꺼번에 움직였던 터라 혹시 모를 사태에 대비해 넉넉히 준비한다는 게 이 지경이 된 듯싶다.

난이는 쯧쯧 혀를 차면서도 가슴을 쓸어내렸다. 그나마 남겨 놓은 게 있어 다행이라 여기며 투호병 쪽으로 다가갔다. 먼저 무게를 가늠해보고 나인 둘이 들기에 버거울 것 같으면 지나던 내관이라도 부를 참이었다. 난이는 몸에 힘을 주고 팔을 뻗는데 뒤에서 누군가 옆구리를 세차게 밀쳤다.

"아야!"

투호병을 들어 보지도 못하고 난이가 창고 바닥을 뒹굴었다. 엎어진 자세로 고개만 드니 옹주의 처소인 설향각 나인 세 명이 투호병을 둘러싸고 키득대고 있었다. 못된 짓거리에 약이 올라 난이가 벌떡 일어나 항의했다.

"뭐 하는 짓이야! 저리 비켜!"

"왜, 우리가 먼저 잡았는데?"

"내가 먼저 잡았어."

"너는 건드리기만 했지. 잡은 건 우리였고."

설향각 나인 중 하나가 건들건들 말장난을 하며 난이의 약을 살살 올렸다. 혜빈의 권세와 옹주를 향한 대전의 총애를 등에 업은 저들은 거만함이 눈에 거슬릴 정도였다.

이러한 유세가 어제오늘의 일은 아니었으나 아무리 기세가 대단하다 한들 공주와 옹주 사이에는 엄연한 위계질서가 존재했다. 난이는 그 점을 명확히 하였다.

"그래. 네가 먼저 잡았다 치자. 그렇다 해도 이건 공주 자가께 가야 하니 당연히 옹주께서 양보해 주셔야지."

"뭐? 쳇!"

상감마마의 귀애함이 지극해 중전마마께서도 함부로 하지 못하는 옹주 자가시거늘. 게다가 혜빈의 뒤에는 임금마저 쥐고 흔드는 병판 대감이 있다. 설향각 나인들에겐 웃전의 총애를 받지 못해 온양에 처박혀 있다 돌아온 공주가 아니꼬울 따름이었다.

"이건 혜빈께서 옹주 자가를 위해 특별히 남겨 놓으신 거야. 바깥 활동하며 기분 전환하시라고. 그러니까 그것도 이리 내."

저들이 화살마저 낚아채려 하자 수비가 빼앗기지 않으려 두 손에 힘을 주었다. 그러자 설향각 나인이 화살을 덥석 쥐며 위압적으로 으르렁거렸다.

"그 손, 놔."

"못 놔. 어디 투호병만 가지고 잘 놀아 봐. 화살도 없이 참 재미있겠다."

수비가 이를 악물고 버티자 옹주전 나인도 기를 쓰고 덤볐다. 둘 사이에 팽팽한 힘겨루기가 이어지기를 한참, 느닷없이 벼락같은 불호령이 떨어졌다.

"뭣들 하는 짓이냐!"

실랑이를 벌이는 사이 설향각의 나인 중 하나가 치사하게 옹주의 보모상궁을 모셔온 것이다. 화들짝 놀란 나인들이 싸움을 멈췄다. 재빨리 고개를 숙이고 매서운 눈길을 내뿜는 설향각의 엄 상궁에게 예를 취했다.

"자가께서 기다리고 계신다. 어서 챙겨라."

"예, 마마님."

엄 상궁의 위세에 기가 질린 수비는 화살을 내주고 고개를 푹 숙였다. 반면 난이는 분하고 원통해 울먹거렸다. 훌쩍이는 소리가 입 밖으로 새어나자 엄 상궁의 싸늘한 눈빛이 난이에게로 꽂혔다.

"너는 뭐가 그리 억울해서 훌쩍이는 것이냐?"

"투호병은 소인이 먼저 잡았습니다. 설사 소인이 늦게 잡았다고 해도 그것은 공주 자가께 가져갈 것인데 어찌하여 마마님께서 그냥 가져가시는 겁니까?"

난이는 무섭고 떨렸지만 할 말은 하고 싶었다.

공주가 피접을 나가기 전부터 궐 안은 온통 옹주를 중심으로 돌아갔다. 물론 그 전에는 공주께서 늘 사가에 계셨으니 그럴 수도 있었다. 하지만 이제 돌아오셨으니 모두가 주의해야 하는데 궁녀들 사이에선 여전히 옹주를 우위에 두는 이상한 분위기가 흘렀다.

"다시 한 번 말해 보아라."

"공주 자가께 가져갈 것이니, 마마님께서 그것을 내어주십사……."

말을 끝맺기도 전에 철썩, 거친 소리가 울리며 난이의 눈앞에서 불이 번쩍하였다. 무슨 일이 벌어졌는지 미처 깨닫기도 전에 한쪽 뺨에 쓰라린 통증이 번졌다. 엄 상궁이 두툼한 손을 사납게 휘둘러 왜소한 몸이 균형을 잃고 바닥에 풀썩 주저앉았을 정도다.

"일어서거라."

겁에 질린 난이가 몸을 벌벌 떨며 명에 따르자 엄 상궁은 난이의 뺨을 한 차례 더 세차게 후려쳤다. 어린 나인의 뺨이 퉁퉁 붓고 입술이 터져 피가 흘렀다. 그런데도 옹주전 나인들은 엄 상궁 뒤에 서서 킥킥거리며 고소해했다.

맞아서 아프고 수치스러운 것보다 저들의 교만한 행태에 난이는 울분이 솟았다. 그래도 참는 것 외에 도리가 없었다. 여기서 한마디라도 벙긋했다간 자비 없는 엄 상궁에게 끝도 없이 얻어맞을 판이다.

"네가 혜빈전에 반기를 드는 것이냐?"

엄 상궁의 목소리가 음습한 창고 안을 써늘하게 떠돌았다.

"아, 아니옵니다!"

"이대로 너를 궐 밖으로 내칠 수도 있다."

"마마님……."

"또다시 헛소리를 지껄이면 마땅히 그 대가를 치르게 될 것이다."

엄 상궁의 무감한 표정과 말투에 난이는 소름이 돋았다. 그대로 고개를 숙이고 소리 없는 눈물만 뚝뚝 흘리는데, 창고를 나서던 상궁이 걸음을 멈추고 돌아보았다.

"참, 취연당에 돌아가면 알아서 잘 말씀 올리거라. 굳이 여기에서의 일을 사실대로 고해 어리신 공주 자가를 속상하게 할 필요가 있겠느냐."

난이가 벌게진 눈으로 슬그머니 시선을 드니 고개를 돌리는 엄 상궁의 입가에 잔미운 미소가 떠돌고 있었다. 그 뒤를 쫓는 나인들도 어쭙잖은 우월감에 젖어 하나같이 비웃음을 머금었다.

그들이 떠나고 수비와 단둘만 남은 난이는 분하고 억울해 바닥에 털썩 주저앉아 큰소리로 엉엉 울음을 터트렸다.

공주의 처소인 취연당에 울음을 참는 나인들의 끅끅거림이 가느다랗게 이어졌다. 상석에 앉은 어린 공주는 그런 나인들을

벌써 일각이 넘도록 멀거니 보고만 있었다.

한 명은 뺨이 빨갛게 부풀어 올랐고, 또 다른 한 명은 힘싸움을 벌였는지 엄지손가락과 검지 사이에 상처를 입고 피를 흘렸다. 평소 같으면 진즉에 나서서 상황을 정리했을 최 상궁도 끓어오르는 화를 참지 못해 심호흡만 반복했다. 무너진 위계질서를 어디서부터 어떻게 바로잡아야 할지, 고연 그럴 수나 있을지 눈앞이 아득했다.

온양에서 환궁한 지 벌써 두 달이 흘렀다. 권태로울 정도로 지루하고 숨 막히는 시간이었다. 당차게 환궁을 선언한 공주는 막상 궐로 돌아오자 완전히 맥을 놓고 처소에만 틀어박혀 지냈다. 식사를 하는 둥 마는 둥, 먼 데 하늘을 바라보며 한숨만 푹푹 쉬었다. 누군가를 그리워하는 듯도 하였고, 굉장히 우울해하는 듯도 하였다.

내심 어디가 또 안 좋으신가 싶어 마음을 졸이던 최 상궁은 시간이 흐르며 점차 다른 환후를 의심했다. 은밀히 짚이는 그것이 맞는 것도 같고, 아닌 것도 같고. 혼자서 조바심을 내다가 제발 그것만은 아니기를 바라며 오늘은 무슨 수를 쓰든 공주를 밖으로 끌어내 바람이라도 쐬게 할 작정이었다.

그러려면 적당한 핑곗거리가 필요했고, 자연스럽게 투호놀이를 떠올렸다. 그것이 옹주전과 얽혀 이리도 얄궂은 사달이 일어날 줄은 꿈에도 모르고.

괘씸하고 무도한 것들.

최 상궁은 부아가 솟는 한편 속내가 복잡했다. 위신은 있는 대로 깎였는데 잡도리를 하자니 그것이 또 부담스러웠다. 대뜸 일을 벌이기엔 저들 세력이 만만치가 않았다. 명쾌한 답이 없어 속이 타들었다. 적절한 대응이 무엇일지, 기어이 자선당에 찾아가 도움을 청해야 하는지, 혹 그것이 동궁과 공주께 외려 해만 끼치는 게 아닐지 고민에 고민을 거듭했다.

"최 상궁."

"예, 자가."

내내 침묵을 지키던 공주가 마침내 입을 연 건 최 상궁의 고심이 극에 달했을 때였다. 두 눈을 여전히 나인들에게 고정한 공주는 엉뚱한 질문을 던졌다.

"설향각에 가본 적이 있더냐?"

"근처를 지나다 멀리서 본 것이 전부이옵니다."

"거기는 어떠하냐? 예보다 크고 으리으리하겠지?"

"그렇지는 않다 들었사옵니다."

"참말이냐?"

"그러하옵니다."

"가본 적도 없다면서 어찌 그리 확신해?"

망연히 나인들을 보고 있던 공주가 돌연 두 눈에 힘을 싣고 보모 쪽으로 시선을 돌렸다. 맥이 풀려 있던 음색도 단번에 또렷해져 울림이 강하고 옹골찼다. 어린 상전의 갑작스러운 변화에 최 상궁은 멈칫하여 곧바로 사죄했다.

"송구하옵니다."

"앞장서게."

그리고 이어진 공주의 주문에 최 상궁은 무얼 잘못 들었나 하여 어안이 벙벙했다. 찔끔거리던 나인들도 영문을 몰라 눈물을 그치고 눈치를 살피기에 급급했다.

"고, 공주 자가······."

"너희 중 아무도 본 이가 없다면 설향각이 어떻게 생겼는지 내 오늘 두 눈으로 똑똑히 확인할 것이다."

공주는 보모의 말을 끊고 자리를 박차고 일어섰다. 누가 말을 붙이기도 전에 가장 먼저 쌩하니 방을 나섰다.

예감이 좋지 않았다. 찰나의 순간 공주의 두 눈에서 불꽃이 튀는 것을 본 듯도 하였다. 착각이려니, 하면서도 최 상궁은 가슴을 부여잡고 부랴부랴 공주의 뒤를 쫓아갔다. 하필이면 대궐이 텅텅 비었을 때 이런 일이 벌어져 미치도록 불안했다.

전각을 뛰쳐나온 은명은 빠르게 걸었다. 등 뒤로 상궁과 나인들이 공주 자가, 공주 자가 부르며 방정을 떨었지만 돌아보지 않았다. 분노가 극에 달해 씩씩대며 걷다가 발에 걸리는 나뭇가지라도 있으면 사정없이 차버렸다. 치마를 입고도 거칠게 발길질하는 모양새가 흡사 저자의 왈패와도 같았다. 그때마다 최 상궁은 까무러치게 놀라 공주 자가를 외쳤으나 주의하지 않았다.

부왕과 혜빈 그리고 두 분 사이에서 태어난 옹주. 은명은 언제나 그 세 식구가 화락하니 웃는 모습을 멀리서 구경하는 처지였다. 그래서였을까. 혜빈과 옹주에 관한 일이라면 유독 자신감이 떨어지고 주눅이 들었다. 저쪽과 얽히기라도 할까 봐 못 본 척 자리를 피했고, 어떤 말이 들려도 못 들은 척 꾹 참고 넘어갔다.

그렇게 뒷걸음질 치며 참고 참았더니 결과는 옹주전 궁녀들의 멸시와 능멸로 돌아왔다. 불과 얼마 전만 같아도 조용히 물러나 혼자서 속상해했겠지만 더는 그럴 수 없었다. 앞으로도 계속 그렇게 살기엔 촌구석 저자에서 깨우친 세고의 이치가 지나치게 호되고 현실적이었다.

하여 전하께서 총애하는 여식이고 뭐고, 주제도 모르고 날뛰는 것들은 은명에게 있어 전부 보령의 그 정씨 부인과 동급이었다. 이쪽에서 참고 삭일수록 미안해하기는커녕 되레 기고만장해 벌떼처럼 몰려드는 방자한 것들. 예서 잠자코 있으면 저들은 머리 꼭대기까지 기어오르려 들 것이다.

은명은 노기로 가슴이 활활 타올랐다. 이것저것 따지고 생각할 것 없이 무조건 앞으로 나아갔다. 저 멀리, 설향각이라 불리는 곳에서 궁녀들의 웃음소리가 태평하게 메아리쳐 들려오고 있었다.

옹주가 던진 화살이 정확히 투호병 안으로 꽂혀 들었다. 침을 꼴깍 삼키며 지켜보던 궁녀들은 일제히 환호성을 지르며 바쁘게 손뼉을 마주쳤다.

"또 명중이시옵니다! 어찌 이리 던지시는 것마다 족족 맞히시옵니까!"

궁녀들의 찬양에 옹주도 우쭐해졌다.

"엄 상궁, 이제 네가 던져 보아라."

"예, 자가."

엄 상궁은 투호병을 겨냥해 성의껏 팔을 휘둘렀다. 화살은 아슬아슬하게 테두리를 맞고 밖으로 튕겨졌다. 땅바닥을 크게 치고 두어 번 공중으로 탁탁 튀어올랐다가 귀태가 도드라지는 어느 여자아이의 발끝에서 기력을 잃었다.

화살을 주시하던 옹주는 처음 보는 여자아이의 등장에 입가에 드리웠던 웃음기를 싹 걷었다. 한 번도 마주한 적 없으나 저 앞, 붉은색 치마에 밝은 하늘색 당의를 입은 아이가 누구인지 대번에 알아챘다. 제 또래의 아이 중 궐에서 저런 차림이 허용되는 사람은 자신 이외에 딱 한 사람밖에는 없었으므로.

조금 전까지 웃음꽃이 만발했던 설향각은 일시에 막막한 침묵에 휩싸였다. 누구도 예상치 못한 공주의 등장에 예를 취하는 것조차 잊고 모두가 벙벙한 얼굴이었다.

은명은 옹주를 포함한 설향각의 궁녀들을 전체적으로 싸늘히 훑어보았다. 무수히 날아와 박히는 어색한 시선도, 옹주 뒤에 버티고 선 부왕과 병판의 존재도 이 순간만큼은 부질없었다. 보령의 현감 김서율이 조언했다. 주제도 모르고 기어오르는 것들이 있다면 당당하게 그들의 잘못을 지적해 시정토록 하면 된다고.

은명은 발끝에 떨어진 화살을 꽉 밟아 비비적거렸다. 그러곤 앞으로 척척 걸어가 투호병을 발로 냅다 차버렸다.

이까짓 게 뭐라고!

묵직한 병이 기우뚱 쓰러지자 그 안에 꽂혀 있던 화살이 와르르 흙바닥으로 쏟아졌다. 공주의 거친 행동에 설향각뿐 아니라 취연당의 궁녀들까지 헉, 놀란 숨을 들이켰다. 제대로 흥을 깬 은명은 옹주의 보모상궁 앞으로 성큼성큼 다가갔다.

"네가 엄 상궁이냐?"

"예, 공주 자가."

소란의 이유를 짐작할 텐데도 엄 상궁은 여유롭고 말짱한 낯이었다. 조금도 켕기는 게 없다는 듯 지극히 당당했다. 은명은 그런 엄 상궁을 빤히 직시하며 하명했다.

"둘 다 이리 나오너라."

취연당 나인들 사이에서 난이와 수비가 고개를 숙인 채 쭈뼛쭈뼛 앞으로 걸어왔다. 그들을 알아본 설향각의 나인들은 일제히 두 눈을 험상궂게 부라렸다.

은명은 옹주전 나인들의 행태를 낱낱이 지켜보았다. 저들은 지금 한낱 나인들을 쏘아보고 있는 것이 아니다. 대궐에서 공주가 얼마만큼 하찮게 여겨지는지 여실히 보여 주는 것이었다. 해서 오늘, 저들이 만만히 여기는 공주가 어디까지 할 수 있는지 은명은 그 위치를 또렷이 보여 줄 참이었다.

"세상에서 인심이 가장 박한 곳은 대궐이라 하더니 그 말이 참이었나 보구나. 엄 상궁, 너는 연배도 높은 게 아랫사람을 감싸 주진 못할망정 어찌하여 어린 나인들을 저 지경으로 만들어 놓았느냐?"

"황공하오나 공주 자가, 그것은 위계질서를 무시하는 아랫것들의 무지함을 일깨워 주기 위함이었사옵니다."

엄 상궁은 눈을 내리뜨고 득달같이 아뢰었다.

그녀가 공주를 직접 대면한 건 이번이 처음이다. 창고에서의 소동 후 동궁전이 걸리긴 했지만, 공주가 직접 쫓아올 거라곤 예상치 못했다. 허구한 날 처소에 틀어박혀 승하하신 왕후마마만 찾으며 징징대는 심약한 분이라고 들었기 때문이다.

소문과는 달리 제법 야무진 분이시나 그렇다고 절절맬 생각은 추호도 없었다. 옹주의 뒤에는 혜빈이 있고, 그 뒤에는 대전과 병판이 버티고 있다. 천하가 다 아는 사실을 공주가 모를 리 없으니 으름장을 놓아 봤자 한계는 분명했다.

객관적 사실로 자신감이 충만한 엄 상궁은 내리뜬 두 눈에 거만한 빛을 드리우고 할 말을 다 했다.

"나인 주제에 감히 상하도 구분치 못하고 윗사람을 훈계하려 했으니 어찌 가벼이 넘길 수 있었겠사옵니까. 소인은 선임자로서 마땅한 처분을 내렸을 따름이옵니다."

"그래? 위계질서를 무시하는 아랫사람을 너는 매로 다스린단 말이구나."

"그러하옵니다, 공주 자가."

"좋다. 옹주의 보모씩이나 하는 사람이니 네 말이 맞겠지."

"망극하옵니다."

"하여 지금부터 나도 그 방식을 따라 너를 다스리려고 한다."

음성은 상냥한데 그 내용을 곱씹으니 참으로 살벌했다. 엄 상궁이 어리둥절하여 슬쩍 시선을 들자 공주가 크고 순진한 눈망울을 초롱초롱 빛내고 있다.

저런 눈을 하고서 그런 의도로 말했을 리 없다. 엄 상궁은 자신이 너무 예민했다 여기며 넘어가려 하는데 공주의 무구했던 눈빛이 삽시에 돌변했다.

"무릎을 꿇어라. 내가 언제까지 너를 올려다봐야 하느냐!"

어린 공주의 대찬 목소리가 설향각 전체를 쩌렁쩌렁 울렸다. 옹주가 놀라서 어깨를 들썩였고, 벙해진 엄 상궁은 사태를 파악하느라 눈꺼풀을 깜박였다. 설향각 궁녀들 사이에서 수런수런 소란이 일었다.

"내 말이 안 들리느냐?"

"소, 송구하옵니다."

공주의 채근에 엄 상궁은 말을 더듬으면서도 옹주에게 시선을 던졌다. 눈이 마주치자 옹주는 사색이 되어 시선을 바닥으로 떨구었다. 할 수 없이 엄 상궁은 주춤주춤 무릎을 꿇었다. 아무리 뒷배가 든든하다 한들 지금 이 자리서 서열이 가장 높은 사람은 공주다.

엄 상궁이 무릎을 꿇자 은명의 못마땅한 시선은 뒤로 서 있는 설향각의 나인들에게로 향했다. 공주의 시선이 찌를 듯 와닿자 나인들은 시선을 어디에 둬야 할지 몰라 전전긍긍하였다. 서로서로 흘끔거리며 눈치를 살피는데 은명은 우왕좌왕 헤매는 그들을 단번에 정리했다.

"너희는 왜 그러고 서 있는 것이냐? 너희 윗사람이 꿇어앉아 있는데 어찌하여 그 아랫것들이 서 있는 것이야!"

공주의 호통이 끝나자마자 설향각의 나인들은 죄다 바닥에 꿇고 고개를 숙였다. 초조해하며 지켜보던 취연당의 궁녀들은 그 기막힌 풍경에 속이 시원한 표정들이었다. 그동안 말을 안 해서 그렇지 알게 모르게 당한 일이 종종 있었다. 심지어 뒷일을 걱정하던 최 상궁마저도 일단은 속이 후련해 보였다.

"내가 누구냐?"

옹주전을 평정한 은명이 깔낏한 눈초리르 엄 상궁을 내려다보았다.

"고, 공주 자가이시옵니다."

"너는 뭐 하는 사람이냐?"

"옹주 자가를 뫼시는 상궁이옵니다."

"그렇게 잘 알고 있으면서 어이하여 네가 상전 노릇을 하였느냐? 상궁 주제에 어찌 감히 공주에게 오는 것을 가로채고 이의를 제기하는 나인들을 저리 만들었느냐 달이다!"

"그것은……."

"나인들 앞에서 눈도 깜짝 안 하고 공주를 능멸하는 너의 불손함이 봐줄 수 없을 지경이다."

은명은 엄 상궁의 말을 단칼에 잘랐다. 위계질서 운운하는 소리를 두 번 듣고 싶지 않았을뿐더러 애초에 대답을 듣고자 던진 말이 아니었다.

"혹 너는 공주인 나를 네 아래에 두고 있었느냐? 보란 듯이 공주전 나인들을 저리 만들었으니, 네가 실은 저들이 아닌 내 뺨을 치고 싶었던 것이라 의심하지 않을 수 없다!"

"아니옵니다! 절대로 아니옵니다!"

"아니다? 하면 너는 위아래도 구분하지 못하는 멍청이렷다? 왕실의 지엄한 위계를 무시하는 너의 무지함이 어린 나인들만 못하다. 대체 너 같은 무지렁이 따위가 어찌 옹주의 보모상궁 자리를 꿰차고 있는 것이냐!"

"죽여주시옵소서!"

엄 상궁은 다급히 죄를 청했다. 공주가 몰아치는 게 심상치 않아 우선은 화를 면해야 했다.

상궁의 그런 술수를 은명이 모를 리 없었다. 모든 것이 제 잘못인 양 죽여 달라 외치면서도 얼굴엔 죄스러움보다 못마땅함이 강했다. 얼핏 보아도 대충 고개를 숙여 주고 이 상황을 빨리 넘기겠다는 속셈이었다.

"오냐. 네 말대로 내가 공주이거늘, 상궁 목숨 하나 거두는 게 뭐 그리 어려울까!"

"공주 자가!"

"내 당장 이 자리서 너를 벌하고 후에 곤전마마께 네 무도함을 아뢸 것이다."

엄 상궁은 그제야 돌아가는 형세가 매우 곤궁함을 깨달았다. 숨이 붙어 있어야 후에 일을 키워 반격할 수 있는 것이지 죽으면 그게 다 무슨 소용이란 말인가.

세자빈과 돈독한 중전마마이시니 궁녀 목숨 하나 버린 것으로 이 일을 흐지부지 덮으실 게 뻔했다. 결국 아까운 제 목숨만 잃을 수도 있다고 생각하자 갑자기 오금이 저렸다. 엄 상궁은 뻣뻣했던 고개를 바닥까지 조아리며 이번에야말로 덜컥 겁이 나서 울부짖었다.

"통촉하여 주시옵소서, 공주 자가!"

"입에 발린 소리."

은명은 냉정했다.

"죽고 싶은 마음은 요만큼도 없으면서 위기를 모면하려 겉치레를 떨었구나. 그러고 보면 너는 멍청이가 아니라 간사한 이였던 것이야."

"흐흑, 공주 자가!"

"용서를 빌어라."

"소인이 어리석어 죽을죄를 지었사옵니다. 통촉하여 주시옵소서!"

"나 말고."

눈물로 범벅된 엄 상궁이 고개를 들어 동정을 살피자 은명은 눈짓으로 난이와 수비를 가리켰다. 상궁의 눈가에 설핏 찜찜한 기색이 스쳤지만 공주의 기세가 몹시도 드높았다. 지금은 순순히 따라야 위기를 넘길 수 있다.

"……가혹하게 대해 미안하구나. 내가 잘못하였다. 모든 것은 그저 나의 잘못이었다."

엄 상궁은 꺽꺽거리며 눈물을 뚝뚝 흘렸다. 죄를 뉘우쳐서라기보다 나인들에게 고개를 숙인 것이 수치스러운 것이다. 은명은 상관치 않았다.

"이제 결정하여라. 회초리로 종아리 스무 대를 맞겠느냐, 뺨 두 대를 맞겠느냐?"

아직도 남은 것이 있다는 소리에 엄 상궁은 눈을 휘둥그렇게 뜨고 고개를 들었다.

은명은 이렇게 된 김에 겁을 왕창 몰아 줘 본보기를 확실히 보여 줄 작정이었다. 상궁의 반응에 도리어 뭘 놀라냐는 듯 태연히 말했다.

"아랫사람을 매로 다스린다는 네 방식을 존중하겠다, 이미 말하였다. 회초리 스무 대를 맞겠느냐?"

"소, 소인은······."

"좋다. 최 상궁."

"예, 공주 자가."

"내가 돌아서면 정씨 부인에게 했듯 세게 두 대를 때려 주어라."

"예, 그리하겠나이다."

여전히 이후가 걱정이긴 하지만 일이 벌어진 이상 마무리는 엄하고 깔끔해야 한다. 최 상궁은 한 치의 모자람도 없이 공주의 하명을 받들기로 하였다.

대충 마무리 단계에 들어서며 은명은 설향각에 도착한 이래 처음으로 옹주를 알은척했다. 눈이 마주치자 옹주가 흠칫 몸을 떨었다. 은명은 길게 말하지 않았다.

"돌아서."

예쁜 눈에 물기를 머금은 옹주가 엄 상궁에게서 돌아서자 은명도 등을 돌렸다. 곧이어 뒤에서 찰싹찰싹 세차게 내리치는 소리가 울렸다. 옹주는 소리가 날 때마다 어깨를 움찔움찔 들썩였다.

두 번의 소리가 지나고 은명과 화국이 다시 돌아서니 엄 상궁의 한쪽 뺨이 벌겋게 부어올라 있었다. 은명은 아랑곳없이 꿇어앉은 궁녀들을 둘러보며 서늘한 경고를 내렸다.

"다시 한 번 주제도 모르고 날뛰는 것들이 있다면 이 정도 선에서 끝나지 않을 것이다. 궐 밖으로 내치는 것은 물론, 멀쩡히 걸어서 나가지도 못하게 될 것이야. 알겠느냐?"

"예, 공주 자가."

이제 은명은 시선을 내리고 있지만, 표정에 불만스러운 기색이 가득한 옹주에게로 고개를 돌렸다.

"네가 아바마마의 어여쁨을 받고 있다 하나 나는 공주고 너는 옹주다. 그 차이가 무엇인지 내가 굳이 설명해야 하느냐?"

"……."

"대답하여라!"

"아. 아니옵니다. 잘 알고 있사옵니다."

저보다 1년이나 늦게 태어난 공주가 마치 언니라도 되는 양 야단을 치자 옹주가 마지못해 작은 소리로 답했다.

"그래? 한데도 옹주전의 궁녀들이 천지 분간 못 하고 그 도를 넘을 때가 많다. 아랫사람의 허물은 곧 너의 허물이기도 하니, 잘 가르치고 타일러 앞으로는 경거망동을 삼가게 하여라. 내가 지켜볼 것이다."

"……예."

옹주의 대답을 끝으로 은명은 쌩하니 돌아섰다. 취연당 궁녀들을 이끌고 도도히 설향각을 빠져나갔다. 공주를 따르는 상궁과 나인들은 하나같이 십년 묵은 체증이 확 풀린 것처럼 발걸음이 가벼웠다.

그 모습을 멍멍히 지켜보던 옹주는 뒤늦게 올라오는 원통함을 참지 못해 훌쩍이다가 으아앙, 설움에 겨운 눈물을 펑펑 쏟았다.

"공주 자가, 공주 자가!"
"자가, 어디 계셔요!"

최 상궁은 취연당과 자선당의 나인들을 풀어 궐 안을 샅샅이 뒤졌다. 취연당 주변을 구석구석 훑기 시작해 이제는 사방을 헤매는 중이다.

설향각에 다녀온 후 곤하다며 오수에 들었던 공주가 감쪽같이 사라졌다. 기침하실 시각이 되어 들어가 봤더니 방에는 썰렁한 금침만 덩그러니 깔려 있었다. 밖에서 내내 지키고 있던 나인들은 눈을 싹싹 비비며 처소 안을 몇 번이고 살폈다. 드나든 이는 아무도 없는데 공주만 홀연히 사라졌으니 귀신이 곡할 노릇이었다.

　공주를 찾아 이리저리 헤매던 최 상궁은 마찬가지로 긴박하게 뛰어다니는 옹주전 나인들을 발견하고 이마를 짚었다. 공주가 떠난 뒤 바닥에 주저앉아 섧게 울었다던 옹주가 끝내 경기를 일으키며 앓아누웠다고 들었다. 의녀들이 급박하게 왔다 갔다 하는 것이 한눈에도 예사롭지 않았다. 이 상태로 웃전께서 환궁하신다면 어떤 일이 벌어질지 상상만으로도 간담이 서늘했다.

　한편, 나들이를 마치고 환궁한 상감과 비빈들은 그사이 발칵 뒤집힌 궐 안 풍경에 입을 다물지 못했다. 각 처소에 남아 있던 나인들은 공주와 옹주 사이에서 벌어진 화끈한 다툼에 관해 상전들께 소상히 아뢰었다.

　반응은 제각각으로 나타났다. 중전은 고소해하였고, 혜빈과 그를 따르는 후궁들은 분개하였으며, 세자와 빈궁은 공주를 걱정했다.

　이는 충분히 예상되었기에 주목할 곳은 대전이었다. 정궁의 소생인 공주와 총애를 받는 옹주. 성상께서는 과연 누구의 편을 들어주실까. 대궐 안 사람들은 저마다 촉각을 곤두세우고 대전의 행보를 주시했다.

　"아이참, 어떡하지?"
　취연당에서 멀지 않은 후원의 일각. 녹음이 우거진 관목 사이로 금박을 수놓은 붉은 치맛자락 끄트머리가 삐죽 튀어나왔다. 푸른 잎이 무성하게 돋아나 밖에서는 잘 보이지 않지만, 저 안쪽으로 사람 하나가 들어갈 만한 비좁은 공간이 형성되어 있었다.

이곳을 발견한 건 모후께서 훙서하시고 막 궐에 살기 시작했을 무렵. 보모 몰래 처소를 빠져나온 은명이 홀로 후원을 배회하다 멀리서 부왕을 목격하고 무작정 뛰어들었다 알게 되었다.

몸을 던질 땐 빽빽한 나뭇가지에 찔릴 것을 각오했는데 실상 들어와 보니 아늑한 공간이 마련되어 있었다. 바람이 솔솔 통하면서도 사방이 관목으로 둘러싸여 마치 자연이 준 안식처와 같았다. 은명은 세상으로부터 보호받는 느낌이 좋아 피접을 나가기 전 종종 몰래 찾아와 혼자만의 시간을 보냈다.

오늘도 마찬가지다. 기세 좋게 옹주전에 쳐들어가 발칵 쑤셔 놓은 것까진 좋았는데 부왕께서 환궁하실 시각이 다가오자 좌불안석이었다. 자리에 누워 오수를 청하면서도 가슴이 쿵쾅거려 잠을 이룰 수 없었다. 은명은 한참을 뒤척이다 자리에서 일어났다. 불안감을 견디지 못해 잠시나마 세상에서 사라질 수 있는 혼자만의 비밀장소로 꼭꼭 숨고 싶었다.

그리하여 아무도 모르게 몸을 감춘 곳이 이곳. 오랜 시간 수풀에 들어앉아 초조해한 은명은 조바심이 절정을 찍고 나자 갈수록 지치고 짜증이 솟았다. 시시각각 감정이 급변하다 마지막엔 내가 뭘 그리 잘못했나, 초심으로 돌아가 본래의 배포를 되찾았다.

"아, 몰라."

쫓아내시면 나가지 뭐. 오라버니랑 빈궁 마노라께 여비를 넉넉히 빌려서 김서율한테 갈 거야!

따지고 보면 이 모든 사달은 옹주의 보모상궁 탓이다. 시시비비를 정확히 가린다면 옹주전의 과오도 가볍지 않았다. 지레 겁먹을 필요 없다고 은명은 스스로를 타이르는데 조잘조잘 떠드는 소리가 들렸다. 저절로 양미간을 찌푸렸다. 이곳은 다 좋은데 가끔 시끄러운 게 문제였다.

관목 근처에는 여러 명이 앉을 수 있는 매끈한 바위가 자리했다. 휴식 삼아 앉기에 그만인 곳인데 이따금 나인들이 몰려와 알차게 수다를 떨었다. 궁에서만 지내는 처지에 자잘하게 아는 것이 어찌나 많은지, 외가와 어머니에 관한 이야기도 이곳에서 듣고 알게 되었다.

아니나 다를까 깔깔거리며 몰려온 나인들이 바위에 걸터앉아 본격적인 수다에 돌입했다. 대화의 주제는 단연 궐 안 최고의 화젯거리로 떠오른 두 왕녀의 일이었다.

"평소 발에 차이는 게 투호병이구만, 왜 하필 딱 하나 남았을 때 그걸 동시에 찾으셨대?"

"일이 터지려고 그런 거지."

"아무튼 옹주전 나인들 언젠가 한번 된통 당할 줄 알았어. 내가 그 꼴을 봤어야 했는데. 아우, 고소해!"

"얘들아!"

나인들이 주거니 받거니, 신이 나서 이야기꽃을 피우는데 또 다른 나인 하나가 헐레벌떡 달려왔다.

"너희 그 얘기 들었어? 지금 전하께서 설향각에 납시어 옹주 자가를 위로하고 계신대."

"정말? 전하께서 옹주 자가 편을 들어주신 거야?"

"어떡해, 그럼 이제 공주 자가께 불벼락이 떨어지겠네."

궁녀들의 철없는 입놀림에 은명은 명치끝이 따끔거렸다.

사가에서 지낼 땐 부왕으로 인해 이러한 아픔을 느낀 적이 없었다. 그때는 원체 차갑고 엄격하시어 모든 이에게 그리 대하는 분인 줄로만 알았다. 그러다 옹주를 향한 전하의 다사로움을 목격했고, 그 후로 모든 것이 달라졌다. '왜 나는…….'이란 서러움이 뱃속을 긁으며 오장육부를 잠식했다.

지금도 그러했다. 부왕께서 두 여식 중 옹주만 찾으셨단 소식에 뼛속까지 시렸다. 아릿한 통증이 어린 가슴을 파고들어 눈물까지 뽑아냈다. 은명은 무릎에 얼굴을 파묻었다.

왜 나는…… 돌아봐 주지도 않으신단 말인가?

이게 다 저가 못난 탓인 것 같아 스스로가 싫고 원망스러웠다. 어찌하여 이리도 못나게 태어나 아바마마의 어심을 거스르고 궐 안의 천덕꾸러기가 되었는지…….

혹시라도 우는 모습을 들킬세라 은명은 소리조차 내지 못하고 억수비 같은 눈물만 줄줄 흘렸다. 외로움에, 서러움에, 자괴감과 무기력함에 한참을 울었다. 자연히 얼굴과 귓불이 빨개지고 숨이 가파르게 차올랐다.

그렇게 쉬지 않고 눈물을 흘리는데 어느 순간 머리 위로 상큼한 기운이 은은히 전해졌다. 눈물로 뒤덮인 얼굴을 들어 보니 푸른 나뭇잎 하나가 두 눈에 들어왔다. 손바닥만 한 크기와 모양의 그것은 나뭇가지 맨 끝에 매달려 정수리 위에서 나붓나붓, 실바람을 타고 부드럽게 흔들거렸다. 그 모습은 마치 누군가 아이를 달래듯 머리를 가만가만 쓸어 주는 모양새였다.

온 세상이 뿌옇게 흐려진 가운데 초록빛의 나뭇잎은 곧 어느 소년의 따스한 손길로 바뀌었다. 그리움의 눈물비가 은명의 뺨을 타고 주룩주룩 흘러내렸다.

김서율.

아이의 눈물이 만들어낸 신루 속에서 그가 말간 웃음을 지었다. 한쪽 무릎을 바닥에 꿇고 살가운 손길르 은명의 윤기 나는 머리를 살살 어루만져 주었다. 아비도 싫다 하는 아이를, 허름한 차림의 보잘것없던 아이를, 안아 주고 다독여 주고 손을 잡아 준 소년. 그 소년이 말했다.

'내가 어여쁘다 하지 않았느냐. 지금까지 만난 여아 중 네가 제일 예쁘다.'

흐흑, 왈칵 터지는 울음을 삼키지 못했다.

나뭇잎이, 김서율이 위로했다.

괜찮다고. 결코 네가 못나서가 아니라고.

신루 속 소년이 보내 준 따뜻한 위로에 은명은 눈물을 흘렸다. 삭막한 대궐을 벗어나 떠나고 싶었다. 그가 있는 곳, 그를 볼 수 있는 곳으로.

하늘에 석양이 깔리며 저녁노을이 세상을 다홍빛으로 뒤덮은 시각. 실컷 눈물을 쏟아낸 은명이 수풀을 벗어나 취연당으로 돌아왔다. 상전을 찾고 찾다 울먹이기 시작한 최 상궁 앞에 화려한 낙조를 등지고 스스로 모습을 드러냈다.

"자가!"

사라졌던 공주의 홀연한 출현에 대궐을 헤매던 최 상궁은 울상을 지으며 달려왔다.

"무탈하시옵니까? 혹 어디를 상하셨사옵니까?"

"난 괜찮다."

"어디에 계셨던 것이옵니까? 소인이 얼마나 찾았는지 모르옵니다."

눈가에 붉은 기가 희미하게 남아 있긴 했지만, 궁녀들이 눈치채지 못할 정도로 은명은 담담했다. 샅샅이 살피던 최 상궁도 나뭇잎 몇 개가 당의와 치맛자락에 붙은 것 외에 특별한 이상이 없자 안도했다.

"허기가 진다. 요깃거리라도 내어다오."

"예, 자가. 잠시만 기다려 주소서. 서둘러 올리겠나이다."

최 상궁이 눈물을 훔치며 대답했다. 힘주어 말하는 것으로 보아 따로 주문하지 않아도 저녁상을 푸짐하게 차려 올릴 기세였다.

은명은 처소를 향해 발길을 떼었다. 어깨를 쭉 펴고 허리도 꼿꼿이 세웠다. 표정이나 걸음걸이도 빈틈없이 올곧고 당찬 모습이었다.

수풀 속에서 실컷 울고 난 뒤에야 까마득히 잊고 있던 사실이 떠올랐다. 당당해지라는 서율의 조언과 약해지지 않겠다던 스스로의 다짐. 도망치지 않겠다고 해 놓고, 부끄럽지 않은 사람이 되어 그를 찾아가겠다고 해 놓고 일이 터지자 또다시 몸을 숨기기에 바빴다.

어리석은 실수를 깨달은 은명은 곧바로 울음을 그쳤다. 잠시나마 흔들렸던 마음도 다잡았다. 다시는 잊지 않을 것이다, 약해 빠진 아이처럼 혼자 숨어 울지도 않을 것이다, 수백 번 다짐을 반복했다.

그리고 지금, 불현듯 걸음을 멈춘 은명은 저 멀리 위용이 넘치는 대전의 처마 끝을 바라보며 맹세했다. 혹여 이번 일로 대전에 불려가는 한이 있어도 주눅 들지 않겠다고. 전하께서 성노하셨든 말든, 해야 할 말은 반드시 하고야 말겠다고.

은명의 당돌한 각오와 달리 이튿날이 되자 사태는 전혀 다른 방향으로 흘러갔다. 대전에서 언제쯤 공주를 부르실까, 궁 안의 모든 이가 신경을 세운 가운데 전하께서 선을 딱 그으셨기 때문이다.

"내명부는 중전의 소관일진대 어찌하여 그런 것을 과인에게 묻는단 말이냐?"

대전 상궁이 눈치를 살피다 수라를 젓수실 때 은근히 운을 떼었더니 상께서는 더 말도 붙이지 못하게 거리를 두셨다.

소식은 곧 내전에 전달되었다. 마침 빈궁이 들어 옹주전의 불충한 궁녀들을 엄히 다스려 달라 청을 올리던 차였다. 마음

같아선 중전도 당장에 그리하고 싶으나 대전의 성심을 헤아리지 않을 수 없었다. 한데 그러한 언질을 주셨다니 옳다구나 싶었다.

안 그래도 밉살맞은 혜빈이요, 보기 싫은 궁녀들이었다. 중전은 곧장 옹주의 궁녀들을 모조리 잡아들이라 하명했다. 그사이 전하께서 마음을 돌리실까 염려되어 죄의 경중을 따져 치도곤을 놓게 하고 일사천리로 죄인들을 궐 밖으로 내쫓았다. 가례 이후 혜빈에게 차곡차곡 불만을 쌓아 왔던 중전이 이 기회를 빌려 마음껏 앙갚음을 해 주었던 것이다.

대전에서 옹주의 편을 들어주실 거라 기대했던 혜빈은 외려 역풍을 맞고 분기탱천했다. 성상께서 옹주를 가장 아끼신다 자부하고 있었건만 그동안의 자긍심이 볼품없이 무너진 꼴이었다. 불같은 성미를 누르지 못한 혜빈은 밤낮으로 울분을 터트리다가 옹주가 기운을 차리고 일어날 때쯤, 화병으로 머리를 싸매고 본격적으로 앓기 시작했다.

결과적으로 이번 일의 최대 수혜자는 단연코 어린 공주였다. 일련의 일들을 지켜보며 은명은 헛웃음을 짓지 않을 수 없었다. 인간의 간사한 마음을 적나라하게 체감하니 웃음은 쓴맛을 타고 흘러나왔다.

옹주전을 뒤엎고 무서운 건 아주 잠깐이었다. 이후 완전히 뒤바뀐 궁녀들의 태도가 참으로 가관이었다. 이전에도 대놓고 불손하게 구는 이들은 없었지만, 이제는 멀리서 은명의 옷자락만 보여도 한달음에 달려와 공손히 허리를 굽혔다. 취연당에서 보낸 궁녀들의 요구는 언제나 가장 먼저, 가장 빨리 들어주었다.

그러다 보니 대궐 안팎에는 궐 안의 진정한 실세가 공주라는 소문까지 나돌았다. 제아무리 혜빈이라 해도 왕의 하나뿐인 적녀요, 세자가 금이야 옥이야 아끼는 동복누이와는 애당초 상대가 되지 않는다는 것이었다.

그것이 사실이든 아니든 은명으로선 굳이 소문을 부인할 필요가 없었다.

그래도 핏줄이니 공주 대접은 해 주시겠다는 건가? 그렇다면 부왕께서 하사하신 그 권력, 궁에서 사용할 수 있는 마지막 그날까지 두고두고 써먹을 수밖에.

이번 소동으로 권력의 생리를 완벽히 터득한 은명은 우연히 주어진 위상과 권력을 마음껏 휘둘렀다. 제 주인을 믿고 주제넘게 구는 궁녀들을 시작으로 어린 중전과 빈궁에게 무례하게 구는 간택후궁들까지 가차 없이 쥐고 흔들었다.

약이 오른 후궁들이 대전에다 하소연을 해봐도 소용없었다. 전하께서 일절 침묵으로 일관하시매, 사람들은 슬슬 이를 묵인으로 받아들였다. 후궁들의 불평불만은 하루가 멀다고 이어졌다. 차라리 위엄을 지켜야 할 중전이나 세자빈을 상대할 때가 훨씬 수월했다.

"이거야 원, 대비께서 살아 계실 때보다 더 힘이 듭니다. 이제 와서 아홉 살 꼬마에게 이리도 매운 시집살이를 당하다니요."

"그러게 말입니다. 전하께선 점잖으시고 효경왕후께서도 순둥이셨는데, 대체 공주께선 누굴 닮아 저리 불같으신 겐지. 아유, 속상해!"

 공주의 위세는 내명부뿐 아니라 후궁들에게 빌붙어 아부를 떠는 외명부의 여인들에게까지 뻗어 갔다. 참으로 안타까운 일이지만 은명에게 그들은 전부 보령의 정씨 여인으로밖에 보이지 않았다. 심지어 그들의 얼굴을 마주 보는 것조차 싫다며 궁녀들만 보내어 혼쭐내 주는 경우도 다반사였다.
 몇몇 우매한 외명부의 부인들은 존엄한 중전과 세자빈을 욕보인 제 잘못은 생각도 않고 그저 당했다는 사실에만 격노했다. 씩씩거리며 궐을 나가 공주의 포악함에 대해 있는 대로 악담을 퍼부었다. 이들의 입에서 시작된 소문은 사족과 개개인의 평가가 붙어 불어났고, 도성에서 지방에 이르기까지 고루고루 퍼져 나가게 되었다.

 성균관 일각.
 "들었는가? 이제 겨우 아홉밖에 되지 않은 어린 공주께서 그 성정이 매우 포악하시다고 하네."
 "성깔이 정말 대단한 분이라고 들었네. 강짜를 한 번 부리기 시작하면 다음 날 후궁마마님 한두 분은 꼭 자리보전을 하신다는 게야. 나이도 어린 분이 어쩜 그리 몰강스러우신지."
 "오랫동안 사가로 피접을 다니시며 받들어지기만 하고 살았으니 교만함과 안하무인이 정도를 지나치는 게지. 앞으로 어찌 되시려고, 쯧쯧."

어느 명문가의 규방.

"후궁마마님도 쥐고 흔드는 분이신데 정경부인이라고 안 우습겠습니까?"

"저번에 부제학 댁 숙부인께서 안빈 자가를 뵈러 입궐하였다가 공주 자가께서 보낸 궁녀들 때문에 혼절해서 업혀 나오셨답니다. 웃전에서 공주 자가의 오만불손함을 지나치게 묵인하시는 것 같습니다. 그 순한 안빈께서 얼마나 놀라셨겠습니까."

"전하께서 옹주 자가를 귀애하시니 중전께서 공주 자가의 행동을 묵인하신다는 소문도 있네. 혜빈께 눌려 이름뿐인 자리만 보전하는 중전이 아니신가. 그렇게라도 분풀이를 하고 싶으신 게지."

"세상에, 쯧쯧."

맑고 상쾌한 날씨가 이어지는 청명한 10월. 곡식과 인심이 풍요롭게 넘쳐나 말도 살찌고 사람도 살찐다는 축복받은 이 계절에 딱 한 사람, 공주만은 사들사들 고스러지고 있었다. 궐 안의 실세로 자리를 잡았으니 하늘을 쓰고 도리질을 해도 모자랄 판에 해쓱한 몰골은 무엇이고, 끝없이 내리쉬는 긴긴 한숨은 또 무엇이란 말인가.

최근 동궁전에서 공주의 용태를 매우 염려하시어 조석으로 의관을 보내 친히 돌보실 정도로 사태는 심각했다. 하나 내의

원의 의관은 병명조차 제대로 밝혀내지 못하고 식은땀만 삐질 삐질 흘리고 있었으니. 공주의 병명이 알려질까 두려워 최 상궁이 증상을 명확히 설명해주지 않은 까닭이었다.

"후우……."

"공주 자가, 제발 옥체 보전하시옵소서. 이러다간 정말 큰일 나시옵니다."

최 상궁이 우는소리를 하자 경상에 이마를 처박고 한숨을 내쉬던 은명이 고개를 들었다. 어린아이의 싱그러움은 이미 자취를 감춘 지 오래, 퀭하니 초췌한 몰골이 보기에 딱할 지경이었다.

은명은 벌써 몇 달째 음식을 제대로 넘기지 못했고 온전한 수면도 취하지 못하고 있었다. 입맛이 없고 잠도 오지 않아 밤마다 뒤척인 탓이었는데 최 상궁은 마치 중병을 앓고 있는 사람 취급이었다. 행여 자신도 모르는 새 중병에 걸렸나 싶어 은명이 고개를 기웃했다.

"큰일이라니? 그게 무슨 소리냐? 내가 위중한 병이라도 앓고 있는 것이냐?"

공주의 물음에 최 상궁은 곧장 입을 떼지 못했다. 단둘만 있는 방 안에서 주위를 둘러보는 것도 모자라 무릎걸음으로 가까이 다가와 작게 소곤거렸다.

"혹시 자가께서는 보령에 계시는 그 현감을 계속 생각하시는지요?"

헉!

최 상궁의 조심스러운 물음에 은명은 움찔하여 놀란 숨을 들이켰다. 목덜미와 귓불까지 연한 분홍빛으로 달아올랐다.

"내가 잠꼬대를 하였더냐?"

"아이고, 맙소사!"

제발 그것만은 아니기를 바랐건만 끔찍한 짐작은 사실이었다. 기가 막혀 망연자실했던 최 상궁은 다시 은명에게 바싹 붙어 조심스레 귓속말했다.

"공주 자가, 자가께서는 지금 상사병을 앓는 것이옵니다."

"상사병?"

"예에. 그분이 그리도 보고 싶으시옵니까?"

"응. 보고 싶다."

잠시 병명에 관심을 보였던 은명은 도로 힘을 잃고 시들시들하였다. 만사가 귀찮아 다시 경상으로 머리를 떨어트렸다.

지난 수개월, 중전과 세자빈에게 기어오르는 것들을 닥치는 대로 혼내 주었다. 누구의 눈치도 보지 않았고, 도발해 오는 이들이 있다면 배로 되갚아 주었다. 희한한 것은 그러면 속이 조금이라도 풀려야 하는데 전혀 그렇지 않았다. 입맛은 떨어지고 침수에 들어서도 시름시름, 모든 게 싫고 심드렁한 와중에 떠오르는 낯은 오직 하나, 김서율뿐이었다.

오라버니는 언제나 숨 쉬기도 벅찰 만큼 바빴다. 빈궁은 속병을 앓고 있는 중전께서 놔주시질 않아 함께할 수 없었다. 전하께서는 여전히 화국옹주만 데리고 산책을 하셨다.

그럴수록 은명은 김서율의 얼굴만 몇 번이고 떠올렸다. 남루한 몰골을 하고 있어도 어디선가 나타나 오롯이 편을 들어준 사람. 오라버니를 제한다면 따뜻하게 웃어 주고 어여쁘다 말해 준 유일한 사람이었다.

"내가 누구인지도 모르면서 내 편을 들어준, 나만의 사람이니라."

"자가……."

공주의 중얼거림에 최 상궁은 눈앞이 캄캄해지는데 기별도 없이 세자가 들이닥쳤다. 민첩하게 움직이는 최 상궁과 달리 은명은 시큰둥하게 자리에서 일어섰다.

올해 열일곱, 듬직하니 준수한 장부로 성장한 세자는 성큼성큼 들어와 상석에 좌정했다. 은명의 인사를 받으며 빙그레 웃으면서도 별다른 말 없이 얼굴이 반쪽이 된 어린 누이를 유심히 살폈다. 멍하니 오라버니를 마주 보던 은명은 영문을 몰라 연유를 여쭈었다.

"왜 그러셔요?"

"너 말이다. 무슨 말 못 할 근심이라도 있는 것이냐?"

구석에 물러나 있던 최 상궁은 뜨끔하여 고개를 숙였다. 그러나 은명은 태연자약하였다.

"그런 건 없습니다."

"어의가 오늘 피접을 권했다."

"피접이요? 소녀한테 말입니까?"

갑작스러운 소식이었다. 은명은 멍하니 두 눈을 껌벅껌벅하다가 찰나 만면에 희색을 띠었다.

피접이라.

김서율과 재회할 다시없을 기회였다. 왜 진작 그 수를 떠올리지 못했을까. 까맣게 죽어 가던 작은 얼굴이 극적으로 살아났다.

"네가 마음의 병을 앓고 있는 것 같으니 조용한 곳에서 쉬다 오는 게 어떻겠냐고 하더라만. 궐이 그리도 답답한 것이냐? 오라비 생각에는 네가 그냥 여기서 나와 함께 지냈……."

"싫습니다!"

부정적으로 기우는 오라버니의 의견에 은명은 저도 모르게 버럭 소리를 질렀다. 세자가 놀라서 입을 다물었고 구석으로 물러나 있던 내관과 상궁들도 흘끗 눈치를 살폈다. 뒤늦게 버릇없이 굴었음을 인지한 은명이 얼른 수습에 나섰다.

"그러니까 소녀는…… 대궐이 싫습니다. 답답합니다, 오라버니. 잠시만이라도 벗어나고 싶습니다."

속사정을 알 리 없는 세자가 가만히 누이를 응시했다. 어린 것이 오죽하면 저럴까, 안타까운 눈빛이었다. 그럼에도 잠시간 망설였던 세자는 건강하게 환궁하겠다는 약조를 몇 번이나 받고 나서야 피접을 허했다.

김서율을 다시 볼 수 있다니!

조바심을 내며 세자의 답을 기다리던 은명은 티가 나도록 기꺼워하였다. 거무죽죽해진 눈 밑을 하고서 흔한 낯꽃을 피웠다.

"그리도 좋으냐?"

"예, 좋습니다. 행복합니다, 오라버니. 하면 피접 갈 장소는 소녀가……."

"남양으로 정했다."

이건 또 무슨 말씀이신지.

딱 잘라 답하는 세자를 은명은 얼이 빠져 바라보았다. 김서율이 있는 곳은 남양이 아니라 보령이었다. 그렇다면 은명이 가야 할 피접지는 하늘이 두 쪽 나도 기필코 보령이어야 했다.

"남양이라니요? 소녀는 보령으로 가고 싶습니다."

"보령은 너무 멀다. 남양으로 가거라."

"아니요. 보령으로 가겠습니다."

은명은 고집을 부렸다. 누이의 이상한 억지에 세자는 면부에 황당함을 띠고 연유를 물었다.

"꼭 보령으로 가야 하는 이유가 있느냐?"

"소녀가 꼭 남양으로 가야 하는 이유가 있습니까?"

"보령은 너무 멀다. 이번에 나가면 지난번처럼 오랫동안 돌아오지 않을 것이 아니냐. 가끔 보러 갈 것이니 가까운 곳으로 가거라."

"그냥 보령으로 보내 주시어요."

"어허, 그만하여라."

고공을 날아오르던 기분이 한순간에 바닥으로 떨어졌다. 은명은 참담함을 누르지 못하고 왈칵 성을 내었다.

"오라버니야말로 그만하십시오. 소녀가 원하는 곳으로 보내 주시면 될걸, 어찌하여 그리 야박하게 구십니까!"

"공주, 그게 무슨 말버릇이냐?"

"모릅니다. 싫습니다! 온양에 있을 때도 보러 온다 해 놓고 한 번도 안 오셨으면서. 오라버니, 거짓말쟁이! 지금도 며칠 만에 찾아온 거면서 남양까지 언제 보러 오겠다고 그러십니까!"

"은명아!"

누이의 어리광이 도를 넘었다고 판단했는지 세자가 엄격한 목소리로 맞받았다. 그렇다고 물러설 은명도 아니었다. 이미 역정은 있는 대로 올라 있고 잔뜩 기대했다 물러서려니 하늘이 무너지는 기분이었다. 은명은 그대로 방바닥에 엎어져 막무가내로 뻗대기에 들어갔다.

"흐아앙, 소녀는 보령으로 갈 것입니다! 코령이 아니면 아무 데도 가지 않을 거여요. 보령으로 보내 주시어요!"

세자는 기가 막혀 입을 다물지 못했다. 동궁전의 내관과 상궁도 어쩔 줄을 몰라 했다. 쥐구멍이 있다면 최 상궁은 냉큼 그곳에다 머리를 처박고 싶은 심정이었다.

은명은 대궐이 떠나가라 울었다. 세자는 빈궁을 청해 버둥대는 누이를 맡기고 취연당의 누마루로 나왔다. 모두를 물리었으되 최 상궁 하나만은 남게 했다. 면부에 근엄함을 띠고 눈앞에 숨죽이고 앉은 최 상궁을 보았다.

"어이가 없다."

"황송하옵니다, 저하. 모든 것은 소인이 불민한 탓이니 엄히 벌하여 주시옵소서."

"보령에서 무슨 일이 있었던 것이냐?"

"예?"

마룻바닥에 코를 박고 있던 최 상궁이 펄쩍 놀라 몸을 떨었다. 아무도 모르게 다녀온 줄 알았더니 역시나 동궁의 손바닥 안이었다.

"내가 궐에 있다 하여 공주의 움직임도 모르고 있을 줄 알았더냐?"

"마, 망극하옵니다."

"바른대로 대라. 보령에서 무슨 일이 있었던 것이냐?"

"그, 그것이……."

어린 누이에게 유독 관대하시긴 하나 실상은 까다롭기 이루 말할 데 없는 세자였다. 그런 분이 이미 노하셨으니 보령에서의 일을 소상히 털어놓을 수밖에 없었다.

공주가 몰래 빠져나갔다 봉변을 당할 뻔했단 소리에 세자는 주먹을 불끈 쥐었다. 그러다 어린 선비가 현감이었고, 공주가 그에게 호감을 품고 있다는 소리엔 낯빛이 해쓱하게 돌변했다.

설명을 마친 최 상궁은 문책당할 각오로 고개를 조아리는데 정작 세자는 머릿속이 복잡했다. 하필 그곳까지 가서 만났다는 이가 김서율이라니.

공주와 보모는 온양에서 지내느라 그간의 사정을 알 턱 없지만, 도성에서 김서율을 모르는 자는 없었다. 올 초, 열넷이란 어린 나이로 대과에 장원으로 급제한 소년은 대궐뿐 아니라 한양 전체를 한바탕 들었다 놓았다. 그러나 문제는 그것이 아니었다. 세자는 고민이 깊어졌다.

이를 어찌한다?

침묵이 길어지자 최 상궁이 슬쩍 세자의 기색을 살폈다. 이쯤에서 무슨 말씀이 있어야 하거늘 이상하게 입을 닫으시고 골똘히 생각에 잠겨 계시니 한층 긴장되었다. 최 상궁은 그대로 시선을 내려 조용히 처분을 기다렸다.

세자는 한참이 지나서야 기척을 보였다. 여전히 심란한 기색을 감추지 못하면서도 하명하는 어조는 힘 있고 선명했다.

"보령으로 갈 채비를 하여라."

재회 그리고 상흔

숨을 내쉴 때마다 하얀 입김이 몽실몽실 피어오르는 11월 하순. 소설小雪이 지나고 스산한 광한풍이 휘휘 불어오는 겨울의 문턱에서 보령의 관아는 갑작스러운 송사 문제로 시끌벅적하였다.

소란의 주인공은 산 너머 고을에서 힘깨나 쓴다는 조 생원. 그는 느지막한 오전, 이 고을에 사는 열여섯의 아리따운 처자와 그녀의 외조모를 끌고 와 판결을 내려 달라 노발대발하였다.

"그러니까 저 규수의 외숙이란 자가 자네에게 은자 백 냥을 받고 조카를 며느리로 내어주겠다, 약조했다는 것인가?"

흥분한 조 생원은 듣고 있기 힘들 정도로 말이 두서가 없었다. 서율은 뒤죽박죽 뒤섞인 말들을 기특할 만큼 끈질기게 경청하다가 같은 이야기가 반복되자 명료히 정리했다.

"예. 그런데 저것들이 재물만 꿀꺽하고 도주를 하였지요. 해서 제가 직접 잡아 온 겁니다."

노비도 아니고, 며느리를 들이는 데 금전거래를 하였다니?

서율이 의문의 빛을 띠자 어디서 들었는지 치경이 슬그머니 귀띔을 해줬다.

"저자의 아들이 광증을 앓고 있는 모양입니다."

서율은 천천히 고개를 주억거리며 구슬픈 표정으로 서로를 얼싸안은 할머니와 손녀를 바라보았다.

노부인은 다른 주장을 펼쳤다. 하급 무관이 된 아들이 있기는 하지만 집안을 일으키기 위해 변방으로 나가 소식이 끊긴 지 오래라는 것이었다. 그런 아들이 연통도 없이 고을에 나타나 재물만 챙겨 사라졌다는 건 있을 수도 없는 일이라며 눈물을 흘렸다.

양측의 주장은 팽팽히 대립했다. 조 생원은 혹여 제게 불리한 일이 벌어질까 외숙이란 자가 직접 수인했다는 문서를 팔랑이며 성화를 부렸다.

"요는, 저들 가족이 재물만 챙기고 약조를 이행하지 않았다는 겁니다. 이 사람이 원하는 건 딱 하나, 약조한 것을 즉각 이행하든 그게 싫다면 가져간 은자 백 냥을 당장 뱉어내라는 것입지요."

"글쎄 우리는 아무것도 받은 것이 없다니까요!"

버들가지처럼 와들와들 떨고 있는 노부인이 눈물을 삼키고 소리쳤다.

"이것들이 어디서 감히 나한테 사기를 치려고 들어!"

사내도 지지 않고 길길이 날뛰며 아예 고함을 질렀다. 처자의 소맷자락을 덥석 움켜잡고 행동으로 위협도 가했다.

"안 되겠다. 너 나랑 같이 우리 집으로 가자."

"왜 이러십니까. 이거 놓으십시오!"

생원의 돌발행동에 처자가 겁에 질려 어깨를 움찔거렸다. 포졸들이 두 사람을 떼어 놓기 위해 화급히 달려드는데 그들보다 훨씬 기민하게 움직인 한 도령이 있었다.

갓 약관이 되었을까. 어디선가 쏜살같이 튀어나온 그는 푸른색 옷자락을 펄럭이며 조 생원을 사정없이 밀쳐냈다.

"아이고! 아야야……."

바닥으로 나가떨어진 조 생원은 엄살을 섞어 과장되게 앓는 소리를 냈다. 도령은 처자를 살피느라 그에겐 관심조차 없었다.

"낭자, 괜찮으십니까?"

"도련님……."

"이건 또 뭐야? 너 누구야!"

포졸의 도움을 받아 간신히 몸을 일으킨 조 생원은 벌게진 얼굴로 정체 모를 도령에게 소리쳤다.

도령은 끝까지 그를 무시했다. 생원에게 눈길 한번 주지 않고 난데없이 어린 현감 앞에 풀썩 무릎을 꿇었다. 냉한 기운이 올라오는 흙바닥에 질 좋은 비단이 애석하게 짓이겨졌지만 조금도 개의치 않았다. 얼굴에 감도는 건 분노와 비감. 그는 결연한 목소리로 서율에게 호소했다.

"은자를 받은 적이 없으니 관아로 가겠다는 두 분을 말리고 피신시킨 것은 소인이었습니다. 그러니 이 두 분을 풀어 주시고 부디 소인만을 처벌하여 주십시오."

"자네는 누구인가?"

"소인, 현가 지운이라고 합니다."

"저 두 사람과는 어떻게 되는 사이인가?"

서율의 질문에 사내는 그것을 물어봐 주길 기다렸던 양 당당하게 답했다.

"소인이 민 규수를 연모하고 있습니다."

도령의 대답에 주변에서 일제히 헛숨을 토했다. 그러잖아도 관아 식솔들은 그의 얼굴을 확인한 순간 화들짝 놀라서 저희끼리 수군대던 차였다.

의미심장한 반응에 서율과 치경이 영문을 몰라 주위를 둘러보자 아전이 허겁지겁 다가와 긴박하게 소곤거렸다.

"도승지 댁 본가를 제하고 성 진사 댁과 쌍벽을 이루는 이 근방 최고의 유지가 저 현 도령의 부친입니다."

"그래? 한데 무엇 때문에 그리 놀라는가?"

대수롭지 않게 받아치던 서율은 번뜩 짚이는 게 있어 곧바로 다른 질문을 던졌다.

"혹 저 도령에게 다른 정혼녀라도 있는 것인가?"

"아직 정혼까지 성사된 건 아니고 곧 할 예정이라고만 들었습니다. 바로 저 민 규수의 동생분이랑 말입니다."

서율과 치경은 황당해져 도령을 보는데, 민 규수의 외조모가 가슴을 팡팡 치며 읍소했다.

"나리! 흐흑……. 아닙니다, 나리. 애초에 현 도령은 우리 아이의 정혼자였습니다. 그런데 계모라는 여자가 우리 아이 대신 제가 낳은 여식을 현 도령과 혼인시키려 하지 뭐겠습니까! 어쩌면 이 일도 그 사람이 꾸민 짓인지 모르겠습니다. 부디 진상을 소상히 밝혀내 이 늙은이의 억울함을 풀어 주십시오!"

민 규수는 태어난 지 채 백일도 되지 않아 모친을 잃고 무능한 아비와 계모 밑에서 온갖 구박을 당하며 살았다는 설명이 뒤따랐다. 그럼에도 노파는 형편이 어려워 외손녀를 살펴 주지 못했다고 가슴 아파하였다.

배고파서 서럽고, 억울해서 서럽고, 그렇기에 아무것도 할 수 없어 서러운 한 노부인의 울음소리가 담장을 넘어 고을 구석구석으로 퍼졌다. 초겨울, 미틈달의 바람마저 누군가의 곡소리인 듯 구슬프게 들렸다.

서율은 미간에 설풋 주름을 잡았다. 아까부터 남실대는 분홍빛의 치맛자락이 못내 신경 쓰였다. 사건은 일파만파 퍼졌다. 사연을 자세히 알아보기 위해 현 진사와 딘 생원의 식솔을 불러들이자 고을 사람들도 궁금증을 참지 못하고 관아 앞으로 구름같이 모여들었다.

이 중차대한 순간 누구인지도 모르는 여인네의 치맛자락이 왜 이리도 신경을 긁어대는 것인지. 이런 적은 처음이라 민망하기까지 하였다. 서율은 사람들 모르게 차가운 공기를 들이마시고 다시 송사에 집중했다.

"결국 민 생원의 여식이라면 첫째든 둘째든 어느 쪽이 며느리가 되어도 상관없다는 뜻이 아니오?"

"그렇습니다."

서율의 정리에 현 진사는 고개를 끄덕였다.

"선친의 유언은 돌아가신 민 진사 어른의 손녀딸과의 혼담이었지 특별히 누군가를 점지해 주신 것은 아니었습니다. 다만 우리 아이와 저쪽 큰아이가 서로를 마음에 담은 것 같기에 그 둘을 맺어 주려고는 하였습니다."

"그럼 어찌하여 지금은 둘째와의 정혼을 추진하는 것이오?"

"민 생원 댁에서 차일피일 답을 미루었습니다. 그러더니 얼마 전 첫째가 다른 곳으로 시집가게 되었으니 대신 둘째와의 혼담을 진행하자, 답신을 보내온 것입니다."

서율의 시선이 민 생원에게 향했다. 불혹을 넘긴 사내는 여식이 억울한 혼인을 하게 생겼는데도 덤덤하기만 했다.

저들을 불러모으는 동안 알아본 바 그는 재혼한 아내에게 정신적, 물질적으로 잡혀 사는 무능한 치였다. 후처의 성격이 드센 데다 경제적으로 처가의 덕을 보고 있어 아내의 말이라면 꼼짝도 못 한다는 소문이었다.

어린 현감이 아무런 말 없이 민 생원을 주시하자 그의 후처라는 여인이 앞으로 나섰다. 살짝 올라간 눈매와 입매가 보는 이에 따라 억세게 느껴질 수도 있는 인상이었다.

"첫째는 어렸을 때부터 몸이 허약했습니다. 그런 아이를 그대로 시집보내는 건 사돈댁에 큰 결례가 되는 것이지요. 우리는 나름대로 보신을 시킨 후 몸이 건강해지면 그때 가서 답신을 보내려고 하였습니다. 한데 고새를 못 참고 큰애의 외숙이란 자가 덜컥 혼처를 결정지은 겁니다."

"거짓말! 이게 다 네년이 꾸민 짓인 걸 내 모를 줄 아느냐! 감히 우리 서연이를 팔아먹고, 변방에서 고생 중인 내 아들까지 모함하다니!"

"모함은 지금 그쪽에서 하는 것이지요!"

노부인의 항의에 후처는 눈을 치켜뜨며 핏대를 세웠다.

"원래 고향을 떠나 홀로 지내다 보면 외로움에 지쳐 회까닥 도는 법이라고들 하더이다. 딱 보면 모르시겠습니까? 노름이든 계집이든 이상한 데 미쳐서 조카딸을 팔아먹은 겁니다. 천하에 금수만도 못한 아들을 두었으면 가만하나 있을 것이지 누구한테 죄를 뒤집어씌우는 겁니까! 아무튼, 우리는 은자를 백 냥이나 갚아 줄 능력이 없으니 시집보내기 싫으시면 받은 것을 도로 돌려주도록 하십시오."

후처의 모진 말에 민 규수의 외조모는 땅바닥에 주저앉아 통곡했다. 구경꾼들은 저마다 의견이 갈라져 수런수런, 관아 전체가 뒤숭숭했다.

이쯤에서 현감이 슬슬 나서 줘야 하는데 서율은 꿋꿋이 침묵한 채 시선이 한곳으로 향했다. 그의 두 눈이 머문 곳은 민 규수의 이복자매인 민희연. 올해 열넷으로 현재 현 도령과의 혼담이 진행되고 있는 당사자였다. 서율은 둘째의 눈빛과 표정,

손짓 하나하나까지 면밀히 관찰한 후 단호히 입을 열었다.
"지금까지 이야기를 미루어 봤을 때 이 사건은 세밀한 조사가 필요하다고 판단되는 바, 판결은 열흘 뒤로 유보하겠소."
"현감!"
조 생원이 펄쩍 뛰며 항의했지만 서율은 여지를 주지 않았다.
"그날까지 민 규수와 노부인은 관아에서 거처토록 할 것이오."
그렇게 되면 두 사람은 해코지를 당할까 걱정할 필요가 없고, 조 생원은 저들이 도망치지 않을까 염려할 필요가 없다. 모두에게 득이 되는 결정에 잠시 버럭했던 조 생원은 슬그머니 성난 기운을 감췄다.
이로써 오늘의 소동을 일단락 지은 서율은 자리를 떠나기 전 노부인과 민 규수에게 다가갔다.
"도성에서 화장花匠이 내려와 관아에 머물고 있습니다. 이 일대에서만 핀다는 늦가을의 꽃을 그리러 온 자이지요. 채화를 몇 점 만들어 놓고 가겠다 하니 종종 놀러 가 구경이라도 하십시오. 겨울 초입에 보게 되는 비단꽃도 꽤 운치 있을 겁니다."
"이리 신경 써 주시니 감읍할 따름입니다."
노부인의 감사에 정중히 고개를 숙였던 서율은 방향을 바꿔 저만치 떨어져 있던 둘째에게도 말을 건넸다.
"근방에서 채화를 볼 기회가 자주 있는 것은 아닐 터, 낭자께서도 꽃을 좋아하시면 언제든 관아로 구경을 오십시오."
갑작스러운 현감의 제안에 멍하니 상념에 잠겨 있던 둘째가 흠칫하였다. 특별한 대답 없이 곧바로 고개 숙여 시선을 피했다.

서율은 그런 둘째를 뒤로하고 발길을 돌렸다. 모여 있던 고을 사람들도 저희끼리 웅성대며 하나둘 자리를 떠났다. 그때, 몇 발짝 나아가던 서율이 돌연 걸음을 멈췄다.

내내 눈가에 아른거렸던 분홍빛의 옷자락이 또다시 저 옆에서 너울너울, 그의 주의를 끌었다. 평소 잘 보이지도 않던 색감이 오늘따라 왜 이리도 눈에 띄는 것인지. 급기야 그쪽으로 시원하게 고개를 틀어본 서율은 놀라서 동공이 크게 확장되었다.

"너…… 그 꼬맹이?"

시선이 닿은 그곳에는 지난봄에 만났던, 궁금증만 남기고 사라졌던 그 여아가 서율을 뚫어지게 쏘아보고 있었다. 두툼한 분홍빛 공단 두루마기에 모피를 댄 남바위가 근사하게 어울리는 모습이었다.

관아의 사랑채. 상석을 차지한 아이는 지난봄과 다르게 서늘한 기운이 돋보였다. 아이의 그런 모습을 바라보는 서율의 얼굴에도 착잡한 기운이 서려 있었다.

저자에서 처음 아이를 만났을 때 영문을 알 수 없는 친숙함을 느꼈다. 이유가 무엇일지 의문이었는데 이제 보니 세자 저하와 꼭 닮은 옥안이 그런 느낌을 들게 했던 듯하다.

서율은 세자와 함께 수학했던 배동이었다. 세자가 다른 배동들과 이미 오랜 시간 함께 어울리며 수학하던 중 서율의 재주가 남다르다 하여 여섯 살, 어린 나이로 뒤늦게 합류했다.

이미 저희끼리 가까워진 몇몇 배동은 연배가 낮고 당파가 다른 그를 배척하려 했으나 세자가 나서서 서율을 배려했다. 덕분에 탈 없이 대궐에 드나들 수 있었고 나이 차가 나는 다른 배동과도 무난하게 어울릴 수 있었다.

그렇다면 한심한 어르신은 군왕, 총애를 빼앗은 첩과 이복자매는 혜빈과 옹주 자가로구나.

서율은 어두운 낯으로 저도 모르게 한숨을 쉬었다. 그것을 지켜본 어린 공주는 냉기를 풀풀 뿜으며 톡 쏘아붙였다.

"무슨 생각을 그리하느냐? 내가 공주라는 게 못마땅한 것이냐?"

"아니옵니다. 조금 놀라서 그런 것이옵니다."

서율의 대답을 듣고도 은명은 꽉 막힌 속이 뚫리지 않았다.

드디어 김서율을 만났다. 눈이 마주치면 제일 먼저 잘 지냈느냐 묻고 싶었다. 늦게 와 미안하다 사과도 하려 했다. 하지만 송사를 지켜보다 심기가 사나워져 모든 것을 뒷전으로 미루고 답답해하는 어조로 서율을 채근했다.

"너 말이다, 정녕 범인이 누구인지 모르는 것이냐?"

"……."

"범인은 계모이니라. 그 여인이 술수를 벌여 의붓딸을 사지로 몰아넣은 것이다."

"송사를 지켜보셨습니까?"

지나치게 차분한 그의 반응에 은명은 얼핏 눈가에 의문이 깃들었다.

"표정을 보아하니 너도 짐작은 하고 있구나. 한데 어찌하여

기간을 열흘씩이나 잡은 것이냐? 그 여인만 집중적으로 조사한 다면 기간은 사나흘이면 족할 것이다."

"자가의 조언은 잘 새겨듣겠습니다."

"그러니까 너는 내 말을 잘 듣기만 하고 결국은 열흘을 다 채울 작정이렸다?"

처음부터 기분이 저조했던 은명은 이제 북풍한설처럼 냉한 기운을 분출했다.

"그 아이 때문이냐?"

"무슨 말씀이시옵니까?"

"내가 다 보았다. 너는 민 규수의 이복동생을 한참이나 바라보더구나. 그 아이에게까지 채화를 보러 와라, 굳이 말을 건넨 이유가 무엇이냐?"

"화장이 채화를 만드는 과정은 흔히 볼 수 있는 광경이 아닙니다. 드물게 찾아온 이 기회를 다 같이 보고 즐기면 좋겠다는 의미로 그리하였습니다."

서율은 명지바람처럼 온화하게 대답했지만 그러기에 은명은 더욱더 배알이 뒤틀려 소리를 질렀다.

"아니, 내가 싫다! 단지 그런 이유가 아니질 않느냐!"

과도한 반응에 서율이 물끄러미 이쪽을 보자 은명은 신경질적으로 고개를 홱 돌렸다.

안다. 이는 누가 봐도 버릇없고 못돼먹은 아이처럼 비치는 행동이란 걸. 설령 그렇다 해도…….

너는 모른다. 내가 어떤 마음으로 여기까지 왔는지…….

몰아치는 멀미와 그악한 피로를 참으며 도성에서 보령까지 악착같이 달려왔다. 혹시라도 시각이 지체될까 두려워 최 상궁이 몸 상태를 물을 때마다 아무렇지 않은 척 괜스레 콧노래까지 흥얼거렸다.

그렇게 사력을 다해 전진해 온 길. 설레는 마음으로 인파를 헤치고 관아로 들어섰을 때 정작 두 눈에 들어온 건 낯설지 않은 어느 이복자매의 모습이었다.

똑같은 아비를 두고 있으나 아비에게서 버림받은 아이와 온갖 귀애함을 홀로 독차지하고 있는 아이. 외가 또한 한미해 기댈 곳조차 없는 아이와 외가마저 부유해 하늘 아래 어디서든 당당한 아이. 그 둘은 마치 자신과 옹주를 보는 듯 닮아 있었다.

은명은 순식간에 민 규수에게 감정이입이 되었다. 궐을 떠나오며 홀홀 털어버린 줄 알았던 옹주에 대한 열등감도 어느새 분노라는 감정으로 되살아나 둘째 딸과 후처에게 향했다.

그러다 막바지, 서율의 시선이 민 생원의 둘째 딸에게 고정되는 순간 은명은 숨을 쉬는 것조차 까맣게 잊었다. 강력한 돌개바람이 머릿속을 강타해 눈앞이 아득했다. 순간적으로 그 애가 화국옹주로 보였고, 서율을 맥없이 빼앗긴 것 같은 패배감이 들었다.

"자가, 괜찮으시옵니까?"

"……."

아마도 자격지심이었을 것이다. 무례를 범한 아이에게 왜 그러느냐 탓을 하는 대신 괜찮으냐 물어봐 주는 다정한 사람. 저

이만은 내 편이 되어 주길, 나만을 바라봐 주길, 간절히 바라는 마음이 지나치게 깊어져 생겨나게 된 부작용.

은명은 눈물이 핑 돌았다. 부왕과 함께 있을 옹주가 떠올라 속이 부글거렸고, 아무것도 모르는 김서율에게 못난 모습을 보인 것이 부끄러웠다. 이러려고 온 것이 아니었는데, 부끄럽지 않은 사람이 되어 나타나려고 했는데. 창피해서 그를 바라볼 수 없었다.

"공주 자가."

더는 아무런 말도 하고 싶지 않았다. 은명은 서율을 피하고만 싶었다.

"말하였듯이 나는 이곳에 피접을 나온 것이다. 긴히 할 말이 있어 찾아왔지만, 오늘은 몸이 곤하여 이만 돌아가야겠다. 다음에 다시 오도록 하지."

그러고는 곧장 자리에서 일어섰다.

서율은 당황했다. 벌컥 화를 낸 공주가 고집스레 시선을 돌리다 급작스레 대화를 마무리 짓고 갈 준비를 서둘렀다. 뭐라 말을 붙일 틈도 없이 후다닥 방을 벗어났다.

공주는 치경이 올리는 인사도 받는 둥 마는 둥, 뭐에 쫓기기라도 하듯 가마에 훌쩍 올라타 휘리릭 사라졌다. 뒤에서 서율이 인사를 올려도 끝끝내 돌아보지 않았다.

죄를 짓고 도망치는 듯한 어린 공주의 행동에 곁에 있던 이들은 하나같이 어리둥절해했다. 웬만해선 말이 없는 치경도 무슨 일인지 궁금해했다.

"안에서 무슨 일이 있으셨습니까?"

"글쎄……."

급히 따라 나온 서율은 황당해하면서도 무거운 낯으로 멀어지는 공주의 가마를 지켜보았다.

지난봄, 서율은 한동안 업무를 보다가도 마당으로 나가 정문 쪽을 살폈다. 외출을 했다가 돌아오면 찾아온 이가 없었는지 제일 먼저 묻곤 했다. 그렇게 한 달 두 달 시간이 흐르면서 꼭 돌아오겠다, 약조했던 그 아이를 다시는 볼 수 없으리라 체념했다. 대신에 발칙하면서도 두 눈이 맑았던 아이가 하늘 아래 어디서든 강녕히 지내 주길 기원했다.

그로부터 반년이 훨씬 지난 지금, 그때의 그 맹랑한 꼬마가 사늘한 기운을 발산하며 갑자기 눈앞에 나타났다. 그것도 하필이면,

"공주 자가시라니……."

서율의 혼잣말에 쓰디쓴 여운이 짙게 배어났다.

관아 현감의 집무실에서 치경의 내밀한 보고가 이어졌다. 이미 정황을 짐작했던 서율은 어떤 이야기가 나와도 시종일관 같은 표정이었다.

"경기에 살고 있는 자가 밤늦게 보령에 사는 제 사촌누이를 찾아와 반 시진 만에 고을에서 자취를 감추었습니다. 누이를

보러 온 게 아닌 범행을 모의하고자 왔던 것이지요. 마침 후처와 함께 있던 그를 목격한 자가 있었기에 망정이지, 하마터면 번거로울 뻔하였습니다."

"후처와 그 사촌오라비라……."

민 규수의 사건은 관원들이 한창 조사 중인 사안이었다. 그럼에도 서율은 처음부터 치경에게 사건의 배후를 알아보라 따로 지시를 내렸다. 수사 범위에 한계를 두지 않는 그가 움직여야 빠르고 은밀하게 내막을 알아볼 수 있으리란 판단에서였다.

치경은 즉시 조사에 착수해 이곳으로부터 약 150리쯤 떨어진 노성현魯城縣이라는 곳에서 실마리를 쥐고 있는 한 장물아비를 찾아냈다. 그는 달포 전 신분을 밝히지 않은 사내로부터 비밀리에 호패 위조를 의뢰받은 자였다.

초반에는 모른다고 딱 잡아떼더니 적당한 위협이 가해지자 그는 한성찬, 즉 민 규수의 외숙 이름으로 호패를 위조한 사실을 털어놓았다. 의뢰자의 자세한 인상착의도 토설했다. 이를 바탕으로 후처의 주변인물을 조사해 보니 과락호로 이름난 그녀의 사촌오라비가 진술된 인상착의와 정확히 일치했다.

"후처가 주도해 제 사촌오라비를 끌어들이고 민 생원은 이를 무기력하게 지켜보고만 있었습니다."

"수고하였네. 그만하면 된 것 같으니 당분간은 쉬도록 하게."

"죄인들을 당장에 잡아들이지 않으실 겁니까?"

예상치 못한 명이었는지 치경의 얼굴에 의아함이 서렸다.

"그 파락호는 수배령을 내릴 것이네. 그자가 잡혀야 민 생원과 후처의 죄도 물을 수 있을 것이니."

"그보다는 두 사람을 잡아들여 추궁하는 것이 낫지 않겠습니까? 거금을 손에 쥐었으니 그자는 한동안 몸을 사리며 어딘가에 숨어 있을 겁니다."

"알고 있네. 시간을 끌면 끌수록 민 규수의 처지는 더욱 곤궁해지겠지. 내게 생각이 있으니 조금만 기다려 주게."

필시 다른 뜻이 있으신 거였다. 그렇다면 치경도 토를 달 마음은 없었다. 나이가 어리다 하나 누구보다 속이 깊고 정확하신 분이다. 치경은 상전의 뜻을 조용히 받들고 싶었다. 물론 그렇지 않은 사람도 있었지만.

내 이럴 줄 알았느니!

집무실 밖에서 두 사람의 대화를 엿듣던 은명은 입이 절로 튀어나왔다. 안으로 들어가 따지고 싶은 마음이 굴뚝같았으나 저번처럼 또 후회하게 될까 봐 살며시 문을 닫고 등을 돌렸다.

오늘로 보령에 내려온 지 엿새가 지났다. 채화를 구경한다는 핑계로 꼬박꼬박 관아에 들르고는 있는데 첫날을 제외하곤 서율과 눈을 맞추며 대화를 나눈 적이 없었다. 오자마자 성을 낸 게 민망해 은명이 슬금슬금 그를 피해 남몰래 주변만 빙빙 돌고 있는 까닭이었다.

사실 우연히 듣게 된 저들의 대화가 놀랍진 않았다. 계모가 주범일 가능성은 은명도 처음부터 짐작하고 있었다. 다만, 서율이 계모의 친딸인 민희연을 감싸고도는 게 속상했다.

"설마 그 아이 때문에 못된 계모를 봐주려는 거야? ······괘씸해."

서운한 마음에 은명은 뾰로통하게 성을 냈다. 이쪽에서 먼저 피하기는 했지만 그렇다고 서율이 자발적으로 다가와 주지도 않았다. 그러면서도 그는 민희연만 보면 득달같이 쫓아가 다정하게 말을 걸고 살갑게 이모저모 챙겨 주었다. 대관절 그는 무슨 생각으로 그러는 것일까.

으스스 찬 바람이 불어오는 날씨임에도 속이 뭉근히 끓어오른 은명은 걸음을 멈추고 시푸른 하늘을 올려다보았다. 이곳에 오면 가슴이 뻥 뚫릴 줄 알았는데 속이 타들어가는 건 똑같기만 하였다.

12월 초순, 송사 판결이 하루 앞으로 다가왔다. 초조한 마음에 양친 몰래 관아를 찾아온 현 도령은 민 규수의 손을 잡고 세상에서 가장 행복한 표정을 지었다. 속에서 우러나온 연정의 크기만큼 그에게서 뜨거운 기운이 화르르 번져나는 듯했다. 멀찌감치 떨어져 그들을 보고 있는 희연의 쓸쓸함과는 대비되는 모습이었다.

서율은 처음부터 그 모든 광경을 지켜보다 홀로 있는 희연에게 다가가 말을 건넸다.

"여기 계셨군요."

눈의 초점이 흐려 있던 희연이 재빨리 정신을 수습하고 예를 갖춰 인사했다.

"날씨도 추운데 여기서 혼자 무얼 하고 계십니까?"

"바람을 쐬는 중이었습니다."

희연의 나이 이제 겨우 열넷. 웃음과 호기심이 한창 많을 풋풋한 때임에도 어찌된 일인지 이 규수는 좀처럼 웃는 법이 없었다. 언제나 무뚝뚝한 표정에 시선은 아래로만 향해 있고, 무슨 걱정이 그리 많은지 얼굴은 잠을 못 잔 사람처럼 푸석거렸다.

"화장에게 다녀오는 길입니다. 채화 작업이 이제 막바지에 이르렀더군요."

"예. 덕분에 귀한 구경도 하고 좋은 선물까지 받았습니다. 감사합니다, 현감 나리."

"선물 이야기는 저도 들었습니다. 낭자께서는 백일홍을 원하셨다지요?"

화장은 작업 초반, 일이 끝나면 하나씩 선물해드리겠다며 두 자매와 한양에서 왔다는 대가 댁 아기씨에게 무슨 꽃이 갖고 싶은지 물었다고 한다. 그러자 서연은 모란을, 희연은 백일홍을, 도도한 아기씨는 되었다며 시큰둥하게 도리질을 했다고 들었다.

"어찌하여 백일홍입니까? 모란은 화왕이라 불릴 만큼 장려하고 호화로워 관상용으로 두고 보기에 더없이 훌륭했을 텐데 말입니다. 혹 모란을 싫어하십니까?"

"모란을 싫어하는 게 아닙니다. 흠잡을 데 없이 아름답고 탐스러운 꽃인걸요. 단지 이상하게 마음을 끄는 게 백일홍이었습니다."

소녀의 대답은 실로 단출했지만, 그것이야말로 서율이 듣고 싶은 말이었다.

"아십니까, 사람을 가까이하는 것 또한 그와 같다 하였습니다."

"예?"

"가까운 벗 중에서도 혹은 이성 간의 사이에서도 필연적으로 유독 마음이 가는 한 상대가 있기 마련이지요. 그것은 주변의 다른 이가 마음에 들지 않는다거나 모자라서가 아닌, 알 수 없는 무언의 힘에 이끌리기 때문입니다. 낭자께서 화중왕이라는 모란 대신 백일홍을 택한 것처럼 말입니다."

"현 도령의 마음이 언니에게 가 있는 걸 속상해하지 말라는 말씀이시군요. 지금 소녀를 위로하고자 하십니까?"

기분이 상했는지 희연은 목소리가 착 가라앉았다.

"아닙니다. 저는 낭자께 기회를 드리려는 겁니다."

"기회라고요?"

"현 도령에 관한 일이라면 낭자께선 위로가 필요치 않으십니다. 그자는 낭자께 모란은 될 수 있어도 백일홍까지는 아니었으니까요."

서율의 기습적인 언중유골에 희연은 얼굴이 화악 달아올랐다. 저 밑에 숨겨 놓았던 껄끄러운 비밀이 만천하에 노골적으로 까발려지기라도 한 듯 당황한 기색이었다.

"첫날 낭자께서는 언니분과 현 도령을 바라보며 착잡한 표정을 지으셨습니다. 하지만 어떠한 투기심도 보이지는 않더군요. 그를 괜찮은 혼인 상대로 여기고는 있어도 서연 낭자처럼 사모

하는 마음은 없으셨던 겁니다."

"양친께서 정해 주신 상대와 혼인하는 건 당연한 일입니다. 열렬히 사모하는 사람과 혼인하는 여인이 천하에 몇이나 된다고 보십니까?"

"그래서 낭자께 기회를 드리고자 하는 겁니다. 모두에게 좋아 보이는 모란이 아닌, 순수하게 마음이 끌리는 백일홍 같은 상대. 때가 되지 않아 아직 만나지는 못했지만 어딘가에 연이 닿아 있을 그런 특별한 존재를 언젠가 만나고 싶지 않으십니까?"

"현감께서도 다른 이들처럼 차라리 저를 비난하십시오."

희연의 눈자위는 그사이 붉게 물들어 물기가 촉촉이 번져 있었다.

"중간에서 술수 부리지 말고 알아서 물러나라. 너는 왜 언니의 것을 빼앗으려 하느냐. 왜 항상 모든 것을 혼자서만 차지하려 하느냐! 하시고 싶은 말씀이 결국은 그게 아니었습니까!"

눈가에 가득 차도록 불어난 눈물이 희연의 뺨을 타고 흘러내렸다. 관아의 인맥을 총동원해 촘촘히 알아본 덕에 그 눈물의 사연을 서율도 잘 알고 있었다.

어린 시절부터 소녀를 따라다닌 건 사람들의 수군거림과 손가락질이었다. 불쌍한 아이의 행복을 앗아간 악독한 계모의 딸. 소녀는 걸음마도 떼기 전 어머니와 함께 도매금으로 파렴치한이 되었다.

사람들은 소녀를 이복언니의 행복을 부당하게 빼앗은 얄미운 아이로 취급했다. 항변할 기회는 주어지지 않았다. 어머니가 언니 몫을 가로채 건네준 행복은 딱 그단큼의 불행으로 변질돼 소녀를 몹시 괴롭혔음에도. 정작 본인은 살면서 단 한 번 행복하다고 느낀 적이 없었음에도.

"차라리 소녀도 구박받는 전실 자식이고 싶습니다. 아프다, 힘들다, 불행하다! 떳떳하게 말할 수 있는 언니이고 싶습니다!"

세상은 소녀에게서 웃음을 앗아가고, 표정을 지우고, 언제나 땅만 보게 하였다. 어른들의 선입관은 지나치게 완고했고, 삐뚤어진 시선 속에서 소녀 홀로 지쳐 가고 있었다. 그런 아이가 실의에 빠져 모든 것을 잃어버리기 전에 서율은 새로운 세상을 선사해주고 싶었다. 고약한 이복동생이라는 오명에서도, 그 어미에 그 딸이라는 편견에서도 소녀를 꺼내주고 싶었다.

맺힌 것이 많았던 소녀는 터져 나온 울음을 그칠 줄을 몰랐다. 서럽게 흐느끼는 희연의 앞을 서율은 묵묵히 지켜주었다. 곪은 것을 시원하게 터트린 뒤에야 비로소 치료도 시작할 수 있는 것이니.

다음 날, 관아 안팎에 고을 사람들이 몰려들었다. 그들은 하나같이 숨을 죽이고 낭랑하게 울리는 현감의 목소리에 귀를 기울였다. 결론은 이미 나왔고 현감의 말은 마지막에 이르고 있었다.

"……도주한 범인이 잡히는 즉시 다른 이와의 공모 여부도 속속들이 가려내 엄중한 죄의 대가를 받게 할 것이오. 마지막으로 다시 한 번 강조하지만 조 생원에게 은자를 받아 간 사내는 민 규수의 외숙이 아니었소. 즉, 민 규수와 노부인은 이번 일에 관해 어떠한 책임도 없음을 이 자리서 명백히 밝히는 바이오."

현감의 판결에 가장 먼저 반응한 건 현 도령이었다. 기쁨에 겨워 즉시 정인을 바라보았다. 민 규수와 노부인은 눈물을 글썽이며 서로를 부둥켜안았다.

그 와중에 안색이 하얗게 질린 민 생원과 후처는 입술조차 달싹이지 못했다. 판결 초반, 현감의 입에서 흘러나온 주범의 인적사항이 후처의 사촌오라비와 정확히 일치했기 때문이었다.

게다가 공범 이야기를 꺼낼 때 그들을 주시한 어린 현감의 눈빛은 자비 없이 냉정했다. 후처는 불안감에 마른침을 꼴깍 삼키는데 조 생원의 새된 목소리가 관아를 뒤흔들었다.

"무죄라니요, 이는 말도 안 되는 소리입니다! 호패를 위조한 자가 있었다고 하나 제가 만난 사내가 처자의 외숙인지 아닌지 어찌 그리 쉽게 속단하시는 겁니까? 저는 외숙이란 자의 초상을 확인해 보았고, 그림 속의 용모는 제가 보았던 그자가 틀림없었습니다!"

억지임이 분명했다. 현 도령 측이 제시한 초상화를 보는 순간 조 생원의 얼굴에서 핏기가 가신 걸 모두가 똑똑히 목격했다.

하지만 그는 이미 거금을 건넸고, 설혹 범인이 잡힌다 해도 돌려받을 가능성은 매우 희박했다. 원체 손해란 걸 보지 않고 살아온 인생이었던 만큼 이번에도 그는 현실을 받아들이는 대신 무조건 우겨 보기로 단단히 작심했을 것이다. 수배령이 내려졌다고 한들 범인이 산속으로 숨어들거나 국경을 넘어 도주했다면 잡아들이는 게 결코 쉽지만은 않을 티니까.

"그러니 범인이 잡히거나 외숙이란 자가 돌아와 실물을 확인해주지 않는 이상, 저들에게 책임이 없단 판결은 절대로 인정할 수 없습니다. 그러니까 당신들!"

조 생원은 민 규수와 노부인을 쏘아보며 신경질적으로 외쳤다.

"지금 당장 은자를 갚지 않으면 그 둘 중 하나가 내 앞에 나타나기 전까지 나는 처자를 데리고 있을 수밖에 없소!"

"이 무슨 말도 안 되는……."

"은자는 갚아드리겠습니다."

조 생원의 억지에 현 도령과 노부인이 펄쩍 뛰어오르는 찰나, 그들의 분노를 막아선 차분한 음성이 있었다. 모두가 벙벙한 표정으로 근원지를 따라가 보니 후처와 민 생원 사이에 민희연이 뻣뻣하게 서 있었다.

제 어미와 아비가 경악스러운 얼굴을 하고 있는 걸로 보아 이는 분명 저 아이 혼자만의 행동이었다. 즌시 귀가 번쩍 띄었던 조 생원은 기분이 팍 상해 짜증스럽게 잘과 말했다.

"어른들끼리 얘기하는데 나서지 마라."

"어르신께서 원하는 건 은자 백 냥이 아니었습니까? 그 백 냥, 우리가 돌려드리겠습니다."

"네가 무슨 수로 돌려주겠다는 것이냐?"

"부모님이 돌려드릴 겁니다."

너무나도 해맑은 소리에 조 생원은 실소를 터트렸다. 희연의 양친 역시 쩍 벌어진 입을 수습하지 못하고 놀란 눈으로 딸아이를 바라보았다.

 언제나 존재감 없이 부모 뒤에 서 있던 희연은 난생처음 어머니를 똑바로 쳐다보며 힘주어 말했다.

 "언제까지 언니를 저렇게 내버려두실 셈이세요? 이제 그만 은자를 줘버리고 언니를 현 도령과 혼인시켜 주십시오."

 "아가!"

 희연의 돌발적인 발언에 그 어미가 냅다 고함을 질렀다. 사람들도 일제히 두 모녀에게 시선을 고정했다.

 "너 오늘 왜 이러는 것이냐? 현 도령과 정혼해야 할 사람은 너다. 우리가 왜 백 냥을 줘야 한단 말이냐? ……유월아!"

 "예, 마님."

 "아씨를 모시고 먼저 집으로 가 있거라. 아씨가 별당 밖으로 한 발짝도 나서지 못하게 단단히 지켜야 할 것이다!"

 화가 난 후처는 몸종 아이에게 명을 내리고 희연을 거칠게 밀쳤다. 제 몸종의 품으로 고꾸라지듯 떠밀린 소녀는 고개를 들다 서율과 두 눈이 마주쳤다. 그가 묻고 있었다. 혹 도움이 필요하냐고.

 희연은 그의 신호를 단박에 거절했다. 이것은 현감께서 만들어 준 단 한 번의 기회였다. 어머니의 목숨과 집안의 명예, 그리고 자신의 미래를 구명할 수 있는 유일한 기회. 희연은 절대로 놓치지 않을 생각이었다.

'자세히 알려주십시오. 현감께서 말씀하시는 그 기회란 대체 어떤 것입니까?'

'낭자께 미래에 대한 선택권을 드리겠습니다. 지금까지 타인에 의해 결정된 삶을 살았다면 앞으로는 낭자 스스로가 결정하는 삶을 살 수 있도록 말입니다.'

'어찌하여 소녀에게 그런 기회를 주시는 겁니까?'

'언니분이 되찾아야 할 행복만큼 낭자 몫의 행복을 찾는 것 역시 중요한 일입니다. 언니와 낭자, 두 사람의 행복은 똑같이 지켜져야 하는 것이니까요. 그리고 그것을 돕는 것이, 바로 제가 나라에서 국록을 받는 이유입니다.'

희연은 유월의 팔을 거칠게 뿌리치고 씩씩거리는 어머니에게 다가갔다. 반응은 거칠게 돌아왔다.

"어서 돌아가지 못해!"

"어머니!"

희연도 만만치 않았다. 목청껏 맞받아쳐 어머니를 부른 뒤 이어서 부모님만 들을 수 있도록 엄청난 비밀을 소곤거렸다.

"달포하고도 보름 전 어머니가 외당숙과 나누셨던 비밀스러운 대화를 우연히 엿들었습니다."

그 후로 희연은 잠을 이루지 못하고, 밥도 먹지 못했다. 몸도 마음도 괴로웠다. 혹여 이 일로 어머니가 잘못될까 봐 누구에게 말도 못 하고 혼자서 속병을 앓았다. 어머니를 위해 양심과 맞바꾼 침묵은 푸르른 하늘마저 흉물스러운 살풍경으로 보이게 만들었다.

이제 소녀는 그 끔찍한 지옥에서 벗어나고 싶었다. 심신이 지친 지금, 저 파란 하늘만큼은 편안한 마음으로 올려다볼 수 있길 소망했다.

"계속 이런 식으로 나오시면 소녀는 당장 이 자리서 현감께 자백할 수밖에 없습니다. 언니가 미운 나머지 소녀가 외당숙을 꾀어 광증을 앓고 있는 자에게 팔아버리려 하였다고요."

"너, 너……."

"어차피 은자는 어머니가 외당숙께 드린 것과 마찬가지입니다. 백 냥이 없다 하셨습니까? 그렇다면 전답을 팔고, 집을 팔고, 전 재산을 팔아서라도 갚으셔야 합니다."

하얗게 질린 후처가 쓰러질 듯 바들바들 떠는데 희연은 아랑곳없이 제 어미를 재촉했다.

"어찌하시겠습니까? 소녀가 자백해야 합니까?"

"이 모든 건 다 너를 위해……."

"현감 나리!"

후처는 어떻게든 위기를 넘기고자 했으나 통하지 않았다. 희연은 그것을 완강히 거부하고 큰 소리로 현감을 불렀다. 모두가 자신을 주시하도록, 제 의지가 단순한 말뿐이 아님을 어머니가 정확히 알 수 있도록.

진즉에 이렇게 했어야 했다. 세상을 원망하기 전에, 다른 이를 탓하기 전에, 저 자신이 먼저 용기를 냈어야 했던 것이다.

"소녀가 드릴 말씀이 있습니다. 그 은자는……."

"저희가 갚겠습니다!"

정말로 말할 작정이었다. 뼈아픈 고통을 끊어내기 위해서라면 희연은 지옥 불에라도 뛰어들 준비가 되어 있었다. 그러한 각오를 막아선 건 소녀의 모친이었다.

사실 선택의 여지가 없었을 것이다. 딸아이가 모든 것을 알고 있었다는 게 충격일 테고, 자백하겠다는 그 말이 결코 으름장이 아니었으니. 후처는 눈동자에 벌건 핏대가 돋았다. 그럼에도 차분함을 가장해 희연을 제 뒤로 밀어내고 침착하게 나머지 말을 끝마쳤다.

"말을 안 해서 그렇지, 그간 바깥양반께서도 걱정을 많이 하셨습니다. 범인이 잡히고 안 잡히고를 떠나서 일단 은자 백 냥을 갚을 것이니 이 길로 큰아이를 집으로 데려갈 수 있도록 선처하여 주십시오."

누구도 예상치 못했던 후처의 발언에 여기저기서 웅성거림이 커졌다. 희연은 다리에 힘이 풀려 그 자리에 털썩 주저앉았다. 이마에 송골송골 솟아오른 알땀이 관자놀이를 타고 도로록 떨어져 내렸다.

'하면 저희 부모님은 어찌되시는 겁니까?'

'낭자께서 선택하시겠다면 저는 각자의 몫만큼 행복과 형벌을 골고루 나눠드릴 계획입니다. 죄인이 대가는 치르되 최대한 모두가 행복해지는 방법으로 말입니다.'

희연의 부모는 죄인의 멍에를 쓰지 않는 대신 재물로 죄의 대가를 갚음하게 될 것이다. 재물은 국고로 환수되는 것보다 그동안 고생한 언니한테 돌리는 게 어떻겠냐는 현감의 제안에 희연도 벌써 동의했다.

어머니는 악을 쓰며 화를 내실 테지만 결국은 내어주실 수밖에 없을 것이다. 죄인이 되는 것보다 언니를 현 도령과 혼인시키고 재산의 삼분지 일을 떼어주는 게 골백번 고심해도 나은 일이었다. 희연은 꼭 그리 만들 생각이었다.

차마 외당숙까지는 지켜드리지 못했다. 워낙 나쁜 짓을 많이 하신 탓에 이번 일 말고도 처벌받아야 할 죄목이 수두룩했다. 현감은 그를 유사한 죄명으로 체포해 이미 경기의 한 포청으로 인도하였음을 소녀에게 귀띔해 주었다.

사람들은 흥분하여 두런두런 이야기를 나누며 법석을 떨었다. 민 생원 댁 둘째를 흘끔대는 눈빛도 사뭇 달라졌다. 희연은 은인이라 할 수 있는 현감을 한 번 쳐다본 뒤 하늘을 올려다보았다. 기쁨과 안도가 눈물로 빚어져 푸석한 얼굴에 촉촉이 스며들었다.

하늘이란 원래 저리도 드높고 아름다운 것인가. 가슴속에 처져 있던 잿빛 장막이 사라지자 소녀의 세상은 하나둘 색색의 빛깔이 덧칠해지고 있었다.

최 상궁은 벌써 한 식경도 넘게 관아 후원에 머물렀다. 공주가 오늘 있었던 송사를 처음부터 끝까지 지켜본 후 이리로 건너와 꼼짝도 안 했기 때문이었다. 모피를 댄 배자와 털토시를 착용하고 있지만, 본시 추운 것을 싫어하는 분이었다. 최 상궁은 슬슬 공주가 걱정되었다.

"공주 자가, 그만 안으로 드시옵소서. 이러다가 감환이라도 걸리실까 소인 두렵사옵니다."

"가지고 있는 비단 중 가장 좋은 것을 골라 두 자매에게 똑같이 가져다주어라."

"예……?"

"비단만 보내지 말고 장신구 몇 가지도 함께 챙겨 주면 좋겠다."

공주는 명을 내리면서도 힘이 없었다. 상전의 그런 모습을 가만히 살펴본 최 상궁은 쓸데없는 질문을 삼가고 명을 받들었다.

"하오시면 전할 말씀이라도 있으시옵니까?"

"민 규수에게는 그간 마음고생이 많았다 전해 주고, 그 아우에게는 미안했다고…… 그렇게 전해 주면 될 것 같다."

최 상궁의 눈이 동그랗게 커지자 흘끗 돌아본 은명은 쭈뼛쭈뼛 덧붙였다.

"아니 그냥…… 내가 조금 오해를 한 것 같아서. 나는 여기 좀 더 있을 것이니 지금 처리하도록 하여라."

"예, 자가."

최 상궁이 예를 올리고 물러나자 은명은 다시 높은 하늘을 올려다보았다. 지난 열흘, 김서율의 뒤를 몰래 쫓아다니며 수많은 이야기와 상황을 듣고 겪었다. 특히 어제, 이 후원에서 눈물을 펑펑 쏟던 민희연의 슬픔은 아직도 은명의 가슴속에 묵직하게 남아 있었다.

언니와 동생, 양쪽 모두가 행복하게 끝난 결말은 아름다웠다. 현 도령은 정인의 손을 결코 놓지 않았고, 송사를 구경 왔던 그의 준수한 벗은 희연에게 다가가 조심스레 말을 걸었다. '낭자의 용감한 모습이 참으로 멋있었소. 내 그동안 오해를 많이 한 것 같아 이 자리서 꼭 사과하고 싶소. 미안하오.'라고 했던가. 은명은 수줍어하던 두 남녀가 떠올라 저도 모르게 미소를 지었다.

그 모든 걸 가능하게 한 이가 바로 김서율이었다. 만약 곧이곧대로 계모가 범인임을 밝혔더라면 어떻게 되었을까. 둘째는 한통속이라는 사람들의 손가락질을, 첫째는 평생에 지울 수 없는 깊은 상처를 받았을 것이다. 그런데 그는 첫째와 현 도령의 연정을 지켜주었을 뿐 아니라, 둘째의 딱한 사정까지 고려해 모두를 포용하는 모습을 보여 주었다.

은명은 자신의 섣불렀던 판단이 부끄러우면서도 이곳에 와 처음으로 마음이 편해졌다. 막연히 좋다고만 느꼈던 지금까지와는 다르게 서율을 향한 무한한 신뢰도 샘솟았다.

"자가."

그의 목소리였다. 보령에 내려와 첫날을 제외하고 이 시점에 후다닥 도망치곤 했는데 오늘은 그러지 않았다. 은명은 그대로 서서 기다렸고, 서율은 옆으로 와 자리를 잡았다. 지난 며칠, 어떠한 거리도 없었던 것처럼 두 사람은 자연스럽게 행동했다.

"송사는 잘 보았다."

"결과가 마음에 드셨는지 모르겠습니다."

"꽤 인상적이었다. 평소 생각지 못했던 부분을 보게 되었고,

또…… 알고 있던 것들을 다시 한 번 확인하는 계기도 되었느니라."

먼 곳을 내다보던 은명은 두 눈을 반짝이며 만족스러워하다 이내 아련한 우수에 젖어 들었다. 두 자매의 결과는 마냥 흐뭇했지만, 민 생원을 떠올리면 기쁨은 썰물처럼 빠져나가고 선득한 기운만 가슴께에 남았다. 솔직히 그 아비란 작자야말로 가장 악독한 인간이었다. 아무리 후처에게 잡혀 살기로써니 위기에 빠진 여식을 어찌 내버려두었던 것인지.

저 하늘에 동실동실 떠 있는 구름발 속에서 은명은 궐에 계신 전하의 형상을 떠올려 보았다. 재혼한 아비들이 전부 똑같다 할 순 없으나 그분 역시 전처의 여식에게 정이 없기는 마찬가지였다. 은명은 큰 소리로 여쭙고 싶었다. 정말 일말의 정도 없으신 거냐고. 하여 소녀를 이리도 모르는 척 오랜 시간 내버려두기만 하시는 거냐고.

눈물이 왈칵 솟구친 은명은 하늘에서 시선을 떼 옆에 있는 서율을 올려다보았다. 부왕이 하늘에 계시는, 닿을 수 없는 초월적 존재와 같다면 서율은 가까이 서 있는 현실의 존재다. 그늘 속에 가려진 소외된 이의 아픔까지 살뜰히 챙기고 방향을 제시해주는 사람. 다 필요 없었다. 김서율만 곁에 있어 준다면 이 세상 부러울 것도, 서러울 것도 하나 없었다.

은명은 목구멍에 걸려 있는 설움을 꿀꺽 삼키고 떨리는 마음으로 입을 열었다.

"할 말이 있다."

"말씀하시옵소서."

은명을 따라 하늘을 올려다보던 서율이 시선을 내렸다.

"그대의 조언대로 나는 대궐로 기어오르는 자들을 따끔하게 혼내 주었다."

"잘하셨사옵니다."

"부왕께서 나의 행동을 묵인하시어 이제 궐에선 누구도 나를 우습게 보지 못한다."

"그러하십니까."

"하지만 전하께서는 여전히 내게 눈길을 주지 않으신다. 옹주전과 크게 다투었을 때 옹주를 찾아가 안아 주시고 위로해 주셨지만 내게는 걸음도 하지 않으셨다. 나는 태어나서 지금까지 부왕의 용안을 손에 꼽힐 정도로만 뵈었고, 긴 대화를 나눠 본 적도 없다."

"공주 자가……."

"나는 이제, 그런 전하가 더는 필요치 않다."

"어찌 그런 말씀을 하시옵니까!"

부왕을 부정하는 공주의 엄청난 발언에 서율은 급히 주위부터 살펴보았다. 혹시라도 누군가 엿들었을까 봐 걱정하는 얼굴이었다.

은명은 눈도 깜짝하지 않았다. 완고한 눈빛으로 무장하고 오직 할 말만 계속했다.

"부왕은 혜빈과 옹주, 그리고 다른 후궁들에게 기꺼이 양보할 것이다. 나는 오라버니와 빈궁 마노라만 계시면 그걸로 족

파란미디어의 책들

e-mail paranbook@gmail.com
cafe cafe.naver.com/paranmedia
instagram @paranmedia X(twitter) @paranmedia
tel 02-3141-5589 fax 02-3141-5590

파란

영원의 사자들 정은궐 지음

로맨스를 대표하는 작가 정은궐

그녀는 매일 밤 꿈에서 죽음을 본다. 그리고 어느
날부터 아름답게 날아오르는 나비 떼와 함께 투명한
남자가 보이기 시작했다. 꿈에서도 현실에서도.
불멸과 필멸의 어긋난 만남, 죽음보다 시리고
사랑보다 빛나는 인간과 저승사자의 인연.

종이책 전 2권 (각 권 15,000원)
전자책 O / **연재** O / 카카오페이지 독점

홍천기 紅天機 정은궐 지음

김유정, 안효섭 주연 SBS 드라마 '홍천기'의 원작

하늘의 무늬를 읽고 해독할 수 있지만 앞을 보지 못하는 남자 하람.
그의 눈이 되고라 당당히 경복궁에 입성한 백유화단의 여화공 홍천기.
그들의 운명에 번져 가는 애틋하고 몽환적인 먹선!

종이책 전 2권 (각 권 15,000원)
전자책 O / **연재** O / 네이버시리즈 웹툰 완결

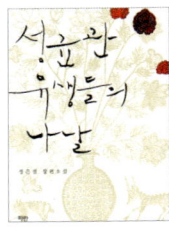

성균관 유생들의 나날 정은궐 지음

**교보문고, 예스24, 인터파크, 알라딘 베스트셀러 종합 1위!
독자들이 뽑은 가장 재미있는 소설!**

병약한 남동생 대신 남장하고 과거를 보게 된 김윤희.
왕의 눈에 들어 금녀의 성균관에 들어가게 된다.
여자임이 발각되는 날에는 자신의 죽음은 물론 멸문지화를 면할 수 없는데…….

종이책 전 2권 (각 권 11,000원)
전자책 O / **연재** O / 드라마 '성균관 스캔들' 원작 소설

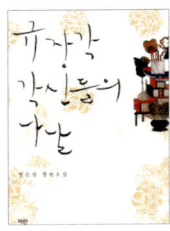

규장각 각신들의 나날 정은궐 지음

**《성균관 유생들의 나날》시즌 2, 잘금 4인방의 귀환!
'공부가 가장 쉬웠던' 성균관은 아무것도 아니었다!**

왕의 지나친 총애 덕분에 사이좋게 규장각으로 발령 난 잘금 4인방.
수염도 안 나는 주제에 규장각에 출근하는 것만도 몸이 떨릴 일인데,
윤희의 정체를 안 좌의정 대감의 진노는 윤희의 앞길에 짙은 먹구름을 드리운다.

종이책 전 2권 (각 권 11,000원)
전자책 O / **연재** O / 드라마 판권 계약 완료

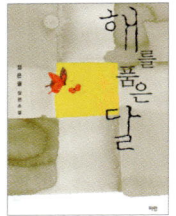

해를 품은 달 정은궐 지음

**드라마 '해를 품은 달' 원작
8주 연속 종합 베스트셀러 1위!**

달과 비가 함께하는 밤, 온양행궁에서 돌아오던 길에 신비로운 무녀를 만난다.
왕과 무녀는 절대 이루어질 수 없는 관계, 이름을 말해 주는 것조차 거부하는
그녀에게 이름을 지어 주며 그 밤을 시작으로 인연을 이어 가고자 한다.

종이책 전 2권 (각 권 13,000원)
전자책 O / **연재** O / 드라마 '해를 품은 달' 원작 소설

오늘만 사랑한다는 거짓말
남궁현 지음

육체를 배반하는 건 세 치 혀뿐,
심장은 거짓말을 하지 않는다.
오늘 하루라도 너만을
사랑한다고 말해 줬으면.
그것이 비록 거짓말이라 해도.

종이책 전 2권 (각 권 9,000원)
전자책 O / **연재** O

새우깡과 추파춥스
종이책 전 2권 (각 권 13,000원)

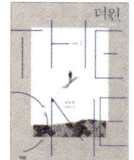

더 원
종이책 전 3권 (각 권 13,000원)

왕은 사랑한다 (개정판) 김이령 지음

임시완, 윤아, 홍종현 주연 드라마 〈왕은 사랑한다〉 원작!

부패하고 빈곤한 고려의 개혁에 힘쓴 총명한 군주로 평가받는 충선왕.
고려 말 대원제국 울루스에서 펼쳐지는 권력과 애욕의 소용돌이 속에
사랑하는 세 사람의 운명이 한반도를 넘어 타클라마칸 사막의 별빛에
아로새겨진다.

종이책 전 3권 (각 권 13,000원)
전자책 O / **연재** O / 드라마 '왕은 사랑한다' 원작 소설

사랑도 처방이 되나요
최준서 지음

안하무인 건물주와 위기에 빠진
세입자, 갑과 을에서 '남'과 '여'로
만나다!

종이책 단권 (값 13,000원)
전자책 O / **연재** O

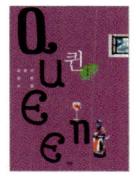

퀸 최준서 지음

종이책 전 2권 (각 권 9,000원)
전자책 O / **연재** O

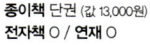

비차 서누 지음

하늘을 나는 수레 '비차'

수수께끼 같은 두 남자와 상처를 딛고 아름답게 성장하는 한 소녀.
슬픔 많은 시대, 희망처럼 피어난 사랑 이야기!

종이책 전 2권 (각 권 12,000원)
전자책 O / **연재** O / 영상화 계약 완료

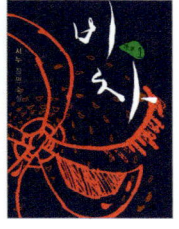

--- 파란 × 카멜 프로젝트 ---

낙원의 오후
조강은 지음

종이책 단권
(값 13,000원)

론리 하트
김언희 지음

종이책 단권
(값 13,000원)

봄 깊은 밤
이유진 지음

종이책 단권
(값 13,000원)

내 아이가 분명해 한민트 지음

카카오페이지 3천 만 독자를 매료시킨 화제작!

환생 트럭에 치어 남작가 장녀로 태어난 클레어.
제국 3대 명문가의 공작, 에리히와 하룻밤을
보내게 된다. 그런데 5년 후……
"내 아이가 분명한데, 그런 거짓말로 날
속일 수 있을 것 같나?"

종이책 전 6권 (각 권 14,000원)
전자책 O / **연재** O / 카카오페이지 웹툰 연재 중

파옥 한민트 지음

세렌 루바브는 이스브란트의 것이다.
처음부터 그리 운명지어졌다.

제국 유사 이래 가장 짙은 용의 피를 타고난 황제, 이스브란트.
자신의 생명의 구슬을 품은 여인, 세렌을 발견하고 황궁으로 납치한다.
사고로 기억을 잃은 세렌은 이스브란트를 사랑하게 되지만,
모든 진실을 알게 된 후 그에게서 도망치기로 결심하는데……

연재 O / 네이버시리즈 독점

봄그늘 김차차 지음

봄의 그늘에서, 지나간 시절의 너에게

나는 한때 박우경에게 내 삶을 다 내어 주고,
그 애의 삶으로 도망치고 싶었다.
차라리 전부 종속되고 싶었다.
그리고 그것으로 그 애의 모든 것을 갖고 싶었다.

종이책 전 5권 (각 권 14,500원)
전자책 O / **연재** O / 네이버시리즈 웹툰 계약 완료

함박꽃식당 정선우 지음

〈낙원의 이론〉 정선우 작가의 신작
오감 만족 예능 '함박꽃식당' 오픈!

요괴를 혐오하는 국민 남배우 최윤과
정체를 숨기고 살아가는 구미호 김태린의 살벌한 혐관 로맨스!

연재 O / 네이버 시리즈에디션

동백꽃 핀 자리 서은수 지음

오해와 애증으로 얽힌 관계,
서은수 작가의 시대물 로맨스!

집안을 망하게 했다며 어릴 때부터 미움받았던 도경.
혜명 윤문의 고명딸, '윤도경'이 되어 운명을 바꾸고자
가문과 대립하던 예성 채문의 종손, 채재현을 찾아간다.

종이책 전 3권 (각 권 14,000원)
전자책 O / **연재** O

하다."

 지난 5월 저자에서 만나 김서율과 실랑이를 벌였던, 풋풋하고 순진했던 여아는 더 이상 없었다. 은명은 서율이 안쓰럽게 응시할 정도로 맑은 두 눈에 깊은 상처를 담고 있었다.

 "하나 평생을 오라버니 곁에서 살 수는 없다. 공주가 하가해야 하는 나이는 보통 여덟에서 열둘. 곧 부다도위가 정해질 것이고 나는 대궐을 나가야 한다. 하여 궐 밖에도 내가 믿을 만한 사람이 필요하다. 나는 그게 너라고 생각한다. 너라면 내가 믿을 수 있다."

 "……."

 은명은 말을 마치고 돌아올 대답을 초조히 기다렸다. 애타는 이 마음을 아는지 모르는지, 서율은 좀처럼 입을 떼지 않았다. 이해할 수 없는 어두운 얼굴을 하고서 그저 침묵을 고수했다.

 지난봄, 바로 이곳에서 그와 했던 언약을 은명은 명확히 기억했다. 머리가 뛰어나게 좋은 자이니 김서율도 똑똑히 기억하고 있으리라. 하니 알겠다고 답하면 될 것을 어찌하여 저토록 입을 다물고 있는지. 조급해진 은명은 답답함을 참지 못하고 아홉 살이란 나이가 무색할 만큼 맹랑한 소리를 내뱉었다.

 "나의 의빈이 되어다오. 그대에게 평생토록 부귀영화를 보장하여 줄 것이다."

 그림처럼 경치가 맑고 빼어난 곳이라 하여 붙여진 이름, 화경궁畫境宮. 어머니와 행복하게 살았던 그곳으로 은명은 서율과 함께 돌아가고 싶었다. 시린 가슴을 녹여 주는 그의 다정한 미소를 가까이서 오래도록 볼 수 있길 염원했다.

그 꿈같은 바람과 달리 돌아오는 서율의 대답은 매몰찼다.

"황공하오나 그럴 수는 없사옵니다."

일말의 망설임도 없는 냉담한 거절이었다. 거부당할 거라곤 조금도 예기치 못하였기에 은명은 잠시 말문이 막혔다. 방금 무슨 대답을 들었는지 선뜻 이해하지 못했다. 숨 막히는 얼마간의 침묵이 흐르고, 자신이 거절당했음을 확실히 인지한 은명은 믿기지 않는 표정을 지었다. 날이 선 어조로 재차 확인했다.

"나를 거절하는 것이냐?"

"송구하옵니다."

"내가 어리다 생각하느냐?"

"……."

"너는 나를 우선순위 신붓감으로 고려해 보겠다, 약조하였다!"

"그때는 자가의 신분을 몰랐기에 그리했던 것입니다. 이제 공주 자가이신 걸 알게 되었으니 그때의 약조는 무효합니다."

"내가 공주면 달라지느냐? 어찌 사내가 한 입으로 두말하는 것이냐!"

감정이 격해진 은명은 얼굴이 붉게 물들어 소리쳤다.

서율은 아랑곳하지 않았다. 무감한 표정을 하고서 쌀쌀맞은 말들을 이어 갔다.

"상대가 공주 자가시라면 얘기는 달라져야 합니다. 자가께서는 저를 믿으시옵니까?"

"너를 믿는다. 너는 나의 사람이다."

"무슨 근거로 그리 속단하시옵니까? 정녕 제가 누구인지 아십니까? 이 사람의 부친이 누구인지 자가께서 정확히 알고 계시옵니까? 저는……!"

"그만!"

은명은 안색이 하얗게 질려 서율의 다음 말을 차단했다. 아무리 어리고 정치에 관심 없는 공주일지라도 세자의 근심과 간택 후궁들의 권세가 어디에서 비롯되었는지 정도는 알고 있었다.

만약 서율이 외조부인 달성부원군을 죽이고 실권을 더욱 공고히 한 세력의 자손이라면?

은명은 거기서 추측을 멈추고 머릿속을 깨끗이 비웠다. 그 이상은 아무것도 알고 싶지 않았다. 그런데 서율이 가만 내버려 두질 않았다.

"곧 알게 되실 일입니다."

"무슨 소리인지 도통 알아들을 수 없다."

"알아들으셨사옵니다."

"더는 아무것도 듣고 싶지 않다! 앞으로 내 앞에서 그대의 집안을 들먹거려선 아니 될 것이다. 만에 하나 명을 어겼다간 내 가만있지 않을 것이야!"

"……"

"물러가거라. 나는 혼자 있고 싶다."

은명은 몸을 옆으로 홱 돌리며 당차게 명했다. 대화가 이로써 중단되었음을 확고히 보여 주는 몸짓이었다.

서율은 고민했다. 공주께서 생떼를 쓴다 하여 사라질 문제가 아니다. 어떻게든 현실을 일깨워 주고 싶은데 또 한편으론 생각할 시간이 필요해 보였다. 이미 짐작하고 있을 테니 혼자서 조용히 그가 했던 말을 되새기며 차츰 마음을 정리할 수도 있을 것이다.

짧고 격렬한 고민 끝에 서율은 한발 물러서기로 했다.

"그럼, 이만 물러가겠사옵니다."

공손히 예를 취하고 발길을 돌리려 하는데 공주에게서 퉁명스러운 대답이 흘러나왔다.

"나는 내일도 관아에 들를 것이다."

채화작업을 끝낸 화장은 오늘 아침 한양으로 떠났다. 볼거리가 없어진 관아에서 무엇을 하려고 그러시는지 의문이었으나 서율은 반문하지 않았다.

"그리하시옵소서."

"모레도, 글피도, 그다음 날과 그다음다음 날에도 마찬가지다. 앞으로 나는 계속 이곳을 방문할 생각이다."

"하오나······."

"내가 도승지 영감 댁에 계속 처박혀 지낼 수만은 없지 않으냐?"

공주는 그의 말을 단번에 끊고는 철저히 방어했다.

"그렇다고 고을 아이들과 어울려 놀 수도 없는 노릇이니 종종 이곳에 다니러 오겠다는 뜻이다. 알아서 드나들 것이니 따로 신경 쓸 필요는 없다."

그렇게 따진다면 삭막한 관아야말로 공주 또래의 여아가 다닐 곳이 아니다. 서율은 반박하기 위해 입을 떼려다 그대로 침묵했다. 무엇을 아뢰어도 본인이 느끼고 체험하지 않는 이상 공주께서 고집을 꺾으실 리 없다.

어차피 지루한 곳인 데다 앞으로 한파가 몰아치면 자주 걸음하기도 힘들어질 터. 기껏해야 며칠 왔다 갔다 하시다 방문이 뜸해지시겠지.

설마하니 공주께서 고을 관아에 자주 드나드실 리 없다, 서율은 제멋대로 짐작하며 이 문제를 매듭지었다.

예상은 무참히 깨어졌다. 그날 이후 공주는 관아가 마치 대궐 내 전각이라도 되는 양 뻔질나게 드나들었다.

초반 당황했던 서율은 곧 표정을 수습하고 관심을 끊었다. 코앞에 나타나 말을 걸지 않는 이상 공주가 관아에 와 있는 걸 모르는 척하였다. 공주 자가께 싫은 소리를 할 수 없으니 제풀에 지쳐 알아서 포기하시길 기다렸다.

설사 이를 못 참고 달려와 성을 내신다 해도 천하에 무도한 놈이라 여기실 만큼 매정해질 준비가 되어 있었다. 저를 향한 공주의 마음만 떼어낼 수 있다면 왕실에서 어떠한 문책을 당해도 감당할 작정이었다. 심지어 파직도 불사하려 했는데 얼마가 지나자 그것이 공주에게 씨알도 먹히지 않는 작전이었음을 알게 되었다. 서율이 점잖고 비장하게 머리를 굴리는 사이, 공주는 순식간에 관아의 식솔들을 구워삶고 안채를 떡하니 차지했다.

관아는 집무공간인 제흥당과 거처공간인 선칭각으로 나뉜

다. 안식구가 없는 서율은 이제껏 선칭각을 비워 두었는데 고상하게 머리를 쓰다 정신을 차려 보니 어느덧 그곳은 공주의 차지가 되었다. 꼭꼭 닫아 두었던 선칭각의 문을 활짝 열고 공주는 제집처럼 안채 곳곳을 휘저으며 삭막했던 공간에 온기를 불어넣었다.

기껏 힘을 주고 있었건만 정작 공주는 그가 그러고 있었는지조차 전혀 모르는 눈치였다. 예상치 못한 전개에 서율은 당혹감만 커졌다. 공주의 물건이 안채를 가득 메웠고, 궁녀들은 관아 식구들과 자유롭게 어울렸다. 서율은 그 황당한 풍경을 하루하루 기막혀 하며 바라보다가 마침내 직접 제지에 나섰다. 공기는 시리나 볕이 좋은 정월의 어느 오후였다.

"방금 뭐라 하였느냐?"

안채에 들려다 서율에게 붙잡힌 공주가 그를 돌아보았다.

"들으신 그대로이옵니다."

"정확히 듣지 못하였다."

공주의 억지에 서율은 냉담한 빛을 띠고 표현의 수위를 높였다.

"이곳은 관원들이 정무를 보는 곳입니다. 피접 오신 공주께서 드나드는 사가의 규방이 아니란 말입니다."

"어차피 비워 두는 곳이었다. 내가 이곳에 잠시 머무른다 하여 서까래가 무너지기라도 한단 말이냐?"

"잠시가 아니질 않사옵니까. 매일같이 드나들고 계시옵니다. 자가의 잦은 방문으로 비워 두었던 이곳에 군불을 때고 중간중간 음식을 장만해 올리느라 관아의 예산이 많이 낭비되고 있습니다."

감히 공주께 아뢸 수 있는 말이 아니었다. 그럼에도 단단히 작심한 서율은 무엄한 소리를 서슴지 않았다. 그 말에 화가 난 공주는 왕녀와 왕실을 능멸한 그에게 벌을 주는 대신 보모상궁에게 따로 명을 내렸다.

"최 상궁, 지금까지 들어간 비용을 전부 변상해 주고 앞으로는 군불을 땔 장작과 내가 먹을 음식을 따로 챙겨 오도록 하여라."

공주는 말을 마치자마자 휙 돌아서 안으로 들어갔다. 뒤에 남은 서율은 난감함이 앞섰다.

이를 어찌하면 좋단 말인가.

비용의 문제가 아니었다. 임금의 충직한 신하로서 공주께 들어가는 것이라면 현감의 녹봉이라도 털어서 해드릴 수 있었다. 그렇지만 서율은 자신을 받아 준 세자 저하를 위해서라도 공주의 마음이 더 커지기 전에 이쯤에서 그만 인연을 정리하고 싶었다.

마음이 급해진 서율은 공주를 뒤따라 들어가던 보모상궁의 앞을 가로막았다.

"저에 관해 알고 계실 거라 생각합니다."

"얼마 전에야 알았습니다."

"더 늦어지기 전에 공주 자가께 상세히 아뢰어 주십시오."

"도통 들으려 하지 않으십니다. 기회를 봐서 귀띔해 드리도록 하겠습니다."

최 상궁은 무뚝뚝한 얼굴로 고개를 까딱하고는 그대로 지나쳤다.

홀로 남은 서율은 입안 그득 씁쓸함이 퍼졌다. 이것이 정도라고 믿어 의심치 않으면서도 공주에게 드리워진 상처가 아물기도 전에 또 다른 아픔을 드려야 하는 게 마음이 쓰였다.

그러면서도 이토록 신경이 쓰이는 이유에 다른 뜻은 없다고, 그저 주군의 신하로서 그분의 따님에게 모질게 대하려니 그런 것뿐이라고. 서율은 공주를 향한 자신의 복잡한 심경을 군신관계 안에서만 해석하면서도 솔직히 명쾌하지 않았다.

하루가 멀다고 눈앞에서 왔다 갔다 하는 아기씨가 이 나라의 공주일 거라 의심하는 사람은 없었다. 공주가 선칭각 안채를 매일같이 드나들며 활개를 치기 시작한 지 근 두 달. 관아의 아전과 포졸들은 공주를 서율의 먼 친척누이쯤으로 여기고 있었다. 지난봄, 성 진사 댁 며느리를 혼쭐 내준 사건은 까마득한 시간의 뒤안길로 사라진 지 오래였다.

웬일로 공주가 늦게 오는 날이면 관아의 모든 이가 무슨 일이 있으신가 하며 기다렸다. 그러다 멀리 가마가 조그맣게 보이면 아기씨께서 오신다며 호들갑을 떨었다. 최 상궁에게 지체된 까닭을 묻고 귀찮게 하는 것들이 있으면 혼쭐을 내주겠다며 진심으로 염려했다. 관아에서 공주의 존재감은 그만큼 도드라져 있었다.

부부가 안채와 사랑채에 각각 자리를 잡고 한집에서 서찰로 안부를 주고받을 정도로 내외가 엄격한 나라. 그리고 그런 교육을 받고 자라난 서율. 예가 아니면 행하지 않는 그에게 말 못 할 고민거리가 생겼으니, 그 역시 공주와 직접 얼굴을 맞대는 일이 너무도 자연스러워졌다는 점이었다.

공주는 원하는 게 있을 때마다 몸소 서율의 집무실을 찾았다. 질문과 요청은 하나같이 사소하고 가벼운 것들로, 선칭각 뜰에서 연을 날려도 되겠느냐, 낮것으로 먹은 것이 탈이 난 것 같으니 근방 의원 중 하나를 천거해라, 봄이 오면 안채에 꽃씨를 뿌려도 되겠느냐 등등이었다.

"예, 자가."

그러면 서율은 짧고 간결하게 응한 뒤 입을 다물었다. 때때로 몇몇 요구가 법도에 맞지 않았어도 개의치 않았다. 냉담히 시선을 거두고 이만 가시라는 눈치를 과감히 비쳤다. 그때마다 공주는 서율을 무시하고 코앞에 털썩 주저앉아 뻔뻔하게 굴었다.

"너무 추워 이 상태로 바람을 맞는 것이 괴롭다. 내 여기서 잠시 몸을 녹이다 갈 것이니 그대는 신경 쓸 것 없다."

과장을 하자면 안채는 엎어지면 코 닿을 거리에 있었다. 그래도 서율은 토를 달지 않았다. 안 된다고 거부해도 말이 통할 리 없거니와 추위에 약한 공주는 실제로 입술이 파랗게 질려 있곤 했다.

할 수 없이 단둘이 앉아 있다 보면 집무를 보다가도 무의식중에 말을 섞기 일쑤였다. 더 나아가 스스럼없이 서로를 응시했다. 그것이 쌓이고 쌓여 어느 땐 한양 본가에 들어와 있는 외사촌누이보다 공주가 훨씬 가까이 느껴지는 지경까지 이르렀다.

거리를 두어도 모자랄 판에 오히려 친숙해지고 있으니……. 서율의 고민이 깊어지는 이유였다.

혹독한 겨울이 지나고 꽃샘추위가 불어오는 물오름달 초순. 제홍당 현감의 집무실이 어지럽게 흐트러져 번잡스러웠다.

서율은 오전부터 그곳에서 문서와 서책에 파묻혀 있었다. 그것들을 일일이 살피며 용도에 따라 구분하여 정리하느라 분주히 움직였다. 벌써 몇 시진째 이러고 있었으니 사실 어느 정도 마무리가 되어야 하는데 여전히 갈 길은 멀었다. 집중이 되지 않아 문서를 몇 번씩 다시 읽거나 중간중간 주의를 잃고 멍해 있었기 때문이다.

그럼에도 기를 쓰고 버티던 서율은 끝내 의식적으로 바쁘게 놀리던 두 손을 멈췄다. 낯빛이 무겁게 가라앉아 가까이에 있는 의자를 당겨서 앉았다.

내일은 벼르고 벼르던 날이다. 짓눌리던 고민에서 해방될 수 있는, 서율이 초조하게 기다려 온 바로 그날. 마땅히 문서와 서책을 정리하는 두 손이 가뿐해야 하건만 손목에 추를 단 듯 움직임이 무거웠다. 조금도 홀가분하지 않았다. 제가 왜 이러는지 알 수 없어 서율은 속이 시끄러운데 치경이 기척을 내고 안으로 들었다.

"공주 자가께서 당도하셨습니다. 그동안 많이 앓으셨는지 옥안이 상하셨습니다."

며칠 만에 듣는 공주의 소식이었다. 서율은 지나는 말처럼 건성으로 답했다.

"알겠네. 지금 안채로 드셨는가?"

"제흥당 별채에 계십니다."

"제흥당 별채?"

의외의 대답에 서율이 신경을 세웠다. 겨우내 쉴 새 없이 관아를 들락거렸던 공주가 지난 며칠 갑자기 발길을 끊었다. 모두가 걱정하며 아기씨의 소식을 기다렸다. 관아의 식솔들은 첫날부터 아기씨의 부재를 소곤거렸고, 셋째 날이 되자 치경이 슬슬 문밖을 내다보더니, 다섯째 날이 되었을 땐 서율까지도 궁금증을 내비쳤다.

몰래 치경을 통해 알아보니 공주는 감환을 앓는 중이었다. 환후가 심하다는 말에 걱정이 되면서도 다른 한편으론 차라리 잘됐다고 생각했다. 그런데 하필이면 오늘, 아직 미령하신 몸으로 관아에 납시어 추운 바깥에 계시다니. 동요한 서율은 모피로 만든 덮개를 들고 제흥당 별채로 향했다.

감환을 앓아 한층 왜소해진 공주는 별채 마당에 덩그러니 서서 새로 들어온 관비들을 지켜보고 있었다. 서율은 잠시 그 뒷

모습을 바라보다가 조용히 다가가 따뜻한 모피로 등을 덮어 주었다.

어린 공주는 추위에 많이 약해 애늙은이처럼 시시때때로 손끝과 등이 시리다며 몸을 떨었다.

"바람이 차갑습니다."

급작스러운 기척에 공주가 고개를 틀어 그를 보았다. 심하게 앓았는지 핏기 하나 없는 얼굴이 무척이나 안쓰러웠다.

"그대가 먼저 말을 걸어오다니, 별일이군."

"그만 안으로 드십시오. 예서 무얼 보고 계십니까?"

물끄러미 서율을 보던 공주가 다시 힘없이 고개를 바로 하고 앞을 보았다. 그곳에는 관비 몇몇이 뒤꼍을 바쁘게 왔다 갔다 하며 별채를 소제하고 있었다.

"아는가? 우리 외숙 일가도 관노비가 되었다네."

"……."

"어디서 어떻게 살고 있는지 소식이라도 들을 수 있으면 좋으련만……."

공주를 응시하던 서율은 동짓달 밤처럼 순식간에 안색이 어둡게 일변했다. 표정을 굳히고 입매를 일자로 다물었다. 작년 5월, 어린 공주가 그리도 유심히 노비 행렬을 지켜봤던 이유를 이제야 확실히 이해했다.

악연이구나.

서율은 마음을 다스리지 못하고 시선을 떨궜다. 천하에 만나지 말아야 할 사람이 존재한다는 걸 이런 식으로 경험하게 되다니.

 눈앞에서 아른대는 공주의 치맛자락마저도 보고 싶지 않았다. 서율은 고개를 돌려 시야에서 그것을 매정히 밀어냈다. 이것으로 끝이다. 재차 모질게 결심했다. 휘잉, 불어오는 3월의 살바람이 마음까지 꽁꽁 얼어붙게 하는 날이었다.

※

 공주라고 해서 놀고 싶은 대로 놀 수 있는 것은 아니었다. 시간에 맞춰 강론을 듣고, 수를 놓으며, 꽃꽂이와 서화를 익혔다. 피접을 나와서도 병이 중하지 않은 이상 예외는 없었다. 그리하여 은명은 관아에 와서도 서책을 읽었고, 그림을 그리고, 습자를 하였다.

 장소만 바뀌었을 뿐 해야 할 일은 언제나 산적해 있었다. 관아에 온다 한들 매일같이 서율을 볼 수 있는 것도 아니었다. 그걸 알면서도 은명은 한파가 몰아치는 날에도 기필코 관아에 오고야 말았다. 추위라면 아주 질색하면서도 몸을 덜덜 떨며 가마에 올랐다.

 결국 병이 나서 고생한 건 자명한 수순이었다. 꽁꽁 앓으며 고개도 들지 못했다가 어느 정도 용태가 회복되자 어제부터 다시 관아를 찾았다. 최 상궁은 우려를 표했지만 은명은 도리어 다른 날보다 일찍 채비를 마쳤다. 오랜만에 관아를 찾았더니 줄곧 박대하던 서율이 먼저 말도 걸어 주고 춥지 않게 돌봐 주어 한껏 고무되었다.

가마에서 내려 서둘러 관아로 들어섰다. 은명은 곧장 집무실에 있을 서율에게로 향하다 도중에 우뚝 멈췄다. 오늘따라 관아 전체가 어수선하니 꼭 집이라도 옮기는 분위기였다. 은명과 최 상궁이 무슨 일인가 싶어 주위를 둘러보는데 아전 하나가 득달같이 달려와 반겨 주었다.

"오셨습니까, 아기씨. 몸도 안 좋으신데 아랫사람들 시키시지 뭣 하러 예까지 직접 나오셨습니까?"

"그게 무슨 소리냐?"

"짐 챙기러 오신 것 아니었습니까?"

은명이 영문을 몰라 최 상궁을 보았고, 최 상궁은 다시 아전에게 물었다.

"짐을 챙기다니, 자네 그게 무슨 소리인가? 분위기는 왜 또 이리 어수선하고? 오늘 관아에 무슨 일이 있는가?"

"새로운 현감께서 오시는 날이지 않습니까."

날벼락 같은 소리에 은명은 거칠게 숨을 들이켰다.

공주가 심하게 충격을 받은 듯 보이자 최 상궁은 다급히 캐물었다.

"하면 지금 계시는 현감께서는?"

"연통을 못 받으셨습니까? 오늘 아침 일찍 한양으로 출발하셨습니다. 그분께서는 본래 소속된 곳이 따로 있다 들었습니다."

은명은 눈앞이 빙글빙글 돌았다. 몸에서 기운이 쫙 빠져나가 중심을 잃고 제자리에 쓰러지듯 주저앉았다. 최 상궁과 아전이

대경실색하여 아우성을 쳤지만 그들의 말소리는 하나도 귀에 들리지 않았다.

 도승지의 본가로 돌아온 은명은 얼이 빠져 있었다. 해가 지고 깜깜한 밤이 될 때까지 온종일 멍하니 앉아 있기만 했다. 김서율이 떠나고 혼자만 남겨졌다는 사실이 도저히 믿어지지 않았다.
 어떻게든 설득해 함께 올라가고 싶었는데 어이하여 일언반구 없이 저 홀로 가버린 것인지, 어찌 이리 모질게 굴 수 있는지. 영영 안 볼 작정인 것이냐, 정녕 그리도 싫었던 것이냐. 깊은 충격에 횡설수설, 오만 가지 생각이 떠올라 아무것도 하지 않고, 아무것도 먹지 않았다. 할 수가 없었다.
 노심초사하던 최 상궁은 안 되겠다 싶어 전복을 구해 죽을 끓여 은명의 코앞에 들이밀었다. 억지로라도 먹일 심산이었다.
 "이러다가 또 앓아누우십니다. 딱 세 숟갈간 젓수시어요, 예?"
 "……."
 "공주 자가!"
 최 상궁의 설득에도 은명은 쳐다보는 시늉조차 하지 않았다. 대신에 혼이 나간 사람처럼 망연히 앉아 있다 여태껏 피해 왔던 질문을 단도직입적으로 던졌다.
 "김서율. 그는 누구이더냐?"
 "……병판, 김대원 대감의 차남입니다."
 은명은 눈물이 핑 돌았다. 머릿속이 아득해져 입술이 잘게 떨렸다.

　김대원이 누구인가. 외조부의 생목숨을 빼앗고 외가를 멸문시킨 후 어머니마저 폐위하려 했던 자였다. 혜빈을 내세워 왕실에 영향력을 끼치고 스스로는 조정을 장악해 왕권을 뒤흔드는 포악무도한 자였다.

　'자가께서는 저를 믿으시옵니까?'
　'무슨 근거로 그리 속단하시옵니까?'
　그때부터 이미 짐작하고 있었는지도 모른다. 그것이 사실일까 두려워 고의로 진실을 외면하고 돌아보지 않았다. 후드득 눈물이 떨어졌다. 차마 그에게 말하지 못했던 바람을 은명은 씁쓸히 중얼거렸다.

　"어머니와 함께 살았던 화경궁을 김서율에게도 보여 주고 싶었다. 그도 틀림없이 좋아하였을 것인데……."
　"공주 자가……."
　"다른 이들은 잘 모르겠지만 김서율이 나를 많이 아껴 주었다. 누더기를 입은 나를 편들어 주었고, 눈물을 닦아 주었고, 진실로 보듬어 주었다. 지난 몇 달 나를 홀대하긴 했어도 그래서 다시 예전처럼 돌아갈 수 있을 거라 확신하였다. 한데 아니었구나. 그도 옹주의 사람이었어. 혜빈의 사람이었어. 나 같은 건……."

　공주의 뜨거운 눈물이 가슴 아파 보모의 눈에서도 눈물이 흘렀다. 억장이 무너졌다.
　"그런 말씀 마시옵소서."

"앞으로도 계속 그와 함께하고 싶었다. 그만큼 김서율이 좋았다. 내가 정말…… 그를 많이 좋아하였다.'

끝내 이루지 못한 고백을 대신해, 혹은 마지막으로 되뇌는 말인 듯 은명은 몇 번이고 김서율이 좋다는 말만 반복했다.

끊어내야 할 인연, 지워야 할 사람, 그러나 시리도록 가슴이 아픈. 차가운 달빛이 누리에 내려앉은 3월의 깊은 밤, 서율은 어린 은명의 가슴에 아픈 눈물이 되어 새겨졌다.

최악의 신붓감

6년 후. 춘궁기가 절정에 달한 5월 하순. 산과 들에 먹을 만한 풀과 나무껍질이 몽땅 사라져 굶어 죽는 이들이 속출했다. 어린아이도 잡아먹을 만큼 끔찍한 생지옥이 연일 이어졌다. 이러한 시기에 곡식을 그득그득 실어 담은 수레가 굶주린 자들에게 공격을 받는 건 당연한 이치였다.

의천상단의 대방 준혁은 순식간에 아수라장이 된 주위를 둘러보았다. 비쩍 마른 자들이 농기구를 하나씩 손에 쥐고 공격을 퍼붓고 있었다. 굶주림을 참다못해 유리걸식하는 백성들이었다.

그는 살생을 피하고자 검을 빼 들지 말라, 상단의 무사에게 명을 내려 두었다. 어떻게든 저들의 생명을 지켜주고자 함인데 상대의 머릿수가 많다 보니 시간이 갈수록 버거웠다.

성공만 하면 먹을 수 있다는 간절함 때문인지 독기가 바짝

오른 이들은 벌건 두 눈을 광기로 번뜩이며 폭풍처럼 몰려왔다. 이대로 가다간 상대를 봐주느라 자신들이 되레 당할지도 모를 일. 검을 빼야 하나, 준혁의 고민이 깊어지는데 대행수의 날카로운 목소리가 허공을 갈랐다.

"피하십시오!"

준혁의 집중력이 흐트러진 사이 미처 피할 틈도 없이 옆에서 날카로운 낫이 날아들었다. 모골이 송연해지는 순간 어디선가 고급스러운 죽장도竹杖刀가 나타나 눈 깜짝할 새 낫을 막고 사라졌다.

놀라서 고개를 돌리니 소박한 백색 도포에 흑립을 쓴 수려한 이목구비의 한 젊은 선비가 눈에 들어왔다. 그는 현란한 솜씨로 도적 떼의 급소를 요령껏 내리쳐 쓰러트리고 있었다. 빠르고 군더더기 없는 유려한 동작이었다.

그와 함께 다부진 체격의 무사도 있었는데 두 사람 모두 검술 실력이 놀라울 만큼 탁월했다. 그들의 재주에 감탄하는 것도 잠시, 준혁은 정신을 가다듬고 우악스럽게 덤비는 자들을 능수능란하게 상대했다.

사납게 총공격을 감행했던 도적들은 곡식 한 톨 구경하지 못하고 흙바닥에 무릎을 꿇었다. 차라리 구걸을 하였다면 찌꺼기라도 얻을 수 있었을 것을. 손에 쥔 거 하나 없이 아까운 목숨만 내어놓게 생긴 꼴이었다. 배고픔에 눈이 뒤집혔던 가엾고 무지몽매한 민초들은 그제야 오들오들 떨며 후회했다.

"너희는 국법을 어기고 도적질을 하려 하였으며 서슴없이 살상을 저지르려 하였다."

한 치의 틈도 없는 젊은 선비의 근엄함에 꿇어앉은 자들은 힘없이 고개를 수그렸다. 들으나 마나 이다음은 관아로 끌고 가 엄히 다스리겠다는 통매가 날아들 차례였다. 꼼짝없이 죽는 일만 남았구나. 모든 것을 포기한 농민들이 삶의 끈을 내려놓는 찰나 뜻밖에 한결 누그러진 선비의 목소리가 들려왔다.

"하나 너희가 처음부터 도적 떼가 아니었음을 알고 있다. 배고픔을 견디다 못해 이리할 수밖에 없었던 처지 또한 모르지 않는다."

농민들이 엉거주춤 올려다보는데 선비가 두툼한 주머니 하나를 그들 앞에 던져 주었다. 묵직한 소리를 내며 툭 떨어진 주머니 속엔 필시 상당한 양의 엽전이 들어 있으리라.

"극심한 기근으로 주점이나 주막에서도 음식을 구하지 못해 문을 닫는 실정이다. 저 산을 넘으면 관아가 하나 나올 것이다. 그제부터 죽을 쒀서 나눠 주고 있으니 당분간은 그것으로 연명토록 하여라."

"나리……."

"조금만 견디면 구휼미가 더 풀릴 것이고, 보리의 수확이 시작된다. 그때, 이 엽전을 나누어 고향으로 돌아가거라. 아무리 배가 고파도 그렇지, 처자식을 버리고 이리 홀로 유리걸식해서야 되겠느냐!"

여기 모인 이들은 배를 곯다 못해 가족을 버리고 홀로 도망친 농민이었다. 죽음의 기로에서 자신의 목숨을 최우선으로 택하기는 했으나 고향에 두고 온 살붙이들이 그립지 않은 것은 아니다. 지금도 살아 있을까, 다들 굶어 죽은 것은 아니겠지. 뒤늦게 죄책감에 잠식된 이들은 회한의 눈물을 뚝뚝 흘렸다.

"사상자가 없으니 이번 일은 이쯤에서 매듭짓도록 하지. 그러나 또다시 이런 짓을 하다가 붙잡힐 시에는 국법의 지엄함으로 자비 없이 너희를 심판할 것이다."

"가, 감사드립니다!"

"어느 목숨이나 소중한 건 매일반이다. 각자의 목숨만큼 다른 이의 생도 소중한 것임을 절대로 잊어선 아니 된다."

"크흑…… 소인들이 죽을죄를 지었습니다."

극악무도한 자들이라 윽박지를 줄 알았는데 도리어 사정을 헤아려 준 선비의 아량에 농민들은 크게 마음이 흔들렸다. 이마를 땅바닥에 처박고 깡마른 어깨를 달달 떨었다.

뒤에서 조용히 선비의 처결을 지켜보던 준혁은 어느덧 눈가에 흥미가 가득했다. 어떻게 해결할까, 구경이나 해볼 요량이었는데 즉석에서 사건을 처결하는 솜씨가 능수능란했다. 언뜻 보기에도 한두 번 해본 일이 아닌 듯했다.

순간적인 판단, 과감한 결단, 보릿고개의 비참한 현실을 참작한 판결까지. 단언컨대 글만 읽는 선비가 절대 아니다. 조정의 관리가 틀림없되, 탁상 앞에 앉아 있는 말단직이 아닌 친히 왕명을 받고 암행 중인 어사가 분명했다.

그렇다면 적어도 5품 이상일진대.

품계에 비해 지나치게 젊다는 게 기이하긴 하지만 준혁은 자신의 직감을 확신했다. 이제 겨우 스물, 아직은 어린 나이라 해도 거상이라 불리던 부친 아래서 밤낮으로 상술을 익히며 자라 온 장사치였다. 눈치만큼은 육십 평생을 산 노인 못지않게 빠르고 정확하다고 자부할 수 있었다. 선비의 신분을 확신한 준혁은 주저 없이 앞으로 나갔다.

"이들은 저희 상단에 맡겨 주십시오."

선비는 갑자기 끼어든 곱상한 외모의 젊은이를 돌아보았다.

"목숨을 구해 주신 은인께 인사가 늦었습니다. 소인은 의천상단의 대방, 강가 준혁이라 합니다."

"김가 서율이라 하네."

자신을 소개하면서도 서율은 적당한 거리를 두고 상대를 주시했다. 의천상단이라면 그도 익히 들어 알고 있었다. 의주에 탄탄한 뿌리를 둔 저들은 10여 년 사이 한양에서 폭발적인 성장을 이룩한 거대상단이었다. 작년에 대방이 노질로 졸하고 아들이 그 뒤를 이었다는 것까지 전해 들었다.

지금껏 서율은 상단을 이어받은 아들이 중년의 사내라고만 막연히 짐작했다. 이제 갓 약관에 접어든 젊은이일 거라곤 조금도 예상치 못했다.

"작년에 돌아가신 선친의 대를 이어 대방이 되었습니다. 선친께서 늘그막에 겨우 얻은 자식이 소인 하나였기에 아직은 연륜이 부족합니다."

서율의 생각을 꿰뚫기라도 한 듯 젊은 대방은 설명을 덧붙여 시원스레 그의 궁금증을 풀어 주었다. 일을 처리하는 방식도 거침이 없었다.

"대행수!"

"예, 대방 어르신."

"저자들을 이끌고 곡식을 모두 산 너머 관아에 가져다주게. 곡식이 백성들에게 전부 돌아가는지 끝까지 확인해야 할 것이네."

"예."

서율과 치경을 비롯해 무릎을 꿇고 있던 농민들까지 놀라움을 금치 못했다. 자그마치 수레 여섯 대다. 이러한 시기에 정녕 저 많은 양의 곡식을 몽땅 내어놓겠다는 것인가. 아직은 어리다 할 수 있는 대방의 배포가 그저 놀라울 따름이었다.

주위의 그런 반응에도 정작 본인은 눈 하나 깜짝하지 않았다. 그런 것쯤 별일 아닌 양 오히려 서율과 치경을 바라보며 둘의 다음 행보에 더 큰 관심을 보였다.

"혹 한양으로 가십니까? 하면 소인도 두 분과 동행하고 싶습니다."

잠시 뒤, 의천상단의 대행수를 필두로 기나긴 행렬이 천천히 움직였다. 조금 전까지 절망에 빠져 있던 농민들도 새롭게 주어진 기회에 감사하며 가벼운 걸음으로 수레를 뒤따랐다. 행렬이 점차 멀어지자 제자리서 그들을 지켜보던 서율은 걱정스러운 마음에 준혁을 돌아보았다.

"자네 정말 괜찮은가? 무리를 한 게 아닌지 걱정이군."

"괜찮습니다. 가장 중요한 건 한양까지 타고 갈 말 한 필과 이것이었으니까요."

대행수에게 내어 받은 작은 짐꾸러미를 들어 보이며 준혁은 털털한 미소를 지었다.

"구경이라도 해보시겠습니까? 아무에게나 내보이지 않는 귀한 물건이지만 생명의 은인이시니 좋은 구경 한번 시켜드리겠습니다."

준혁은 상대의 대답도 듣지 않고 쪼르르 그늘로 달려가 먼저 자리를 잡았다. 멀뚱히 그 모습을 지켜보던 서율과 치경도 잠시나마 숨을 돌릴까 하여 그를 쫓았다.

빠듯했던 일정으로 장기간 피로가 축적돈 탓인지 온몸이 뻐근하니 노곤노곤 내려앉았다. 지금 이 순간, 그들에게 필요한 건 눈호강이 아니라 말미의 휴식이었다. 하지만 한참을 부스럭거리던 준혁이 제일 먼저 매끈한 세필붓을 꺼내 보이자 시선은 단박에 그리로 집중되었다.

"세필붓이 아닌가?"

"예. 최상급 황모로 제작되었습니다. 황모 특유의 탄력으로 글이 매끄럽게 쓰일 뿐 아니라 복원력 또한 훌륭하지요. 특히 이 붓대는 벽조목으로 제작된 것이라 부르는 게 값이라 할 수 있습니다."

"선비들이 꽤나 탐을 내겠군."

서율과 치경이 흥미를 보이자 준혁은 씨익 웃으며 또 다른 물건을 내보였다. 사대부들이 그야말로 사족을 못 쓰는 연적이었다. 귀한 상아로 연꽃을 형상화한 것인데 조각이 매우 섬세하고도 다채로웠다. 게다가 꽃잎의 테두리가 금으로 둘러져 고급스러움이 물씬 풍겼다.

"상아로 얇은 표신이나 호패를 제작하기도 하지만 이런 연적을 만들려면 애초에 일정한 굵기를 확보해야 하지요. 때문에 안 그래도 값비싼 상아의 가격이 천정부지로 뛰어오르게 됩니다."

"이것도 부르는 게 값이겠군."

"그렇습니다. 하지만 다음에 보여드릴 것에 비하면 이쯤은 아무것도 아닙니다."

두 사내의 얼굴에 강한 호기심이 떠오르자 준혁은 비단 속에서 휘황찬란한 백색의 기다란 보석함 하나를 꺼냈다. 외관부터가 범상치 않았다. 조심스레 뚜껑이 열리고 그 안의 내용물을 확인한 서율은 구경을 시작한 이래 처음으로 두 눈이 휘둥그레졌다.

"금강석이 아닌가!"

"알아보시는군요. 우리나라엔 잘 알려지지 않아 극히 소수만이 알아보는 것이지요."

세 번째로 꺼낸 물건은 영롱한 노란빛을 내뿜는 여러 개의 금강석이 모란꽃 모양의 머리 부분을 촘촘히 장식한 금비녀였다.

"이러한 빛깔을 지닌 거라면 구하기도 어렵거니와 크기로 보았을 때 그 가격이 짐작조차 되지 않을 것인데……."

"맞습니다. 한양분점에 주문이 들어와 아주 오랜 시간에 걸쳐 어렵게 구한 것입니다. 청에서도 구할 수가 없어 수소문하는 데만 엄청난 비용이 들어갔습니다. 비녀는 금강석에 맞게 따로 제작되었고요. 선친께서 몇 년 전부터 구하기 시작해 이제야 의뢰를 완수하게 되었습니다."

"이런 걸 누가 주문했단 말인가?"

"저희 상단은 주문이 들어온 물건을 구해드리고 그 값을 받을 뿐 세세한 건 알지 못합니다. 어떻습니까, 재미있는 구경이 되셨습니까?"

"덕분에 아주 좋은 구경을 하였네."

무뚝뚝한 치경도 만족스러웠는지 준혁을 향해 고개를 끄덕였다. 준혁은 곱상한 외모만큼 친절한 미소를 지은 뒤 펼쳐 놓은 물건을 최고급 비단으로 다시 조심조심 포갰다. 그사이 서율의 머릿속엔 의문점이 꼬리에 꼬리를 물고 이어졌다.

대체 누가…….

세필붓과 연적까지는 그런대로 재미를 느끼며 구경할 수 있었다. 오래전부터 사대부가의 선비들은 진귀한 붓이나 연적에 열광했다. 최근에는 집 몇 채 값에 달하는 값비싼 연적을 사 모으는, 도를 넘어선 자들도 생겨났다.

하나 노란빛이 도는 금강석이라니.

지금까지 보았던 물건들과는 차원부터가 다르다. 그 액수는 감히 짐작조차 할 수 없었다. 유교를 숭상하는 나라에서 왕실의 보물도 아니요, 어느 사대부가 여인의 비녀에 그와 같은 재물을 들인단 말인가.

사헌부에서 오랫동안 잔뼈가 굵은 서율은 본능적으로 경계의 날을 세웠다. 과거를 반추해 봤을 때 이렇게 엄청난 가치의 물건은 종종 중앙 관리의 부정부패와 닿아 있기도 했다. 길게 고민할 것도 없이 서율은 물건의 모양과 자세한 생김새를 빠르고 정확하게 머릿속에 새겨 넣었다.

녹음이 울창한 계절이다. 흉년으로 나라에 근심이 들었어도 대궐의 후원에는 꽃들이 만발하고 풀과 나뭇잎이 무성히 자라났다. 초여름 특유의 부드러운 햇살과 훈훈한 바람도 후원의 경치에 일조했다. 시국과 상관없이 여유로운 궁중 여인들이 소일거리 삼아 산책을 즐기기에 그만인 날이었다.

"정경부인을 욕보인 지 얼마 되지도 않았는데 어찌 벌써 환궁하셨을꼬."

"그러게 말이옵니다. 무슨 생각으로 사는 분이신지 당최 모르겠나이다."

"이참에 우리가 직접 공주의 혼처를 찾아주는 건 어떠하겠습니까? 아무리 궐에서 날뛰어 봤자 길례를 치르고 하가하면 출가외인이 되는 것입니다. 우리에게 함부로 왈가왈부할 명분이 사라지는 것이지요."

날은 화창한데 여인들의 목소리엔 불만이 가득했다. 궁녀들을 따돌리고 약 한 식경 전부터 수풀 속에서 쉬고 있던 은명은 반드러운 미간에 주름을 잡았다. 막 단잠에 빠지려던 참이었거늘 어느 누가 궐 안의 실세, 공주의 꿀 같은 휴식을 방해한단 말인가. 고개를 들어 나뭇잎 사이로 내다보니 차 귀인과 한 소의가 몇몇 외명부의 여인들과 근처를 지나는 중이다.

"마땅한 혼처가 있겠사옵니까? 사대부가에서 보자면 공주께서는 이 나라 최악의 신붓감이시옵니다. 화국옹주라 해도 반길 수 없을 텐데 하물며 공주 자가라니요?"

"과거에 번번이 낙제만 한다는 호판 댁 자제 말입니다. 용모 하나는 말끔하다지요? 금혼령이 내려지면 동자봉단을 넣어 보라 일러야겠습니다."

"어디 호판 댁 자제뿐이옵니까. 내로라하는 가문마다 글공부에 소질 없는 한량들은 하나씩 나오기 마련이지요. 그중 하나를 뽑아 공주전에 들이밀면 되는 것이옵니다."

깔깔대는 여인들의 웃음소리가 상당히 짓궂었다. 강릉에서 돌아온 지 며칠 되지도 않았는데 벌써 입방아에 오르내리는 모양이었다. 약이 올라 씩씩거릴 만도 하지만 은명은 마음 쓰지 않았다. 그러든 말든 소리가 멀어지자 도리머리를 지으며 다시 무릎에 얼굴을 묻었다.

이대로 깜박 졸았으면 싶었다. 나른함에 스르르 눈이 감기려는데 이번에는 정한군의 목소리가 수풀 바르 앞에서 들렸다.

"공주 자가, 그 안에 계시는 거 다 알고 있습니다."

"그렇다면 조용히 지나쳐 주십시오."

은명은 잠에 취해 중얼거렸다.

"어허, 환궁하셨다기에 인사를 드리러 입궁하였는데 이복오라비라고 홀대하시는 겁니까?"

아무래도 오늘은 쉴 수 있는 날이 아닌 듯했다. 은명은 눈을 뜨고 한숨을 내쉬었다. 이대로 대치가 길어지면 궁녀들에게 수풀 속 명당이 탄로 날 것이다. 그때 가서 정한군을 탓하며 성을 내 봤자 그는 실실 웃으며 '그러게 제가 뭐랬습니까. 빨리 나오시라니까요.' 하며 능청을 떨 게 뻔했다.

체념한 은명이 밖으로 기어 나가자 앞에서 기다리던 정한군이 냉큼 부축하여 일으켜 주었다. 은명은 머리와 옷깃에 나뭇잎과 잔가지가 잔뜩 붙어 몰골이 자못 추레했다.

"조용히 쉬고 싶었을 뿐입니다."

"처소에 푹신한 금침을 놔두고 이게 무슨 생고생이랍니까."

은명의 머리에 붙은 마지막 나뭇잎을 떼어 주며 정한군은 이해할 수 없다는 듯 쯧쯧거렸다.

올해 스물, 혜빈의 소생인 그는 자유분방한 성정으로 은명이 교류하는 유일한 종친이다. 좌상과 혜빈을 등에 업고 오라버니의 자리를 넘볼지도 모른다, 그에 대한 경계심을 늦춘 적은 없었다. 정한군은 이를 뻔히 알면서도 그런 듯 아닌 듯 반질반질 은명을 찾아와 끊임없이 놀아 달라 조르곤 했다.

"최 상궁이 아주 사색이 되었더이다. 부리는 사람을 어찌 그리 골탕 먹이십니까. 가시지요. 부용정에 다과를 마련하라 일러두었습니다."

접선을 쫙 펼친 정한군이 태평스레 부채질을 하며 부용정으로 방향을 잡았다. 은명도 그를 따라 천천히 걸음을 옮겼다.

은명과 혜빈은 전쟁을 치르듯 싸우는 사이였다. 괄괄한 성정의 혜빈은 은명의 거침없는 행동을 아니꼬워했고, 은명은 콧대가 하늘에 닿아 있는 혜빈을 가차 없이 짓밟아 주었다.

혜빈과 크게 다투었던 어느 날, 처소에 놀러 온 정한군에게 날 선 소리를 퍼부은 적이 있었다. 무슨 의도로 자꾸 찾아오느냐, 마주하기 껄끄러우니 눈앞에 나타나 친한 척하는 것을 삼가라. 기분이 상할 수도 있는 말이었는데 정한군은 콧방귀 한 번으로 자리를 정리했다.

'혜빈 자가와 또 다투신 겁니까? 여인들의 다툼에 이 사람을 끼워 넣지 마십시오.'

그날 은명은 억지로 끌려 나가 정한군의 사치스러운 뱃놀이에 동참해야 했다. 이복누이의 따가운 눈총에도 나오길 잘하지 않았냐며 정한군은 온종일 희희낙락거렸다. 이후로 은명은 그와 마찬가지로 마음을 주는 듯 아닌 듯 종종 함께 어울리며 지금과 같은 관계를 꾸준히 이어 오는 중이다.

이해관계가 어떠하든 그나마 화평을 유지하는 두 사람이 사이좋게 부용정으로 향하는 중문을 나섰다. 그런데 저 앞에 상궁의 안내를 받으며 다소곳이 걸어오는 규수가 보였다. 은명은 반짝 호기심을 드러냈다. 궐에서 궁녀가 아닌 같은 또래의 사대부가 처자를 보는 것은 처음 있는 일이다.

한눈에 보기에도 곱고 단아하니 가정교육을 잘 받은 명문가의 여식이었다. 궐 구경이 처음인지 규수는 흘끗흘끗 곁눈질로 요령껏 주변을 살피기에 바빴다. 마주 오던 은명과 시선이 마주치자 멈칫하여 시선을 떨구었다. 은명과 정한군을 발견한 상궁이 한쪽으로 비켜서 예를 올리자 규수도 우아하게 고개를 수그렸다.

자연스레 쓱 지나친 은명은 이내 힐끔 돌아보며 충족하지 못한 궁금증에 미련을 보였다. 그것이 우스웠는지 정한군이 피식 웃었다.

"동무가 필요하십니까?"

"누구일까요?"

"이판의 여식입니다. 안빈 자가께 드는 것일 테지요."

안빈이 이판 대감의 먼 친척뻘이라는 소리를 들은 것도 같았다. 고개를 끄덕인 은명은 돌연 정한군에게 미심쩍은 눈길을 보냈다.

"사대부가의 여식을 어찌 그리 대번에 알아보십니까?"

"여러 명문가에서 탐내는 규수입니다. 외모가 고울 뿐 아니라 품행이 바르고 음전해 이 나라 최고의 신붓감이라 하더이다."

"명성이 자자한 규수였군요. 과연 그럴 만도 합니다. 올해 몇이랍니까?"

기억을 더듬는지 정한군의 눈매가 가늘게 휘어졌다.

"열여덟이라 했던가. 조만간 좌상 대감의 둘째 며느님이 될지도 모르겠습니다."

순간 은명의 얼굴에서 표정이 싹 사라졌다. 얼음물 한 됫박을 된통 뒤집어쓴 기분이었다. 좌상의 둘째 며느리라 함은 김서율의 안사람이 된다는 소리였다. 6년 전 보령에서 말도 없이 떠나버린 그가 은명은 아직도 머릿속에 선명했다.

정한군이 뭐라 우스갯소리를 하는 것 같았지만 아무것도 들려오지 않았다. 착 가라앉은 은명의 얼굴엔 서느런 삭풍만 쌩쌩 몰아쳤다.

부용정은 사방으로 보이는 초록빛 식물과 우련하게 퍼지는 초여름의 정취가 멋스러운 곳이었다. 그곳에서 은명은 정갈한 차담상을 앞에 두고 연못 위로 두둥실 떠 있는 나뭇잎 몇 장에 한눈을 팔았다.

자꾸만 정신이 산만해져 눈을 몇 번 깜박이곤 우려낸 차를 입에 머금어 목으로 넘겼다. 차의 맛도 향도 느껴지지 않았다. 원인 모를 착잡함에 머릿속이 복잡했고 찻잔을 쥐고 있는 손끝은 냉차를 쥔 듯 시리기만 하였다. 이루 설명할 수 없을 만큼 갑갑하고 의욕이 사라지는 이 기분. 은명은 찻잔을 내려놓고 조금은 충동적으로 정한군에게 물었다.

"왜 저를 최악의 신붓감이라 하는 겁니까?"

차의 풍미에 흠뻑 빠져 있던 정한군은 공주의 물음에 푸웁, 웃음을 터트렸다.

"알고는 계셨습니까?"

"가만히 있는데 들려오더이다."

"왜긴 왜겠습니까. 자가의 불같은 성질머리 때문이지요. 외명부의 마나님들이 공주 자가라면 아주 학을 떼지 않습니까."

지나치게 적나라한 답변이었다. 할 말을 잃은 은명은 커다란 눈망울만 슴벅거렸다. 정한군은 뭐가 그리 재미있는지 신이 나서 킥킥거렸다.

"너무 심각해하지 마십시오. 저같이 자가의 직설적인 화법을 좋아하는 이도 가뭄에 콩 나듯 있을 것입니다. 하나 그것이 이유의 전부는 아닙니다."

마지막 말과 함께 장난기를 밀어낸 정한군은 제법 진지한 어조로 덧붙였다.

"자가께서 최악의 신붓감이 되신 가장 큰 이유는 지존의 따님이기에 그러한 것입니다."

"의빈이 되면 출사할 수 없기 때문이군요."

"평생 정사와 관련된 그 어떠한 의견도 피력하지 못하게 됩니다. 뿐입니까, 도성 안에서 남은 인생을 감시받으며 운신조차 자유롭지 못할 테지요. 형벌 같은 삶을 살아야 하는 겁니다."

"하여 못난 자들만 부마도위로 뽑는 겁니까?"

"못난 자들이 아니라 그렇게 변해 가는 것입니다."

은명은 점점 심각한 분위기를 띠었다.

"그렇게 변해 간다……."

"완전히 유폐되어 금고 당하는 것이나 매한가지인 삶입니다. 처음에는 학문에 정진하고 정신수양에 힘쓰기도 하겠지요. 하나 그것도 하루 이틀 일이지, 반복되는 무료함과 답답함을 어찌 달랠 수 있겠습니까. 마음대로 할 수 있는 건 넘쳐나는 재물밖에 없으니 자연스레 방탕한 생활로 빠져들게 되는 겁니다."

"오라버니께서는 재미있게 살고 계시지 않습니까?"

"고기도 먹어 본 놈이 잘 먹는 법이라 하였습니다. 저야 어릴 때부터 마음을 비우고 이쪽 생활을 개척해 왔으니 풍류의 멋과 맛을 아는 것이지요. 출사에 뜻을 두었던 사대부의 자제들이 어디 그럴 수 있겠습니까. 적응을 못 하고 내내 괴로워하다가 천하잡놈이 되더이다. 고모부님들 보십시오."

끔찍하고 현실적인 설명에 등골이 오싹해졌다. 은명은 문득 화국옹주의 부마를 떠올렸다. 전前 대사헌의 손자로 영민할 뿐 아니라 성정 또한 온순해 화락한 가정을 꾸리고 있다, 풍문으로 들은 적이 있었다.

"서원위는 됨됨이가 곧고 바르다 들었습니다."

"아직까진 그렇습니다. 이제 시작 아닙니까, 예의 주시해야지요. 어쨌든 특출 난 인재를 제외한 모든 명문가의 자제들이 공주 자가의 부마로 고려될 겁니다. 괜한 걱정 마십시오."

"결국 뛰어나게 똑똑한 자는 걸러지는 것이군요."

"양심적으로 그런 자를 어찌 의빈으로 들이겠습니까. 이를테면 최고의 인재라 일컫는 김서율 같은 자 말입니다. 그런 자는 종적宗籍이 아닌 역사서에 길이 명자를 남게 해주어야지요."

김서율이 거론되자 은명은 열이 눈가로 확 몰리는 것 같았다.

그가 소년의 티를 벗고 어엿한 성인이 되자 수려한 용모는 완연한 빛을 발했다. 사람들의 관심은 더욱 집중되었고 그에 관한 사소한 것 하나까지도 촉각을 곤두세웠다. 뭐라도 하나 걸려드는 게 있으면 파급력은 상당했다. 그에 관한 소식은 도성 내를 빙빙 돌다 대궐 안까지 흘러들어 궁녀들 사이에서도 화제가 되었다.

 피접을 나갔다 환궁하는 사이사이, 은명도 궁녀들의 쑥덕임을 통해 서율의 근황을 한 번씩 주워들었다. 그때마다 무심히 귀를 닫았고, 별다른 반응 없이 적당히 넘겨왔다. 그런데 왜, 지금은 이다지도 불편하게 느껴지는 것일까?

 정한군의 입에서 그의 이름 석 자가 흘러나온 순간 설부화용, 고운 이목구비에 으스스한 설한풍이 휘불렸다. 저 아래서 원인을 알 수 없는 역심이 끓어올라 머리끝까지 솟구쳤다.

 "이판 댁 여식과의 의혼은 성사가 되었답니까?"

 느긋하게 차 맛을 음미하던 정한군은 이상한 낌새에 고개를 들었다. 공주가 김서율을 궁금해하는 걸 기이하게 여기는 눈치였다. 그는 은명의 의도를 읽어내려는 듯 집요한 시선을 건네며 답을 주었다.

 "김서율이 암행감찰을 돌고 있는 모양입니다. 곧 돌아온다 하니 한양에 당도하는 대로 결론이 나겠지요."

 "최고끼리 만나면 불공평합니다. 잘난 이가 부족한 이를 만나 감싸고 보듬어 주는 게 도리이지요. 하물며 저는 일국의 공주이니 이 못돼먹은 성질머리를 덮어 줄 최고의 선비가 필요합니다."

 뾰족뾰족 돋아난 이유 없는 고까움은 묘한 방향으로 엇나갔다. 은명은 거침없는 발언을 서슴지 않았다. 웬만한 일엔 웃어넘기는 정한군조차 잘못 들었나 싶어 확답을 요구했다.

 "김서율을 공주 자가의 의빈으로 들이고 싶다, 지금 그 말씀을 하시는 겁니까?"

"그가 의빈이 되면 좌상께선 어떤 얼굴을 하실까요?"

"그러니까, 자가의 외가를 무너트린 좌상께 복수하고자 김서율을 의빈으로 주저앉히고 싶다. 그런 뜻이옵니까?"

"참으로 거창한 말씀을 하십니다."

정한군이 슬슬 심각해지자 은명은 삽시에 방향을 틀었다. 빙긋 웃으며 능청맞게 대답했다.

"저는 단지 그가 탐이 날 뿐입니다."

"탐이 나신다고요?"

"이 나라 최고의 선비라 하지 않으셨습니까? 모두가 흠모한다는 그를 저도 흠모하는 겁니다. 공주라고 뛰어난 자를 낭군으로 맞지 말라는 법 있습니까?"

"그럼 한번 시도해 보시지요. 장담컨대 김서율이 부마가 되는 일은 절대로 없을 것입니다. 그는 이미 출사하여 빠르게 승차하고 있는 인물입니다. 전하와 좌상의 반대는 물론이요, 좌상을 따르는 세력 전체가 들고일어날 일입니다."

은명은 그쯤에서 크게 웃어버리고 말았다. 감정이 솟는 대로 내버려두었더니 밑도 끝도 없이 흘러갔다. 우습고 기가 찰 노릇이지만 그래도 한 가지만큼은 확실히 인지할 수 있었다. 차 향을 느끼지 못할 만큼 속이 불편했던 이유, 아마도 그것은 김서율의 혼인 소식을 들었기 때문이리라.

한때는 의지하고 싶었던, 어머니를 대신해 온 마음을 주고 싶었던 사람. 그것은 이미 흘러간 과거에 지나지 않았다. 이 마음이 기억하고 있는 건 지방 고을의 현감이었던 소년 김서율이지, 성년이 된 스물한 살의 그가 아니었다. 중앙 정계에 진출해 펄펄 날고 있는 김대원의 아들은 은명에게 그저 낯선 타인에 불과했다.

"공주 자가!"

정한군은 그새 심각한 표정을 짓고 있었다. 공주가 이상 반응을 보이다 웃음을 터트리곤 입을 닫고 있으니 심란할 만도 하였다.

"농이었습니다, 오라버니."

"예?"

어마어마한 말을 늘어놓을 땐 언제고 이제야 농이었다니. 정한군은 석연찮은 눈빛이었지만 은명은 태연했다. 흔들렸던 마음을 정리하고 생글생글 웃으며 갈무리에 들어갔다.

"탐이 난다 하여 어찌 함부로 꺾을 수 있겠습니까. 귀하고 아름다운 꽃일수록 거리를 두고 감상해야 한다 하였습니다."

"정말 그런 것이었습니까?"

"예. 하도 잘난 사내라 하시니 그냥 한번 해본 소리입니다."

사근사근 답을 마친 은명은 소박하니 우아한 다관에 손을 뻗었다. 정한군의 의심스러운 시선도 모르는 척하였다. 입안이 쓰디쓴 건 여전했지만 일단은 몇 잔이고 차를 더 마셔 볼 생각이었다. 끊임없이 들어가는 찻물로 가슴속에 남아 있는 묘한 불편함을 말끔히 씻어내고 싶었다.

사람들로 박작박작한 도성의 어느 주막. 준혁은 아쉬움을 떨치지 못하고 주변을 두리번거렸다. 도성에 당도한 직후 저녁을 함께하자고 제안한 쪽은 준혁이었다. 목숨을 구해준 은인에게 감사의 뜻을 표할 겸 최고급 요리를 대접하고 싶었다.

그러자고 흔쾌히 대답했던 선비와 무사는 자주 가는 곳이 있다며 길을 앞장섰다. 분위기를 봐선 기생집에 갈 사람들은 아닐 테고. 정갈하고 고급스러운 요릿집에 가겠거니 짐작했는데 예상은 빗나갔다.

두 사람이 준혁을 안내한 곳은 뭐 하나 특별할 것 없는 그저 번성한 주막이었다. 주문한 음식도 머릿수에 맞춘 국밥 세 그릇과 구채韭菜(부추)를 넣어 부친 수수한 지짐이 한 장이 전부. 준혁은 조금 전 주모가 내온 뜨끈한 국밥을 내려다보았다.

"좋은 음식을 대접해드리고 싶었습니다."

"도성에서 솜씨가 제일 좋은 곳이라네."

서율이 수저로 국밥을 휘휘 저으며 답했다. 시기가 시기인 만큼 건더기가 예전처럼 알차진 않아도 지옥 같은 북쪽 지방에 비하면 진수성찬이었다. 어명으로 도성을 오래도록 비우고 돌아오는 길이면 서율은 습관처럼 이곳에 들렀다. 주모의 솜씨도 제법이었지만 도성 안 소식을 가장 **빠르고 정확하게** 들을 수 있는 곳이 바로 이 주막이었다.

대과에 급제한 첫해를 제외하고 지난 6년, 서율은 사헌부에 적을 두고 활동했다. 이곳에서 수군대는 관리들의 행적이나 백성들의 억울한 사연은 하나하나 유용한 정보가 되었다. 특히 이번처럼 오랫동안 타지에 나갔다 돌아오는 날이면 굵직굵직한 이야기가 마구 쏟아졌다. 간혹 그렇지 않을 때도 있긴 했지만.

"글쎄, 공주 자가께서……."

지금처럼 이곳저곳으로 피접을 다니시는 공주께서 가끔 궁으로 돌아가 내외명부를 홀딱 뒤집는 경우. 그 소식에 흥분한 백성들은 한동안 모든 화젯거리를 뒷전으로 미루고 공주에 관한 이야기에 심취했다. 역대 어느 왕녀께서 이처럼 백성들의 입방아에 오르내리셨을까. 기막힌 노릇이 아닐 수 없었다.

서율은 입매를 굳히면서도 귀를 닫고 묵묵히 식사에 집중했다. 그러나 준혁과 치경은 말소리가 나는 곳을 냉큼 돌아보았다.

"에이, 공주 자가께서 정경부인을 울리신 게 뭐 그리 대수라고. 배알이 꼴리시면 옹주 자가 뺨까정 사정없이 후려치는 분이시라는데."

"쯧쯧, 어째 그분은 혼인도 안 하고 그러고 계시는지 몰라."

"이 나라 최악의 신붓감이라잖아. 어느 대가 댁에서 공주 자가를 며느리로 맞이하고 싶겠어. 나라도 싫겠구먼."

객들의 대화를 가만히 듣고 있던 치경은 입맛이 뚝 떨어졌다. 가슴이 답답해 몇 숟가락 먹은 게 없힐 지경이었다. 당장에 달려가 저 사내들의 밥상을 뒤엎고 싶었다.

공주 자가가 누구이신가. 하직인사도 올리지 못하고 떠나와 그가 마음의 빚을 지고 있는 분이다. 그 옛날, 차마 떨어지지 않는 걸음을 돌리면서도 배시시 웃던 어린 공주가 눈에 밟혀 마음이 아팠다. 그때 일을 떠올리면 아직도 쇳덩이를 올려놓은 듯 가슴이 무겁고 답답했다.

'아무리 그래도 마지막 인사는 올려야 하지 않겠습니까?'

'처음부터 만나지 말았어야 할 분이었네. 공주께서도 금방 털어내실 걸세.'

추위가 가시지 않았던 오래전 물오름달 초순, 하직인사도 없이 떠나겠다는 상전의 말은 근엄한 무사에게도 큰 충격이었다. 어떻게든 인사만은 올리고 싶었는데 상전은 칼같이 단호했다. 그것을 끝으로 치경은 상전이 공주에 관해 그 어떠한 말도 입에 올리는 걸 본 적이 없었다. 지난 6년간, 단 한 차례도 말이다.

"쯧쯧, 이러다간 온 백성이 공주 자가를 산적쯤으로 여기겠습니다. 물론 소인은 그렇지 않습니다. 소인은 말입니다, 자가께서 아름답고 어여쁜 분이실 것 같습니다."

준혁의 뜬금없는 소리에 서율과 치경이 동시에 동작을 멈추고 그를 보았다.

"자네 어디서 공주 자가를 뵌 적이 있는가?"

혹시나 하는 마음에 치경이 진지하게 물었다. 준혁은 천연덕스럽게 고개를 저었다.

"그럴 리가 있겠습니까. 하지만 제 생각엔 얄미운 후궁 마마님들과 외명부의 마나님들을 따끔하게 혼내 주는 멋지고 당찬 분이실 것 같습니다. 소문이 이렇게 심상치가 않은데 그냥 내버려두는 것 보십시오. 정말 대인 같은 행보가 아닐 수 없습니다. 혹 공주 자가를 뵐 수는 없겠습니까? 소인이 꼭 한 번 만나 뵙고 싶습니다."

"쓸데없는 소리! 아무나 뵐 수 있는 분이 아니지 않은가."

치경은 대뜸 통박을 놓았다. 그러면서도 공주를 좋게 봐주는 이가 있다는 사실에 기분이 한결 나아졌다. 미간의 주름을 팽팽히 펴고는 다시 수저를 들어 국밥을 푹푹 떠서 식사를 이어갔다.

반면 서율은 수저질이 둔해졌다. 어느 순간부터는 수저를 입으로 가져가지 못하고 국밥을 뒤적거리고만 있었다.

어떠한 말이든 공주에 관해서라면 듣고 싶지도, 말하고 싶지도 않았다. 그러한 바람과는 달리 공주의 소식은 느닷없이 날아들어 그의 귀를 자극했다. 특히 내외명부의 부인들과 충돌이 생기는 날에는 지금처럼 어디를 가나 귀에 딱지가 앉도록 공주의 이야기를 들었다.

게다가 이번에는 정확히 어느 댁인지는 몰라도 정경부인을 울리셨다니 기가 막혔다. 대체 어쩌려고 그러시는 건지 이해할 수 없었다.

당했다고 밖으로 소문을 흘리는 내외명부의 부인들은 확실히 문제가 많았다. 하지만 그들이 눈꼴시다 하여 성정대로 퍼붓는 공주께도 문제는 있다. 이유 없이 호통치진 않았을 것이나, 백성들은 그런 것에 관심 두지 않는다는 것을 왜 헤아리지 않으시는 건지.

공주에 대한 객들의 사담이 격해질수록 서율도 덩달아 입안이 깔깔했다. 아무도 모르게 혼자서 인상을 팍팍 쓰다가 종국에는 입맛을 잃고 수저를 아예 내려놓기에 이르렀다.

―――――

이판의 고명딸 보희는 서율의 외사촌누이와 어울리다 해가 떨어져서야 자리를 털고 일어났다. 별당을 나와 정경부인께 인사를 올리고 여종의 안내를 받아 바깥채로 향했다.

사방이 고요했다. 좌의정 김대원 대감의 사저는 거대한 규모와 달리 늘 조용하고 정적인 분위기가 흘렀다. 두 발을 옮길 때마다 사각사각 치맛자락 스치는 소리가 울려 움직임마저도 조심스러웠다.

그 엄숙함을 뚫고 보희는 얕게 심호흡했다. 걸음걸이도 평소보다 힘이 없었다. 실례를 무릅쓰고 늦게까지 좌상 댁에 머물렀음에도 뜻을 이루지 못해 실망감이 이만저만 아니었다. 김서율이 오늘쯤 당도한다고 들었는데 아마도 시각이 지체되는 듯했다. 보희는 양어깨를 힘없이 축 늘어뜨렸다.

'우리 보희의 신랑감은 적어도 김서율 정도는 되어야지.'

항간에 떠도는 좌상 댁 차남에 관한 소문 외에도 보희는 어렸을 때부터 그런 말을 수도 없이 들으며 자랐다. 대체 어떤 사람일까, 자연히 궁금증이 싹텄고 꼭 한 번은 그를 직접 보고 싶었다.

기회는 어렵지 않게 찾아왔다. 약 5년 전 어머니를 따라 처음으로 이 댁에 들렀다가 우연히 김서율과 대면했다. 그가 안채에 잠깐 들었을 때 어린 보희가 호기심을 누르지 못하고 슬쩍 고개를 들어 보았다. 두 사람은 예기치 않게 두 눈이 마주쳤고, 보희는 가슴에 불꽃이 일었다. 분명 그때부터였을 것이다. 보희가 서율을 마음에 품기 시작한 것이.

사헌부에 적을 둔 그가 어느 날 도성에서 감쪽같이 사라지면 이는 전하의 밀명을 받아 팔도 어딘가를 암행 중이라는 의미였다. 짧게는 보름, 길게는 몇 개월씩 걸리는 여정이기에 그가 언제 돌아올지 누구도 기약할 수 없었다.

그런데 이틀 전 궐에 들었다 안빈께서 살짝 귀띔해 주시어 그가 오늘쯤 당도한다는 사실을 알게 되었다. 해서 얼굴이라도 잠시 볼 수 있을까, 그의 사촌누이를 핑계로 일찌감치 좌상 댁을 찾았다.

마침내 그와 혼담이 오간다는 소식을 접한 이후, 이상하게도 보희는 그가 보고 싶었다. 서율은 이번 혼담을 어떻게 생각할지, 자신을 어떠한 눈으로 바라볼지 무척이나 궁금했다. 그렇게 온종일 기대에 부풀어 있었는데 이리 허탕만 치고 말았으니 기운이 빠졌다. 보희는 무거운 걸음을 옮기며 가마가 대기 중인 바깥마당까지 나왔다. 놀랍게도 기적은 그때야 찾아왔다.

"너, 보희구나!"

귀에 익은 목소리가 꿈처럼 밤공기를 울렸다. 보희가 급히 고개를 돌리자 막 문턱을 넘었던 듯 밝은 낯빛의 서율이 대문 쪽에서 가까이 걸어왔다. 여정이 힘들었는지 전보다 야위었으나 두 눈에 흐르는 명석하고 힘찬 기운은 여전했다.

　보희의 심장은 탈이 날까 걱정될 정도로 사정없이 튀어 올랐다.

　"서율 오라버니! 이제 오십니까?"

　"그래. 별채에 다녀가는 길이구나. 잘 지냈느냐?"

　"예. 무탈합니다."

　"너는 갈수록 예뻐진다. 이제 혼례를 올려도 되겠어."

　농이 섞인 한마디에 보희는 속절없이 마음이 흔들렸다. 수줍어서 고개도 들지 못하고 얼굴만 붉혔다.

　"돌아갈 시각이 너무 늦어진 것 아니냐?"

　"이 시각쯤 돌아가겠다. 미리 말씀드리고 왔습니다."

　"하긴. 어련히 알아서 했으려고."

　서율은 기특한 듯 보더니 가마로 걸어가 손수 문을 활짝 열어 주었다.

　"자, 오르거라."

　보희는 어떻게 걸었는지도 모르게 발을 떼 가마에 올랐다. 둥실둥실 구름 위에 떠 있는 기분이었다. 시선을 내리 바닥에 두었다가 마지막에 용기를 쥐어짜 고개를 들자 허공에서 그와 눈이 마주쳤다. 보희는 가슴이 두방망이질하는데 서율은 싱긋 미소를 지었다. 떨림을 들키지 않으려 보희는 맞잡은 양손에 힘을 주었다.

　"조심히 가거라."

　"들어가십시오."

서율이 밖에서 얌전히 문을 닫아 주었다. 이윽고 가마가 움직이자 보희는 천천히 숫자를 열까지 세었다. 그리고 충분히 멀어졌다 확신했을 때 크게 호흡하며 아득해진 정신을 가다듬었다. 기쁘고 행복해 코끝이 다 시큰거렸다.

아내. 김서율의 아내.

그의 안사람이 된다는 게 꿈만 같았다. 보희는 조금 전 환히 웃던 서율을 떠올리며 손바닥으로 가슴을 지그시 눌렀다. 고운 두 뺨이 발갛게 상기되어 있었다.

사제지간(師弟之間)

서율은 오랜만에 대전에 들었다. 왕과 세자 앞에 조심히 나아가 예를 올리고 준비된 자리에 정좌했다. 그의 암행감찰이 만족스러웠는지 전하께서는 만면에 미소를 띠고 맞아 주었다.

"네가 올린 서계는 읽어 보았다. 이번에도 뛰어난 검술 실력이 빛을 발했다지?"

"무관들의 도움이 없었다면 성공하지 못했을 것이옵니다."

어린 시절, 서율이 지나치게 서책만 파고들자 건강을 염려했던 정경부인은 그에게 검술을 배우게 했다. 처음에는 심신단련 차원으로 가볍게 시작한 것이었으나 하고자 하면 끝장을 보는 성정답게 그는 무과라도 치를 듯 기를 쓰고 파고들었다.

더군다나 지난 몇 년, 외관직과 암행감찰직을 두루 거치며 현장에서 실전경험을 차곡차곡 쌓아 올렸으니. 현재는 어디에도 뒤지지 않는 출중한 검술 실력을 갖추게 되었다.

"너의 그런 마음조차 갸륵하도다. 세자, 언제 한번 지평持平(사헌부 종5품)과 검술을 겨뤄 보아라. 너희의 실력이 어느 정도인지 과인이 직접 살펴볼 것이다."

"조만간 자리를 마련하겠나이다."

성상은 허허 웃으며 서율을 찬찬히 뜯어보았다.

좌상의 차남 김서율. 그는 어린 나이로 대과에 급제해 조정에 파장을 일으키며 등장한 인재 중의 인재다. 저 아이를 어떡해야 할까, 당시 왕은 고민이 많았다.

나라의 기대를 한몸에 받는 만큼 노련한 조정 관원들의 질시가 뒤따랐다. 어린 서율을 둘러싼 좌의정 세력의 영향력도 왕실에는 무시할 수 없는 부담이었다. 무엇보다, 유능하고 어린 인재가 정사를 돌보는 일보다 권력의 복잡한 이해관계를 먼저 터득할까 봐 염려되었다.

그래서 왕은 서율을 한곳에 내버려두지 않았다. 일부러 지방 곳곳으로 자주 파견을 보내 실무를 익히고 경험을 쌓게 해 성장해 주길 기다렸다.

임금의 전략은 대성공이었다. 그렇게 성년이 된 서율은 어디에도 치우치지 않고 자신만의 진가를 톡톡히 발휘했다. 어떠한 밀명을 내려도 흡족한 결과를 이룩하며 현재 사헌부에 없어서는 안 될 핵심인물로 승승장구하는 중이다.

세자가 다음 정권을 이어 가는 데 꼭 필요한 인재. 그 반대로, 세자를 위협하는 가장 큰 정적이 될 수도 있는 존재.

'김서율이 저들의 수장이 된다면 좌상을 뒤어넘는 왕실 최대의 적수가 될 것이다. 세자, 너는 그 아이를 어찌 다스릴 셈이냐?'

배동으로 들여 세자와 붙여 놓긴 했지만 서율이 그 진가를 발휘할수록 왕은 기특해하면서도 근심이 깊어졌다. 얼마 전, 그런 속내를 비치며 의견을 물었더니 뜻밖에 세자는 여유롭게 웃으며 부왕을 안심시켰다.

'심려 마시옵소서, 전하. 김서율은 소자의 참모가 될 것이옵니다. 소자가 꼭 그리 만들겠사옵니다.'

더는 말해 주지 않아 세자가 무슨 생각하는지 알 수 없으나 서율을 볼 때마다 아쉬운 건 사실이었다. 하필이면 김대원의 자식이라니…….

"위쪽 지방의 상황을 더 상세히 들어 보고 싶구나. 네가 본 대로 솔직히 고해 보아라."

"서계에 올린 바와 같이 구휼미로 농간을 부리는 자들로 인해 피해는 고스란히 백성들에게 돌아가고 있었사옵니다. 부역하는 자들이 먹는 음식은 이름도 알 수 없는 나무껍질과 풀, 뿌리뿐이었고, 그나마 보급되는 죽은 허연 물과 같아 그것을 먹어도 전혀 힘을 쓰지 못하였사옵니다. 심지어 배고픔을 견디다 못해 물에 고운 진흙을 타서 마시는 이들도 허다하였나이다."

차마 이 자리서 아뢸 수는 없으나 초근목피로 연명한 백성들은 아래쪽이 찢어지는 부작용으로 고생하고 있었다. 바지 뒤쪽에 핏물을 묻힌 채 절뚝이며 다니는 이들이 수두룩했다. 여기저기서 신음이 터지고 고통에 일그러지던 얼굴이 서율은 아직도 눈앞에 선연했다.

"구휼미로 농간을 부리는 자들은 필시 도성에서부터 시작되었을 것이다. 이 일은 전적으로 너에게 일임할 것이니 당분간 도성에 머물며 소상히 캐보도록 하여라."

"예, 전하."

"참, 요즘 지평의 혼담이 오간다 하던데, 사실이더냐?"

왕과 세자가 호기심을 띠고 서율을 보았다. 그는 전후사정을 몰라 어리둥절하면서도 침착하게 답을 올렸다.

"황공하오나 전하, 소신 처음 듣는 이야기이옵니다."

"그렇지. 어젯밤 한양에 올라와 일찍부터 입궐하였으니 들을 시간도 없었겠구나."

"김 지평을 사위로 맞고 싶어 하는 집안이 어디 한둘이겠사옵니까. 그동안 매파가 수도 없이 좌상 댁을 들락거렸다 들었사옵니다. ……자네도 이제 안사람을 맞을 때가 되지 않았는가?"

자신도 모르는 혼사 이야기가 임금과 세자의 입에서 술술 흘러나오자 서율은 당혹스러웠다.

"망극하오나 전하, 소신 아직 혼사에 뜻이 없사옵니다. 양친께도 일찌감치 그리 일러두었으니 당분간 혼사는 없을 것이옵니다."

"그래? 지평은 과연 어떤 여인을 지어미로 맞을지 내 궁금하였거늘."

상은 진심으로 아쉬워하며 다음을 기대했다.

"알았다. 더 기다려 보도록 하지. 참, 오늘 소연회가 있을 것이다. 너도 꼭 참석토록 하여라."

"예, 전하."

곤혹스러운 질문을 무사히 넘긴 서율은 차분하게 상답하며 고개를 숙였다.

오후가 되자 대신들은 연회에 참석하기 위해 다 함께 움직였다. 평안도와 함경도에 닥친 기근으로 골머리를 앓다가 세자의 채근에 부랴부랴 일어났다. 동궁께서 시각을 항시 정확하게 엄수하는 분이기에 나이 많은 대신들도 눈치를 보지 않을 수 없었다.

세자를 필두로 정승과 판서가 앞으로 나섰고 그 밖의 당상관과 몇몇 당하관이 뒤를 따랐다. 그들은 이동하는 중에도 둘이나 셋씩 머리를 맞대고 기근에 대해 논의하는데 앞에서 수런거림이 일었다. 걸어가던 방향도 삽시에 엉뚱하게 틀어졌다.

작은 소란의 주범은 세자. 화원정 건너편에 마련된 연회장으로 가던 중 그가 주변에 언질도 주지 않고 갑자기 방향을 돌린 게 원인이었다. 뒤를 따르던 중신들은 무슨 일인가 싶어 앞을 내다보고는 모두가 술렁거렸다.

저 멀리 화원정, 그들이 향하는 곳에 궁녀에게 둘러싸인 아름다운 뒤태의 한 여인이 있었다. 붉은색 스란치마에 연한 다홍빛 꽃수가 드리워진 새하얀 당의가 눈부시게 어울렸다. 세가닥으로 땋아 내린 새까만 머리카락도 자그마한 진주 장식이 알알이 박혀 있어 마치 반짝반짝, 별이 떠 있는 밤하늘을 연상케 했다.

설마…….

4년 전 옹주가 하가한 이래 궁에서 저런 차림을 할 수 있는 처자는 오직 한 사람, 공주밖에는 없다. 그러나 공식 석상에 항상 불참할 정도로 사람들과 섞이는 걸 꺼리는 분이 아니셨던가. 왕과 세자 역시 굳이 공주를 내보이려 하지 않으셨기에 중신들은 눈으로 직접 보고 있으면서도 긴가민가하였다.

공주가 공식 석상에 모습을 보인 건 아홉 해 전, 모후이신 효경왕후의 국장일이 마지막이었다. 재작년, 계비이신 효운왕후가 승하하셨을 때도 병이 중하여 피접을 나가 있었던 탓에 옥안을 마주할 기회는 전혀 없었다. 그래서 어릴 적 모습을 기억하는 몇몇 원로들을 제외하고 중신 대부분은 공주의 생김새조차 알지 못했다.

평소 같으면 그들을 이끌고 다른 곳으로 둘러 갔을 세자였다. 그런데 오늘은 작정이라도 한 듯 공주에게 성큼성큼 다가가고 있었다. 중신들은 갑작스러운 이 상황이 믿기지 않으면서도 호기심이 모락모락 피어올랐다.

그들의 안사람을 쥐 잡듯 잡아대고, 후궁들을 화병으로 쓰러지게 만든다는 그 유명하신 분. 생김새는 어떠한지, 성정은 또 얼마나 괄괄한지 생생히 확인해 볼 절호의 기회였다.

은명은 눈을 감고 바람결에 실려 오는 다양한 향기에 푹 빠져 있었다. 여러 발소리가 들려오긴 했지만 조금도 동요하지 않았다. 전하시라면 멀리서 바라보고 말았을 것이요, 후궁들이었다면 알아서 피했을 것이니, 가까이 다가올 사람은 세자 아니면 빈궁일 게 뻔했다.

얼마 못 가 예상대로 세자의 목소리가 가까이서 들렸다.

"무엇을 하고 있느냐?"

"향기를 맡고 있사옵니다."

한 치의 흔들림도 없이 은명은 그 자세 그대로 대답했다.

"꽃향기라도 나는 것이냐?"

"바람을 타고 오는 바깥세상의 향기를 맡고 있사옵니다."

"그냥 꽃향기만 맡으면 아니 되는 것이냐?"

"어찌 그런 말씀을······."

오라버니의 말에 은명은 미소를 지으며 돌아보다가 멈칫하였다. 세자 뒤로 길게 시립한 한 무리의 중신을 마주하고 말문이 막혔다.

"장원서에 일러 취연당에 생화를 더 보내도록 하여라."

"예, 저하."

내관에게 명을 내린 세자가 이번에는 중신들을 보았다.

"처음 뵙는 분들이 많으실 겁니다. 제 누이입니다."

저희가 상상했던 모습과 지나치게 달랐는지 중신들은 눈을 크게 뜬 채 말을 잇지 못했다. 그들은 올해 열여섯, 소녀에서 막 여인이 된 공주를 멀거니 바라만 보다가 황급히 정신을 차리고 예부터 올렸다.

"공주 자가."

당황스러운 건 은명 역시 마찬가지였다. 중신들께 고개 숙여 맞절하긴 했지만 이게 어떻게 된 일인지 감을 잡지 못했다. 은명은 침착함을 유지하면서도 오라버니께 깐깐한 눈빛을 보냈다.

"어쩐 일이시옵니까, 저하."

"연회장으로 향하다 네가 있기에 와 본 것뿐이다. 생각해 보니 네가 중신들과 마주할 기회가 전혀 없었더구나."

오라버니의 즉흥적인 행동이 마음에 들지 않았다. 그래도 중신들 앞에서 버릇없게 굴 수 없어 은명은 말대답을 삼갔다. 대신에 자신을 보고 매우 놀랐던 어느 중신에게로 시선을 옮겼다. 그는 은명과 눈이 마주치자 공손히 자신을 소개했다.

"이판 윤도우, 공주 자가를 처음 뵙사옵니다."

"대감께서는 저를 보고 많이 놀라셨습니다. 어이하여 그런 것입니까?"

"송구하옵니다. 이리 성장하신 공주 자가를 가까이서 뵈오니 승하하신 효경왕후마마를 뵙는 듯한 착각에 결례를 저질렀나이다."

"이 아이가 점점 모후를 닮아가는 모습에 저도 가끔 그런 착각을 하곤 합니다."

이판의 말이 흡족했는지 곁에 있던 세자가 기분 좋게 응수했다. 이판은 그 말에 깊이 공감하며 더 나아가 어쩐지 애틋함까지 띠었다.

"그간 강릉으로 피접을 나가셨다 들었사옵니다. 옥체 강녕하시옵니까?"

"평안합니다."

지금의 이판이라면 좌상을 도와 어머니의 친정을 무너트리는 데 일조한 인물이었다. 그런 무도한 자가 승하하신 왕비와 닮은 공주를 보며 저리 애잔한 표정을 짓다니. 그의 행동은 참아 주기 힘들 만큼 모순적이었다. 은명은 불쾌감에 고개를 살짝 돌리다 시선이 한곳으로 정확히 고정되었다.

노회한 대신 중에서도 좌중을 휘어잡을 만큼 압도적인 관록의 기운을 내뿜는 인물 하나가 눈에 들어왔다. 은명과 시선이 마주치자 그는 눈을 조금 가늘게 뜨더니 이내 원상태로 돌아가 정중히 예를 취했다.

누구일까.

은명은 호기심을 감추지 못했다.

"좌의정이시다."

누이의 마음을 읽기라도 한 듯 세자가 그의 정체를 알려주었다. 은명은 놀라움에 한쪽 눈썹을 바짝 추켜세웠다. 말이 되지 않았다. 어찌 김대원이 저런 모습일 수 있단 말인가.

권력에 눈먼 김대원이라면 음흉하고 비열하기 짝이 없는 모습이어야 마땅했다. 이상과도 같은 당당함과 드높은 기개가 저렇듯 타고난 것인 양 전신에 배어 있어선 아니 되었다. 은명은 뒤통수를 대차게 얻어맞은 기분이었다.

사실 그는 조정에서도 입지전적인 인물로 통했다. 선대왕 시절 사화가 일어나 밑바닥까지 추락했다가 혼자만의 힘으로 모든 고난을 극복하고 가문과 스스로를 구해낸 인물. 문관이었으나 무과에도 출중해 병권을 장악하고 오늘날 재상의 반열에 오른, 그야말로 신화가 될 뻔했던 존재였다. 후에 술수를 부려 부원군을 죽음으로 몰아넣고 권력다툼에 힘쓰지 않았다면 말이다.

"좌의정 김대원, 공주 자가를 뵈옵니다."

중저음의 군더더기 없는 목소리가 귓가를 울렸다. 놀라서 멍해 있던 은명은 퍼뜩 정신을 차렸다.

"말씀 많이 들었습니다, 대감."

"황송하옵니다."

말이 끝나기가 무섭게 은명은 김대원의 얼굴을 물끄러미 들여다보았다. 좌상은 공주의 그런 노골적인 시선을 담담히 받아들였다. 하지만 세자는 그렇지 못했다. 누이가 지나치게 오래도록 좌상을 주시하자 본인이 무안해하며 제지에 나섰다.

"중신의 낯을 그리 빤히 보는 것은 예의가 아니다."

"신기해서 그렇습니다."

세자의 꾸중에 은명은 조금도 움츠러들지 않았다. 그러자 좌상은 진중하게 그 연유를 물었다.

"무엇이 그리 신기하시옵니까?"

"좌상 대감께서는 이마에 뿔이 솟아난 분인 줄 알았습니다."

"공주, 그 무슨 무례이더냐!"

은명의 엉뚱한 발언에 세자가 당황해 목소리를 높였다.

"대감, 이 사람이 대신 사죄하겠습니다. 누이가 아직 철이 없어 그러니 괘념치 마십시오."

서둘러 수습하면서도 세자는 민망한 낯빛을 숨기지 못했다. 주위의 다른 중신들도 곤란해하며 헛기침하는데 정작 당사자인 좌상은 전혀 불쾌해하지 않았다. 되레 질문까지 던졌다.

"실제로 보니 어떠하시옵니까?"

"기품과 권위를 갖춘 백호 같으십니다. 하여 더 속이 쓰리고 아픕니다."

"어찌 계속 이러는 것이냐?"

이어지는 누이의 직설화법에 세자는 난감해하였다. 그런데도 은명과 좌상은 별다른 표정 변화 없이 서로를 계속 응시했다.

특히 은명은 좌상이란 사람이 보면 볼수록 신기했다. 뿔 이야기를 했을 때 그는 허허거리며 웃기도 했으나 솔직한 감정에서 비롯된 반응은 아니었다. 눈가도, 입가도 거의 움직임이 없는 웃음. 애초에 웃음이라는 걸 전혀 모르는 사람 같았다.

오라버니가 하도 펄쩍 뛰시니 은명은 매우 궁금하다는 투로 좌상에게 물었다.

"혹 불쾌하셨습니까?"

"상찬으로 듣겠습니다."

"상찬이었습니다."

솔직하게 답을 한 은명은 곧장 세자를 향해 몸을 돌렸다.

"저하, 이 정도면 중신들과도 충분히 낯을 익힌 듯하옵니다. 소녀는 이만 물러갈 것이니 좋은 시간 보내시옵소서."

파격적인 말로 대신들의 혼을 쏙 빼놓았던 은명이 마지막엔 품위 있고 정갈하게 예를 올렸다. 우아한 걸음걸이로 무수히 쏟아지는 눈길을 받으며 대신들의 행렬을 지나쳐 갔다. 그리고 대열의 끄트머리에 이르렀을 때쯤 한 훤칠한 사내와 시선이 뒤엉켰다.

한눈에 그를 알아본 은명은 가슴이 툭 떨어져 내렸다. 얼굴로 피가 몰려 열기가 화르르 피어났다.

그였다.

6년 전, 어린 소녀를 내치고 냉정히 떠나갔던 소년. 세월이 흘러 이제는 늠름한 장부로 성장한 사내.

서율이 덤덤히 고개 숙여 예를 취했다. 은명은 모르는 척 그를 빠르게 지나쳤다. 놀라거나 당황하는 기색 없이 자연스러웠다. 그렇지만 당의의 앞자락 속 꼭 모아 쥔 두 손이 와들와들 떨리는 것까지는 막을 수 없었다. 이런 곳에서, 이렇게 지나치듯 그와 재회하게 될 줄은 꿈에도 몰랐다.

이번 연회는 갑자기 불어닥친 기근으로 업무량이 배로 늘어난 중신들을 위로하고자 조촐히 마련된 자리였다. 오랜만에 과중한 업무에서 벗어난 대신들은 끼리끼리 모여 앉아 유쾌한 담소를 주고받았다. 긴히 나눌 말이 있었는지 성상께서 삼정승을 이끌고 산책하러 나가신 덕에 긴장의 끈을 늦추고 한결 여유가 넘쳤다.

세자는 그들과 조금 떨어진 곳에 자리를 잡았다. 배동이었던 서율과 홍문관 부수찬 희립을 앞혀 놓고 조용히 구휼미와 관련한 수사의 진척상황을 확인하고 있었다.

"중신 중에도 연루된 자들이 있을 것이다. 당분간 이 일은 나에게만 직접 보고토록 하여라. 마침 사가에 자주 나갈 일이 있으니 눈에 띄지 않으려면 그때를 이용하는 것도 좋겠지."

"예, 저하. 그리하겠사옵니다."

"무슨 일이 있으시옵니까? 사가에는 어인 일로 자주 나가신단 말입니까?"

고분고분 예, 하고 대답한 서율과 달리 희립이 궁금증을 드러냈다. 세자가 피식 웃으며 술을 한 잔 곁들였다.

"그리되었네. 내 강릉에서 누이를 불러올리지 않았는가. 이만 도성으로 돌아오라고 했더니 공주가 두 가지 조건을 내세우더군."

"조건이라니요. 그것이 무엇이었사옵니까?"

희립은 호기심을 감추지 못했다.

"첫째, 화경궁에서 거처하게 해줄 것."

"화경궁이라면 공주께서 태어나신 궐 밖 사가가 아니옵니까?"

"그렇다네. 그곳에서 나고 자랐으니 그리워할 만도 하지."

"두 번째는 무엇이었사옵니까?"

"둘째, 청나라 유람을 허하여 줄 것."

"예?"

희립이 놀라서 소리쳤고, 지금까지 묵묵히 듣고만 있던 서율도 황당해하며 세자를 보았다.

공주 이야기가 나오자 대충 한쪽 귀를 갈고 흘려들으려 했다. 어떤 소리를 들어도 상관하지 않으려고 했는데 서율은 너무나 기가 막혀 단번에 흔들렸다.

실제로 국경을 넘는 일은 턱도 없는 소리겠지만 공주께선 일찌감치 해진 옷을 주워 입고 혼자서 몰래 저자를 헤맨 과거가 있었다. 그 어린 나이에도 무모한 짓을 감쪽같이 해치웠는데 성년이 된 지금은 또 오죽이나 극성맞을까. 작심만 하신다면 청나라든 왜국이든, 이 세상 어디에라도 충분히 가고도 남을 만한 위인이었다.

행여 동궁께서 누이를 데려오기 위해 거짓으로 요청을 허하였다면 그야말로 돌이킬 수 없었다. 공주는 그것을 꼬투리 삼아 무슨 수를 쓰든 이 나라 국경을 넘겠다고 일을 벌이고야 말 것이다.

어디서 또 허름한 옷을 주워 입고 북으로 향하는 공주를 상상하니 등골이 오싹했다. 괜한 오지랖이라고 여기면서도 가만있을 수 없어, 서율은 보령을 떠난 지 6년 만에 처음으로 공주에 관한 이야기를 스스로 입에 올렸다.

"그래서 뭐라 하답하셨사옵니까? 설마 자가께 유람을 허할 생각은 아니시겠지요?"

"물론 아니네. 거기가 어디라고 몸도 약한 공주를 보낸단 말인가. 대신 타협을 보았지."

"타협이라 하셨사옵니까?"

"경학을 배우게 해주겠다, 약조하였네. 특히 대학과 중용에 관심이 많더군. 해서 말인데 지평, 자네가 우리 공주를 맡아 주었으면 하네."

　저하께서 무슨 말씀을 하시는지 서율은 순간적으로 이해하지 못했다. 까닭 없이 혼미해지는 정신을 바로잡고 재차 그 의미를 여쭈었다.

　"송구하오나, 저하의 말씀을 이해하지 못하였사옵니다."
　"자네가 경학에 능하지 않은가. 마침 화경궁이 자네 사가에서도 가까우니 이레에 한 번 공주에게 들러 틈틈이 지식을 나누어 주도록 하게. 사헌부 일에 방해가 되지 않는 선에서 말일세."
　너무나도 엄청난 소리에 대꾸할 말조차 떠오르지 않았다. 마치 귀신에 홀린 듯 한순간에 공주와 요상하게 얽힌 기분이었다.
　평소 빈틈없는 서율이 대답도 못 하고 주춤거리자 세자는 씨익 짓궂게 웃었다.
　"뭘 그리 화들짝 놀라는가?"
　농인 듯 진담인 듯 넌지시 던지는 말씀이 의미심장했다.
　"공주와 대면하지 못할 무슨 이유라도 있는 게야?"
　"그런 것이 아니옵고……."
　"왜, 공주를 마주하는 것이 두려운가?"
　슬쩍 떠보는 것 같은 어조에 서율은 안면이 더욱 굳어졌다. 무언가 알고 계시나 싶어 고개를 들어 똑바로 세자를 마주 보았다.
　……아무것도 읽히지 않았다.
　세자는 태평하게 서율을 바라보다 대수롭지 않게 반응했다.
　"아까 화원정에서 공주를 보고 기겁하였나 보군. 그 아이가 직설적인 데다 불같은 면이 있기는 하지. 하나 경우 없는 아이는 아니라네. 스승을 맞이한다면 예를 갖춰 깍듯이 모실 게야."

지나치게 예민했나 싶어 서율은 다시 시선을 내렸다. 부르르 끓어오른 머릿속 열기를 빠르게 식히고 냉정을 찾았다.

"그런 자리라면 성균관 관원 중에서 택하시는 것이 옳을 듯하옵니다."

"공식적인 것이 아닐세. 일을 크게 만들고 싶지 않아 자네에게 개인적으로 내 누이를 부탁하는 것이네."

"하오시면, 저보다는 홍문관에 있는 부수찬이 더 적합할 것입니다."

서율은 빠져나갈 구멍을 만들기 위해 사력을 다했다. 곁에 있던 지기인 희립까지도 주저 없이 끌어들였다. 마침 화원정에서 공주를 보고 여러모로 감탄했던 희립은 얼굴에 화색이 돌았다. 당장이라도 응할 듯 입술에 작은 호선을 그리며 기꺼워했다.

친우의 그런 반응에 서율은 내심 안도했지만 세자가 완강히 반대했다.

"그건 아니 될 말일세."

"부수찬이야말로 경학에 해박한 인재 아니옵니까?"

"그걸 내가 모르는가? 부수찬의 박식함을 아는 만큼 내 누이의 성정도 잘 알고 있네. 희립은 성품이 온순해 공주를 감당하기 버거울 것이야. 자네의 냉철하고 대쪽 같은 기질로 공주의 불같은 면을 다스려 주었으면 하는 거네. 더는 거절하지 마시게."

세자의 어조가 단호했다. 서율을 공주의 스승으로 이미 낙점

하신 듯했다. 고집이 만만치 않은 분이시니 그렇다면 꺾을 길은 없었다. 서율이 더는 버티지 못하고 입을 다물자 세자는 곧 훈훈한 미소를 지으며 확실한 마무리에 들어갔다.

"어려워할 것 없네. 철없는 누이라 여기고 그 아이가 잘못하는 게 있으면 따끔하게 혼내 주시게. 열흘 뒤 거처를 옮길 예정이니 직후에 바로 시작하면 될 것이야. 자, 공주의 스승이 된 기념으로 내 술 한 잔 받으시게. 우리 공주를 잘 부탁하네."

마른하늘에 날벼락도 유분수지, 이럴 수는 없었다. 6년 전 그리 모질고 매정하게 돌아서 연을 끊었는데 이제 와 공주를 정기적으로 찾아가 만나라니. 서율은 끝까지 대답하지 않았으나 세자께서 내리시는 술까지 마다할 순 없었다.

"뭐 하는가, 지평. 내가 기다리고 있는 거 안 보이는가?"

세자의 압박은 갈수록 뻔뻔하고 노골적이었다. 결국 서율은 그대로 잔을 받을 수밖에 없었고, 그것으로 공주의 강론을 수락하는 꼴이 되었다.

신선한 바람이 불어오는 6월 초 어느 저녁, 의미심장한 한 잔의 술에 세자는 만족해했고, 희립은 아쉬워했으며, 서율은 머릿속이 하얗게 부서졌다. 차라리 아무 생각도 할 수 없음에 감사할 지경이었다.

좌상, 우상, 그리고 이판. 조정의 대표주자라 할 수 있는 세

사람이 우상의 사저에 모여 술잔을 기울였다. 때가 때인지라 상차림은 간소했지만 그렇다고 부족한 것은 아니었다. 술상의 기본은 산해진미가 아닌 가주佳酒와 벗이라. 우상이 봄에 담근 송엽주를 내놓았으니 가주의 요건을 충족하고, 다른 누구도 아닌 세 사람이 한자리에 모였으니 벗의 요건이 충족되었다.

 세 사람은 오랜 세월, 역경과 고난을 함께해 온 정치적 동지이자 이제는 원수가 되어버린 달성부원군의 휘하에서 함께 동문수학한 사이였다. 나이는 각기 다르나 평생을 하나의 뜻으로 같은 길을 걸어왔다.

 "산책을 길게 하시던데 특별히 거론된 일이라도 있었습니까?"

 오늘 궐에서 있었던 소연회 중간, 따로 산책에 나섰던 두 분 재상께 이판이 궁금증을 드러냈다. 좌상이 말없이 술잔을 기울이는 동안 이판의 먼 친척형님이기도 한 우상이 답을 주었다.

 "곧 중전마마의 간택이 있을 예정이네."

 "오, 드디어 말입니까?"

 "영상께서 무던히도 주청을 드렸던 모양일세. 후궁 중에서 중전을 뽑지 않으시겠다, 미리 단속을 하시더군."

 "어찌하실 겁니까?"

 이판은 좌상의 기색을 살폈다.

 "후궁이 중전에 오를 수 없는 건 이미 국법으로 정해진 일입니다. 안빈께도 넌지시 알려드리세요. 중전으로 올릴 만한 처자도 물색해 보시고요."

"우리 문중에서 말입니까?"

전혀 기대치 않았던 말에 우상과 이판이 되물었다. 좌상은 표정 변화가 없었다.

"우리 가문에는 연치에 맞는 처자가 없습니다. 송씨나 윤씨 문중에는 참한 규수들이 많지 않습니까. 이번에는 기필코 우리 쪽에서 중궁이 나와야 합니다. 마땅한 처자만 있으면 간택령을 내릴 필요 없이 바로 들일 수도 있을 겁니다."

"세 번째 중궁이시니 그것도 좋은 방법이지요. 하나 전하께서 그것을 윤허해 주실지 의문입니다."

"곧 의령대군을 찾아뵐 생각입니다."

우려를 표했던 우상은 영상의 깔끔한 묘수에 가느다랗게 호응의 소리를 내었다.

의령대군이 누구인가. 현존하는 왕실 최고의 어른으로 현재 성상의 국혼을 추진하는 데 막강한 입김을 행사할 수 있는 분이었다. 전하께서 계비를 들이셨을 당시에도 대군은 부부인과 함께 간택을 주도했다. 그분만 설득한다면 전하와의 신경전을 피해 간택과 관련한 절차를 수월하게 해결할 수 있을 것이다.

"의령대군께선 실리적인 분입니다. 규수만 훌륭하다면 가뭄까지 닥친 이때, 절차를 간소화하자는 데 반대하지 않으실 겁니다. 전하께서도 한 분 남은 작은아버님을 극진히 여기지 않으십니까. 그분이 나서신다면 물리치는 게 쉽지는 않으실 겁니다. 간택 문제는 이 사람이 알아서 정리할 터이니 두 분께서는 좋은 규수나 찾아봐 주세요."

"대군 자가만 설득할 수 있다면 그 부분은 안심입니다. 그나저나, 공주께서 먼저 길례를 올려야 하는 게 아닌지요? 올해로 연치 열여섯이 되셨으니 지나치게 늦어졌습니다. 우리가 너무 무심하였어요."

우상의 말에 술상 위로 정적이 흘렀다.

화국옹주는 열둘에 길례를 올리고 현재 첫 아기씨를 회임 중이었다. 그에 반해 공주는 병을 핑계로 늘 피접을 다니고 있어 지금까지 길례가 차일피일 미뤄졌다. 재작년, 공주의 혼사 문제가 잠시 논의된 적이 있지만 효운왕후께서 젊은 나이로 승하하시며 그마저도 흐지부지되었다.

"부왕이신 성상께서 먼저 비를 맞으셔야지요."

좌상은 딱딱하게 공주 이야기를 매듭짓고자 했으나 분위기를 바꿀 수는 없었다. 이미 공주를 떠올린 이판은 감회에 젖어 기운 없는 음색으로 중얼거렸다.

"사실 오늘 참으로 놀랐습니다. 공주께서 승하하신 효경왕후 마마를 쏙 빼닮지 않으셨습니까."

"맑고 영민해 보이시더군."

스승의 따님이기도 했던 효경왕후가 거론되니 우상은 씁쓸히 술을 들이켰다.

한때나마 하늘같은 스승이요, 둘도 없는 동무였건만 정쟁이 무엇이기에 인간의 도리마저 저버리게 했는지. 소박한 술자리에 아득한 과거의 기억이 내려앉자 한숨이 뒤따랐다. 때마침 우상의 장남 익정의 음성이 불쑥 들려왔다.

"아버님, 소자 퇴청하였습니다."

"……그래. 왔느냐."

삼면이 트인 누마루에 마련된 자리였다. 대감들은 재빨리 표정을 수습하고 마당에 서서 인사를 올리는 익정에게 인자한 미소를 지어 보냈다.

큰사랑채에서 물러난 익정은 모친에게 들렀다 처소인 작은사랑채로 향했다.

올해 스물여섯, 한성부 판관인 그는 3년 전 안사람이 산고 끝에 아기와 함께 세상을 떠나자 묵묵히 일에만 매진해 왔다. 홀아비라고는 하나, 사실 그는 여러 가문에서 탐내는 훌륭한 혼처였다.

씩씩하고 호방한 성정에 좋은 가문, 탁월한 능력, 창창한 미래까지 조건을 따지자면 뭐 하나 빠지는 게 없었다. 게다가 슬하에 자녀가 없으니 재취라 하여도 초취로 들어가는 것과 다를 게 없었다.

그럼에도 익정은 꾸준히 찾아오는 매파를 번번이 실망케 하였다. 정 없는 혼사가 삶을 얼마만큼 피폐하게 하는지 충분히 경험한 바 있기에 아직 재혼이라면 치를 떨었다. 안채에서 모친이 매파와 합심해 어떤 작당을 벌여도 익정은 끄떡하지 않았다.

"형님!"

갓 작은사랑채의 문턱을 넘었을 때였다. 성균관에 적을 둔 아우 익현이 호들갑을 떨며 마중을 나왔다.

"너는 왜 이렇게 자주 나오는 것이냐? 그러다 대과에서 몇 번이나 낙방하려고."

"그런 말씀 마십시오. 지금 그게 문제가 아닙니다."

또 무슨 일이 있었는지 익현은 잔뜩 흥분한 상태였다. 곱상한 얼굴이 발방 상기되고 손짓과 몸짓이 과장되게 커져 있다.

"놀라지 마십시오. 오늘 조정 중신들이 공주 자가를 뵈었는데 그 자색이 감탄할 만큼 빼어나시다는 소문입니다."

그게 뭐 그리 대단한 일이라고.

익정은 아우를 한심한 눈으로 흘끗 보더니 혀를 끌끌 차며 방으로 들어갔다.

"형님께서는 놀랍지도 않으십니까?"

곧바로 쫓아 들어온 익현이 이해할 수 없다는 듯 질문했다.

"전하와 효경왕후마마의 자녀이시니 당연한 것 아니냐. 너는 세자 저하를 가까이서 뵙고도 공주 자가의 옥안이 전혀 짐작이 안 되었더냐?"

"소문이 워낙 흉흉하지 않았습니까. 자꾸 사나운 옥안이 연상되어 저도 그간 심히 안타까웠습니다. 아무튼, 오늘 그 소문이 반궁을 대대적으로 휩쓸어 과거고 뭐고 부마 간택에 참여하고 싶다는 유생들까지 생겨나고 있습니다."

"그렇다고 소문이 전부 틀렸다고만은 볼 수 없지. 내외명부에 얼마나 인심을 잃었으면 그런 소문이 궐 밖까지 퍼졌겠느냐."

권력자의 규수란 정도의 차이만 있을 뿐이지 안 봐도 뻔한 존재였다. 곱다, 어여쁘다, 음전하다. 온갖 찬사와 칭송만 듣고

자라 대부분은 자신이 최고라는 착각에 빠져 있다. 법도와 예의를 엄히 따지며 무엇에든 민감하게 반응하면서도 자신에게만큼은 한없이 관대하다.

사별한 아내도 그러했다. 명문가에서 나고 자란 최고의 규수 중 하나였지만 사소한 것 하나에도 파르르 떨며 예민하게 굴었다. 타인에게 떠받들려지는 데 익숙해진 나머지 남을 돌아보기보다 상대가 배려해 주기만을 기다렸다. 젊은 나이에 아깝게 가버린 안사람이 안타깝긴 했지만, 그녀를 돌보느라 바깥일조차 제대로 하지 못했던 그때를 생각하면······.

"후우."

익정은 가슴이 꽉꽉 막혀 큰 숨을 내쉬었다. 분명 공주에 관한 소식을 듣고 있었는데 어쩌다 사별한 아내까지 떠올리고 말았는지. 잡념을 말끔히 떨친 그는 다시 현재로 돌아와 냉정히 충고했다.

"터럭만큼의 환상도 쓸데없는 것이니 속히 지우거라. 현 왕실에 단 한 분뿐인 공주이신데다 세자 저하의 유일한 동복누이가 아니시냐. 오만방자함이 하늘에 이르고도 남을 것이다. 웬만한 사내들은 그 기세에 눌려 숨도 쉬지 못할 테지."

현실적인 조언에도 아우의 얼굴엔 발그레 피어난 홍조가 전혀 수그러들지 않았다. 자고로 절세가인이라면 사나운 성질머리도 매력이 되는 법. 익현은 공주를 적극 옹호했다.

"아리따운 꽃이 독을 품고 있는 건 천명과도 같은 일이지요. 그걸 알면서도 속수무책 취하는 게 사내 아니겠습니까."

"미색 하나 보고 안사람을 얻겠다니. 쯧쯧, 그러고도 너희가 나라의 녹을 받는 성균관 유생이라 할 수 있단 말이냐? 이렇게 떠들 시간 있으면 가서 글이라도 한 자 더 보거라."

한심한 것들. 공주를 직접 만나 그 성깔에 한 번 눌려 봐야 정신을 차리지.

익정은 질색하며 고개를 흔들었다. 아무리 공주 자가시라지만 여인네 하나에 성균관이 들썩이는 게 말이 되지 않았다. 사내대장부로서의 기개가 철철 넘치는 익정에겐 공주에 관한 모든 것이 그저 못마땅할 따름이었다.

셀 수 없이 많은 매화나무가 군락을 이룬 화경궁의 매화원. 매화를 좋아하시던 어머니가 손수 팔을 걷어붙이고 조성한 이곳에 은명이 와 있다. 살랑살랑 불어오는 간들바람을 느끼고, 솔솔 스며드는 향기로운 내음을 마시며 푸르게 우거진 6월의 매화나무를 찬찬히 둘러보았다.

고향에 돌아온 느낌이란 바로 이런 것일까. 은명은 이제야 집으로 돌아온 기분이었다. 마음이 가득 차오르는 것 같아 주위를 물리고 혼자서 매화원을 거닐었다. 그러다 조금씩, 언제인지도 모르게 회상에 잠겼다.

매화가 만발한 어느 따스한 봄날, 아이들의 해맑은 웃음소리가 매화원을 울렸다. 네 명의 크고 작은 아이들이 휘날리는 꽃보라를 맞으며 밝고 흥겨운 얼굴로 사방을 뛰어다녔다. 저 뒤로는 아름다운 어머니와, 자상한 외숙과, 상냥했던 외숙모가 평온한 얼굴로 아이들을 지켜보고 계셨다.

환영을 보던 은명의 눈가에 차츰 물기가 올랐다. 어머니가 보고 싶었다. 외숙과 외숙모, 외사촌들이라도 찾을 수 있기를 희망한다. 어머니를 그리워하는 만큼 은명은 외숙 일가를 향한 끈을 놓을 수 없었다. 그분들을 찾아서 어머니를 대신해 돌봐 드리고 싶었다.

피접을 다니면서도 끈질기게 그들을 수소문했다. 그러다 몇 년 전, 일가가 화경궁에서 끌려간 직후 도주했다는 소식을 듣게 되었다.

그날부터 은명은 하루빨리 어른이 되기를 고대했다. 성년이 되어 화경궁으로 돌아오면 그분들도 되찾을 수 있을 것만 같았다. 은명의 안식처이자 그분들과 연통할 수 있는 유일한 매개체인 화경궁. 공주가 화경궁으로 돌아왔다는 소문이 널리널리 퍼져 외숙께서 은밀히 기별을 전해 오시길 은명은 간절히 염원했다.

"자가, 공주 자가!"

은명이 눈을 감고 소원을 비는데 난이가 헐레벌떡 달려왔다.

"무슨 일이냐?"

"자선당에서 기별이 왔습니다. 오늘 있을 첫 강론에 성실히 임하시란 당부이옵니다."

"알았다."

애잔한 빛을 발하던 은명의 얼굴에 소슬한 삭풍이 스쳤다. 며칠 전 오라버니로부터 김서율이 강론을 맡았다는 소식을 들었다. 은명은 강력히 반발했다.

'그는 김대원의 차남입니다. 어찌 그런 자에게 소녀의 강론을 맡기려 하시옵니까?'

'사사로운 감정은 떨쳐내어라. 그는 나의 사람이다. 나의 사람은 곧 너의 사람이기도 하다. 그가 좌상의 아들이라는 시선을 거두고 뛰어난 조정의 관리이자 탁월한 학자로만 보거라. 그만한 스승도 없을 것이다.'

세자의 확고한 뜻과 달리 은명은 아무것도 자신할 수 없었다. 어떤 얼굴로 그를 마주하고, 어떤 식으로 그를 대해야 할지.

얼마 전 화원정에서 있었던 돌발상황이 떠오르면 아직도 눈앞이 아찔했다. 말짱한 얼굴로 반듯하게 인사를 건네던 그와, 비루하게 느껴질 정도로 동요한 자신. 연회에 참석해 느긋하게 한 잔의 술을 즐겼다는 그와, 처소로 돌아가 기어이 울어버린 자신.

억울했다. 분했다.

버림받고, 애태우고, 고민하는 건 어찌하여 전부 내 몫이란 말인가!

가슴이 불편할 만큼 뻐근하게 뛰었다. 현훈증이 일어 평화롭던 매화원이 핑그르르 도는 것만 같았다. 목이 콱 메어 은명은 당장이라도 동궁전으로 달려가 외치고 싶었다.

보십시오, 오라버니. 저는 아직 준비가 안 되었단 말입니다!

깨끗이 아문 줄 알았던 오래전 상흔이 한순간에 쩌억, 터지고 말았다.

새하얀 도포에 청색 답호를 맞춰 입은 서율이 표정 없는 얼굴로 화경궁에 들어섰다. 제아무리 공과 사를 구분한다 하지만 6년 만에 이루어지는 오늘의 정식 만남이 결코 아무렇지 않을 수 없었다.

깊은 색을 발하는 먹빛의 눈동자, 오밀조밀 작고 새하얀 얼굴, 노회한 중신들을 단번에 기함시켰던 당돌한 말투. 보름 전 화원정에서 우연히 뵈었던 공주는 어릴 적 모습을 그대로 간직하고 계셨다.

서율은 만면에 씁쓸함을 드리웠다. 어떻게든 피하고자 어린 그분에게 몹쓸 짓을 서슴지 않았는데 결국은 원위치로 돌아왔다. 그렇다고 오늘의 자리가 예전의 그때와 같지는 않을 것이다. 시간은 흘렀고, 공주도 그만큼 성장했으니 자신을 바라보는 두 눈에 정치적 편견이 끼어 있을 터였다. 부디 그것이 서로를 찌르는 뾰족한 창이 되지 않길 바라며 서율은 안내를 따라 안채에 당도했다.

그곳에는 면식이 있는 최 상궁이 기다리고 있었다. 세월의 흐름이 옅게 스쳐간 그녀는 여전히 근엄하고 충직해 보였다. 두 사람은 일정한 거리를 두고 마주 서서 가볍게 맞절했다. 허리를 편 최 상궁이 짤막하게 말했다.

"모시겠습니다."

궁녀 특유의 단정한 몸짓으로 그녀가 걸음을 뗐다. 방향이 내실이 아닌 다른 쪽이었으나 서율은 군말 없이 뒤를 따랐다.

안채에서 더 깊이 들어가 중문 하나를 지나자 빼어난 경치가 돋보이는 아름다운 후원이 나왔다. 커다란 연못이 있었고 화려한 꽃들이 꽃봉오리를 흐드러지게 만개했다. 예년보다 날이 더운 탓인지 작약과 월계화, 당국화, 원추리와 같은 여름꽃까지 탐스럽게 만발했다.

"오르시지요."

진풍경에 잠시 눈길을 빼앗겼던 서율은 최 상궁의 주문에 퍼뜩 정신이 들었다. 주위를 둘러보면 어느덧 연못 위로 멋스럽게 지어진 정자 입구에 다다랐다. 땅에서 정자까지는 교각으로 연결되어 있는데 그 위로 발을 디디고 한 발 한 발 앞으로 나아갈수록 새삼 긴장감이 솟았다.

공주를 뵌다면 으레 드리워진 발을 사이에 두고서일 거라고만 여겼다. 이렇게 직접 옥안을 맞대게 될 줄은 생각도 못 했다.

저 앞, 편안한 자세로 앉아 한가로이 차를 마시는 공주가 한눈에 들어왔다. 연한 초록빛 치마에 깨끗한 연미색 저고리가 정자 너머 사방에 펼쳐진 수련과 천상의 조화를 이루었다.

서율도 은명도 말이 없었다. 형식적인 인사를 나눈 뒤 자리를 잡고 앉아 분주한 궁녀의 손끝만 들여다보았다. 시간이 쌓아 놓은 담장 때문인지, 함부로 떠올릴 수 없는 저 너머의 기억 때문인지 둘 사이에 흐르는 적막은 좀처럼 깨지지 않았다.

잠깐의 공백이 지나고 차를 우려낸 궁녀가 각각의 차담상에 찻잔을 올려놓고 물러났다. 침묵을 고집하던 은명은 화경궁의 주인 된 입장으로 먼저 말문을 열었다.

"들어 보십시오. 우전차입니다."

자그마한 순백의 찻잔에 청결하고 기다란 서율의 손가락이 감겼다. 큼지막한 손등 위로 유려하게 뻗어 있는 열 개의 손가락은 그가 이제 어엿한 사내가 되었음을 여실히 보여 주는 듯했다.

"순하고 담백한 맛이 일품이옵니다."

"입에 맞으신다니 다행입니다."

차를 준비하고 은근히 긴장했던 은명은 그제야 한시름 덜었다. 그러면서도 여전히 약간의 긴장감이 남아 손을 하나로 모아 쥐고 손가락을 꿈틀거렸다.

"따로 준비해 두라 일러 놓았으니 댁에서도 한 번씩 꺼내어 즐겨 보십시오."

"불필요한 일에 신경 쓰지 마시옵소서. 이 귀한 차를 사적으로 가져갈 순 없사옵니다."

"부담 갖지 마십시오. 이것은……."

"아니요. 자가. 거두어 주십시오."

서율은 실금만 한 틈도 주지 않고 딱 잘라 거절했다. 면전에서 거부당한 은명은 차담상 아래서 꼼지락거리던 손가락을 그대로 멈췄다. 6년 만에 재회해 겨우 몇 마디를 건넸을 뿐인데 그는 여지없이 거절부터 입에 담았다. 은근하게 가슴을 건드렸던 떨림이 순식간에 차가운 서리로 바뀌어 심장을 얼렸다.

매화원에서 방황하다 곧바로 다른 고민에 휩싸였다. 강론 첫날, 김서율에게 올릴 속수束脩(제자가 되려고 스승을 처음 뵐 때에 드리는 예물)를 무엇으로 대체해야 할지 막막했다. 흔히 하는 것처럼 포 대신 비단을 준비할 수도 있었지만 그러고 싶지 않았다. 그가 좋아할 만한 것, 제가 예물로 올려서 뿌듯해할 만한 것, 그에게도 저에게도 어울리는 것. 숙고하고 또 숙고해서 결정한 것이 바로 우전차였다.

그렇게 성의를 다했건만 이유 한 번 들어 보지 않고 대번에 잘라버리기부터 하다니. 뱃속에서 울컥 설움이 솟았다.

"예, 압니다. 좌상 대감께서 워낙 차를 즐기신다 하니 이보다 더 귀한 차는 댁에 얼마든지 널려 있겠지요."

"그런 뜻이 아니었⋯⋯."

"하나!"

울분이 치민 은명은 똑같이 그의 말을 자르며 서운함을 표출했다.

"그건 스승님께 드리는 예물이었습니다. 이 차담상도, 최 상궁에게 일러둔 우전차도 이 사람을 제자로 받아 달라, 나름의 속수례束脩禮를 행하고자 하였던 것입니다."

미처 짐작하지 못한 부분이었는지 서율의 입매가 일순 경직되었다. 그러나 곧 평정을 되찾고 침착하게 다시 답을 올렸다.

"귀한 차를 축낼 수 없어 그리 아뢴 것일 뿐 거기까진 가늠하지 못하였사옵니다. 송구합니다, 공주 자가. 제가 성급하고 경솔하였습니다."

"예전부터 그대는 타인의 말을 잘 들어주는 사람이었습니다."

쓰라림을 머금은 먹빛의 눈동자가 그의 두 눈을 주시했다.

"모두에게 손가락질 받는 자일지라도 그 말을 끈질기게 들어주고, 속뜻까지 헤아려 주시곤 하였지요."

"……."

"그래도 항상 저만은 예외였습니다."

공주라는 신분이 밝혀진 이후 은명은 서율에게 늘 예외가 되었다. 그는 은명의 말을 들어주려 하지 않았고 그 안에 숨겨진 속뜻도 철저히 무시했다. 들려주는 말이라곤 오직 '안 된다.', '불가하다.', '그럴 수 없다.' 부정적인 답변들로만 일관하였다. 부리는 종들에게도 함부로 쓰지 않던 그 말을 서율은 우습게도 공주에게만 거침없이 해대었던 것이다.

"보령에서 그대가 그럴 수밖에 없었다는 거, 시간이 흐르며 이해할 수 있었습니다. 어린아이가 신분을 앞세워 쓸데없는 고집을 부렸으니 그렇게라도 거리를 두어야 했겠지요. 하지만 저는 이제 어린아이가 아닙니다. 내 위치를 알고, 그대의 처지를 알며, 그대가 좌상의 자제라는 것 또한 똑똑히 인지하고 있습니다."

"제가 거리를 두려고 일부러 그러했다 생각하신다면 그건 오해이십니다."

"거짓말 마십시오. 지금도 잔뜩 경계하고 계시지 않습니까!"

한마디의 예리한 지적에 침착했던 서율의 얼굴에 미묘한 일렁임이 일었다. 그것을 똑똑히 목격한 은명은 그의 솔직한 속내를 확인한 것 같아 몹시 참담했다.

이럴 수는 없었다. 말도 없이 떠나갔던 주제에, 김대원의 아들인 주제에, 자신이 도리어 공주를 경계하고 거리를 두려 하다니. 의연해지기 위해 그토록 노력하였는데 사람이 초라해지는 건 한순간이었다. 속에서 치받치는 감정을 은명은 간신히 내리눌렀다. 이런 소리까지는 하고 싶진 않았으나 저리 선을 긋고 나온다면 이쪽에서도 확실히 정리해 둘 필요가 있었다.

"이곳이 어디인 줄 아십니까?"

"……."

"효경왕후마마께서 한꺼번에 피붙이를 잃고 심병을 앓다 승하하신 곳입니다."

오래전, 그와 함께 이곳으로 돌아오는 꿈을 꾼 적이 있었다. 어머니와 나누었던 온기를 그와 함께 이곳에서 이어 가고 싶었다. 어린 공주가 꾸었던 가장 달콤했던 꿈. 눈을 뜨면 허무하게 사라질 백일몽을 꾼 적이 있었다.

"원래대로라면 조정에 나아가 국사를 논해야 할 저희 외숙께서는 노비가 되어 쫓기는 신세로 전락하였지요. 어머니와 그분을 떠올릴 때마다, 추운 겨울날 고사리손으로 고된 노동을 해야 했던 외사촌들을 생각할 때마다 저는 아직도 가슴이 미어집니다. 그래서 원망스럽습니다. 그분들을 그리 만든 자들을 절대 용서할 수 없을 것 같습니다!"

더 이상은 꿀 수 없는 꿈. 김서율의 아비가 만들어 놓은 지옥이었다.

"이 정도면 되었습니까? 이 정도면, 걱정 없이 드나들며 이 사람의 스승이 되어 줄 수 있겠습니까?"

묵묵히 듣고 있는 서율의 얼굴에 어두운 그늘이 내려앉았다. 은명의 물음에 곧장 반응하지 못하더니 잠시 후 찬찬히 시선을 들어 조용히 답했다.

"부족한 게 많아 공주 자가께 도움을 드리지 못할까 저어되오나, 성심을 다해 좋은 스승이 되도록 노력하겠습니다."

"그대라고 칭하는 건 오늘이 마지막이 될 겁니다. 다음부턴 그대를 스승님으로 깍듯이 대하고 모실 것이니, 그대도 편견을 버리고 이 사람을 제자로만 생각하여 주십시오."

마지막 말을 마친 은명은 시선을 찻잔으로 내렸다.

달달한 꽃향기가 사방으로 흩어지던 따스한 봄날, 새끼손가락 마주 걸고 순수하게 웃던 소년과 소녀는 이제 어디에도 존재하지 않았다. 차라리 잘된 일이다, 안도하면서도 가슴 한편을 짓누르는 알 수 없는 아릿함에 은명은 끝내 의례적인 미소조차 지어내지 못했다.

선택의 시간

바람을 쐰다는 핑계로 좌상 댁 별채를 나선 보희는 서율의 처소가 있는 작은사랑채 쪽으로 천천히 걸었다. 이곳에서 밤을 지새우는 한이 있어도 오늘은 꼭 그를 보고 갈 작정이었다. 가슴이 답답하고 불안해서 견딜 수가 없었다.

지난 두 달 모든 것이 완벽하고 행복했다. 서율과 평생 함께 하게 되리라, 조금도 의심치 않았다. 오늘 아침, 그야말로 청천벽력과도 같은 소식을 듣기 전까지는 말이다.

'어머니, 그게 무슨 말씀이셔요? 좌찬성 댁과의 혼담이라니요? 소녀는 좌상 댁과 혼담이 오가는 중이라고 하셨잖아요.'

'지평은 당분간 혼인할 뜻이 없다 하는구나.'

'기다리겠습니다. 소녀가 기다릴 겁니다.'

'말도 안 되는 소리. 적어도 서너 해 동안은 하지 않겠다 하

던데 그러면 네가 몇 살이 되는 거냐? 정혼도 하지 않고 마냥 기다리겠다는 건 말이 되지 않는다.'

어머니의 말씀이 떠올라 보희는 머리가 지끈거렸다. 낮보다야 나았으나 8월의 밤은 여전히 후텁지근해 숨까지 턱턱 막혔다. 이 일을 어떻게 헤쳐 나가야 할지 솔직히 막연했다. 눈앞이 가마득해 보희는 그저 울고만 싶은데, 지척에서 인기척이 나더니 고대했던 목소리가 연이어 들렸다.

"보희야!"

보희는 가슴이 펄쩍 뛰어 소리가 나는 곳을 바라보았다.

"서율 오라버니! 이제 오십니까?"

"이 밤에 여기서 홀로 무얼 하는 것이냐?"

가까이 다가온 서율은 피곤해 보이긴 했어도 여느 때처럼 늠름하고 멋진 모습이었다. 어렵사리 얻은 기회이니만큼 보희는 이리저리 말 돌리지 않고 혼사 문제를 직접적으로 꺼내 놓았다.

"생각할 게 있었습니다. 어머니께 들으니 오라버니와 제 혼담이 진행되고 있다 하여서요. 혹 어디까지 알고 계시는지요?"

"그럴 리가. 나는 금시초문이다."

"예?"

보희는 가뭄에 갈라진 논바닥처럼 가슴이 쩍 찢기는 것 같았다. 저렇게 무심한 표정과 대답이라니. 달빛에 기대어 몇 번이고 들여다보아도 김서율은 정말 아무것도 모르고 있는 얼굴이었다.

그렇다면 지금까지 혼자만의 착각에 빠져 있었던 것일까. 아니다. 이판 댁 고명딸이 김서율의 짝이 될 거라는 건 도성 전체가 다 아는 공공연한 비밀이었다. 심지어 보희 제 자신도 단 한 번 그 사실을 의심한 적 없었다.

한데 당사자 중 하나인 그가 혼담에 관해 전혀 모르고 있었다니?

무언가 단단히 잘못되었다는 극도의 불안감에 보희는 이 더운 날 목덜미에 선득한 기운이 일었다.

"실은 일전에 안빈 자가와 혜빈 자가께서 그 문제로 소녀를 궐로 부르신 적이 있었습니다."

"그런 일이 있었느냐?"

"소녀가 잘못 알고 있었던 것입니까?"

"두 분 자가께서 무슨 까닭으로 너를 불렀는지 알 수 없으나 만약 그 때문에 이리 전전긍긍하는 거라면 염려하지 말거라. 나는 당분간 혼인할 마음이 없다. 이러한 뜻을 얼마 전에도 다시 말씀드렸고, 부모님께서도 내 뜻을 존중해 주기로 하셨다."

보희는 왈칵 목이 메었다. 금방이라도 눈물이 터질 것 같지만 간신히 누르며 말을 이었다.

"……그러셨습니까?"

"혼사가 걱정되어 여태 나를 기다리고 있었던 게로구나. 나한테 시집오는 게 그리도 싫었던 것이냐?"

빙긋 웃으며 장난처럼 던지는 그의 말에 보희는 눈물이 핑 돌았다. 수심 가득한 그녀의 얼굴을 서율이 다른 식으로 오해하고 있었다.

그런 것이 아닙니다. 오히려 오라버니의 옆자리에 서고 싶어 그러는 것입니다. 좌상 댁 김서율이 아니면 소녀는 다른 누구도 싫습니다!

보희는 당장에 외치고 싶었다. 하나 현실은 입도 벙긋 못 하고 입술만 깨물었다. 어릴 때부터 속마음을 감추는 법만 배운 탓이었다. 그리하여 언감생심 진심을 털어놓지 못하고 홀로 가슴을 졸이다 겨우 꺼낸 한마디가 바보 같았다.

"오라버니를…… 싫어하는 게 아닙니다."

"그래, 안다. 나한테도 너는 누이와 같다. 그러니 아무 걱정 말고 돌아가도록 해라. 시각이 늦어져 정부인께서 걱정하고 계시겠다."

보희는 아무런 대답도 못 하고 주춤거렸다.

"달리 또 할 말이 있느냐?"

"아니요. ……아닙니다."

머뭇거리던 보희는 서율이 이상히 여기자 더는 어쩌지 못하고 쫓기듯 돌아섰다.

마음을 함부로 드러내선 안 된다. 그렇게만 훈육받고 그런 환경 아래서 자라 왔기에 결정적 순간, 할 수 있는 일이 아무것도 없었다. 자신의 마음을 몰라 주는 서율이 야속할 뿐이었다. 한 걸음 한 걸음, 발을 내디딜 때마다 눈물이 후드득 떨어졌.

그런 게 아닙니다. 그런 것이 정녕 아니란 말입니다.

생애 처음, 보희는 무기력한 자신이 한심하게 느껴졌다.

미지근한 바람을 맞으며 서율은 멀어지는 보희를 지켜보았다. 곧 자리를 뜨려 하는데 뒤에서 가볍게 혀 차는 소리가 들렸다.

"어머니."

"어찌 그리 여인의 마음을 몰라 주는 것이냐."

가까이 다가온 정경부인은 보희가 사라진 방향을 걱정스레 살피며 대뜸 핀잔을 놓았다. 서율은 영문을 몰라 당황했다.

"소자가 저 아이에게 무슨 실수라도 하였습니까?"

"쯧쯧, 사내들이란……."

정경부인은 아들을 한심하게 쳐다보면서도 그 이상 나무라진 않았다. 나랏일에 바쁜 아들에게 어찌하여 저 아이의 속마음을 몰라 주느냐, 탓을 할 순 없었다. 어릴 때부터 좋아하거나 해야 하는 건 끈기 있게 관심 주고 매달렸지만 그렇지 않은 건 대체로 무심했다.

그렇다고 당사자도 아닌 자신이 보희의 마음을 직접 알려주는 것도 우스웠다. 정경부인은 그저 아들을 둔 어미로서 의견을 말해 보기로 했다.

"당분간 혼사를 올리지 않겠다는 네 입장. 재고할 순 없는 것이냐?"

"왜 또 그러십니까."

"아까워서 그러는 것이다. 사실 나는 네 짝으로 보희를 눈여겨보고 있었다. 네가 질색하는 바람에 무마시키긴 했다만 이번에 이판 댁과 얘기를 조금 주고받기도 했었다. 저만큼 너와 어울리는 아이도 찾기 힘들 것이다."

서율은 말없이 미소만 지었다. 명백한 거절의 의미였다. 아들은 결코 마음을 바꾸지 않을 것이다. 누구보다 그것을 잘 알고 있으면서도 보희가 아깝고 안타까워 정경부인은 쉬이 미련을 버리지 못했다.

"정말 아니 되는 것이냐? 이 어미가 보희를 네 신붓감으로 꼽고 있었다는데도?"

"때가 되면 또 맞는 짝이 나타날 겁니다. 밤이 깊었습니다. 소자가 안채까지 모셔다 드릴 테니 이만 들어가십시오."

"되었다. 별채에 들를 것이니 들어가 쉬도록 하여라."

아들의 완강한 거절에 정경부인은 그 이상 토를 달지 않았다. 하고 싶은 말은 많으나 피곤에 절어 있는 아들을 붙잡고 잔소리를 길게 늘어놓는 것도 못할 짓이었다.

다르게 생각하면 두 아이가 애초에 연분이 아니었을 수도 있는 일. 밤늦게 퇴궐한 아들을 들볶느니 차라리 별당으로 가 보희의 마음을 위로하는 편이 나을 성싶었다.

혜빈의 유쾌한 웃음소리가 후원 곳곳으로 퍼졌다. 더불어 곁에 있던 안빈도 빙그레 웃었다. 오랜만에 왕과 함께 거닐고 있으니 안빈은 몸도 마음도 소녀 시절로 돌아간 기분이다. 처소 근처에 이르면 먼저 물러가야 한다는 게 너무나도 아쉬웠다.

얼마 전 이판의 여식 보희가 배알을 청했다. 좌상 댁과의 혼담이 틀어진 것을 알고 있어 위로라도 해줄 겸 기꺼이 수락했다. 지금쯤이면 그 아이가 입궐해 처소에서 기다리고 있을 시각이었다. 왕과의 시간을 이렇게 접어야 한다니 씁쓸히 아쉬움을 삼키는데 혜빈이 상기된 목소리로 뜻밖의 제안을 건넸다.

"마침 저 앞이 안빈의 처소가 아닙니까. 그 댁 사가에서 들여온 감잎차가 아주 훌륭하던데 이 기회에 전하께 한 잔 올리시지요."

"보잘것없으나 그리하시겠사옵니까?"

내심 제안이 달가웠던 안빈은 조심스레 임금께 의중부터 여쭈었다.

"괜찮소. 갑자기 들이닥치는 것도 예가 아닌 것을. 곧 경연에 들 시간이니 신경 쓰지 마시오."

"그러하시면 경연을 마치실 때쯤 전하와 대신들을 위해 차를 올리겠나이다."

"그리해 주시겠소? 고맙소, 안빈. 그대의 마음 씀씀이가 언제나 고맙구려."

왕은 한걸음 뒤에 있던 안빈을 돌아보며 고마움을 표했다. 그러곤 다시 고개를 앞으로 돌리는데, 순간 흠칫하여 더는 움직이지 못했다. 그 상태로 잠깐의 시간이 지나고, 이내 이성을 되찾은 왕은 눈가에 고통이 깃들며 재빨리 시선을 거두었다.

앞서 가던 상께서 돌연 이상 반응을 보이시자 혜빈과 안빈 역시 바로 뒤에 멈춰 서서 그의 시선을 따라갔다. 저만치, 진분홍 꽃송이가 풍성하게 피어 있는 배롱나무 아래에 누군가 있었다. 자세히 살피니 한 떨기 꽃처럼 청순한 자태의 보희가 시름에 잠긴 얼굴로 깊은 상념에 빠져 있다. 떨어지는 꽃비를 맞으며 서 있는 모습이 눈을 뗄 수 없을 만큼 아름다웠다.

싸늘해진 혜빈은 날카로운 눈매로 보희를 쏘아보았다. 안빈은 눈물을 글썽이며 아픔과 그리움이 묻어나는 성상의 용안을 훔쳐보았다. 다른 사람은 몰라도 안빈은 알고 있었다. 전하께서 보희를, 저 배롱나무를 일순 누구로, 무엇으로 착각하고 말았는지.

안빈이 왕을 처음 뵀던 건 소녀 시절, 어머니와 불공을 드리러 갔었던 어느 사찰의 뒷마당에서였다. 한 준수한 사내가 매화 꽃잎을 비단수건에 정성껏 주워 담는 모습이 하도 신기해 귀퉁이에 숨어서 몰래 지켜보았다. 얼마간 보고 있는데 사대부로 보이는 한 중년의 사내가 달려와 그의 앞에 공손히 두 손을 모았다.

'대군 자가, 여기 계셨습니까. 한참을 헤맸사옵니다.'

'미안하이. 이곳의 매화가 유난히 색이 좋아 그 사람이 좋아하지 않을까 싶어서 말이네.'

'부부인 마님께 가져다 드리고자 하시옵니까?'

'사저 후원의 매화는 아직 꽃망울을 틔우지 못하였거든.'

쑥스럽게 웃으며 사라지는 그의 뒷모습을 어린 안빈은 넋을 놓고 오래도록 훔쳐보았다. 안빈의 아비는 지극히 권위적인데다가 안사람과 여식들에게 함부로 손찌검을 해대는 사람이었다. 그렇기에 사내란 여인 위에 군림하는 무섭고도 가까이하기 싫은 족속들로만 알고 있었다.

그것이 저만의 착각이었다는 걸 안빈은 그날에서야 알게 되었다. 지어미를 저토록 아껴 주는 사내가 실재하고 있었다니. 대군의 다정다감함은 어린 소녀의 마음을 크게 흔들어 놓았다.

저런 분의 아내가 되고 싶다.

안빈은 그런 소망을 품으며 여인으로 성장했고, 대군은 임금이 되었다. 그리고 어느 날 생전 말조차 걸어 주지 않았던 아비가 처음으로 별채를 찾아 안빈의 심장에 새로운 빛을 안겨 주었다.

'궐로 들어가고 싶지 않으냐? 너를 왕의 여인으로 만들어 주마.'

간절히 원하면 그것은 기필코 이루어진다 하였던가. 그렇게 안빈은 가슴속에 몰래 담아 두었던 님의 내자가 될 수 있었다. 그의 연정을 받을 수 있을 줄로만 알았다.

소의가 되어 처소를 배정받고, 그분이 찾아와 주길 매순간 고대했다. 하루가 지나고, 두 달이 지나고, 2년이 흘렀다. 그리고 오래전 매화를 선사받았을 중전마마의 빈자리를 혜빈이 차지하고 있음을 처참히 받아들이게 되었다. 그래도 포기할 수 없었다. 혜빈에 비해 외모도, 가문도, 궐에 들어온 시기도 뒤처졌지만, 왕의 마음속에 그녀가 들어 있지 않음을 안빈은 정확히 간파했다.

전하께서 혜빈을 자주 찾는 이유는 김대원과의 정치적 관계 때문이었을 뿐 그 이상도 이하도 아니었다. 안빈은 왕과 정치적 관계로 엮이고 싶지 않았다. 한 사내의 진정한 아내로 그의 정신적 동반자이자 유일한 안식처가 되어 주고 싶었다. 그래서 인내했고 조용히 기다렸다.

1년의 세월이 더 흐르고 숨죽여 지내던 어느 날, 기적 같은 일이 일어났다. 비록 지독한 술 냄새를 풍기고 있었지만, 전하께서 처소로 납시어 주셨다. 궐 밖에서 보았던 따스한 기색은 사라지고 냉한 기운만 뻗치는 님일지라도 훨훨 날아갈 듯 온 세상을 얻은 기분이었다. 그날 밤 몸과 마음을, 그녀가 가진 모든 것을 기꺼운 마음으로 그에게 내어주었다.

'부인……'

깊이 잠든 그에게서 그토록 듣고 싶었던 호칭을 듣는 순간 안빈은 감격에 겨워 눈물을 글썽거렸다. 그를 위해서라면 목숨까지도 흔쾌히 내어줄 수 있을 것 같았다. 하지만 뒤이어 그의 입에서 흘러나온 또 다른 한마디는 감동의 눈물을 절망의 눈물로 바꾸어 놓았다.

'윤영 낭자……'

서가 윤영.

중전의 명자였다. 치열한 정쟁에 시달리다 이제 더는 아무도 믿지 않고 아무도 품지 않았을 것이다 여기고 있었는데……. 그 얼어붙은 가슴속에 궐 밖 사가로 쫓겨난 중전은 그때까지도 건재했다.

안빈은 당시 똑똑히 알게 되었다. 이번 생에서는 결코 그의 마음을 단 한 자락도 얻을 수 없으리라는 것을. 그리고 오늘 보희를 바라보는 성상의 고통스러운 눈빛에서 다시 한 번 확인할 수 있었다. 님께서는 가슴속 진짜 아내를 결단코 보낸 적이 없었다는 것을. 죽어서도 보내지 못하리라는 것을. 안빈의 눈에서 뜨거운 눈물이 솟구쳐 올랐다.

 정한군의 사저를 찾은 서율은 후원에서 하국을 감상했다. 어머니의 심부름을 왔다가 차 한 잔만 마시고 돌아가려고 했는데 정한군이 극구 붙잡았다. 작년에 청국에서 들여온 귀한 여름 국화가 꽃을 피웠으니 꼭 한 번 보여 주고 싶다는 이유에서였다. 꽃잎마다 가늘고 길게 뻗어 끝부분만 안쪽으로 동그랗게 말려 있는 국화는 말 그대로 진귀하고 멋스러웠다.
 하국을 실컷 감상한 서율은 고개를 들어 주변을 두리번거렸다. 어느 틈엔가 말도 없이 사라진 정한군은 돌아올 기미가 없었다. 혹시나 하여 사랑채로 통하는 길을 살펴보는데 정면에서 보드라운 바람이 두 뺨을 훑고 지났다.
 동시에 서율은 주춤하였다. 건듯건듯 불어오는 온풍을 타고 어디선가 은은한 매화향이 날아와 코끝을 간질였다. 후각이 먼저 알아챈 이 향은 오래전 해진 옷을 입고 있던 어린 공주에게서 맡았던 그것과 비슷했다.
 저도 모르게 공주를 떠올린 서율은 빠르게 머릿속을 비웠다.

한여름에 매화향이 난다는 것도 우습거니와, 몇 년 전 맡았던 형체 없는 향을 정확하게 그것이다 단정 짓는 것 또한 어리석은 일이었다.

향을 느꼈다면 아마도 그건 안채에 모여 있는 여인들의 향낭에서 날아오는 것일 터였다. 현재 군부인께선 다례모임을 주최하고 계셨다. 갖가지 향낭을 찬 도성 안 명문가의 새댁이나 규수가 이 집에 모여 있으니 좋은 향이 바람에 실려 오는 것은 당연했다.

서율은 쓸데없는 잡념을 떨치고 사랑채를 향해 움직였다. 정한군을 직접 찾아보려는 의도인데 제법 높고 풍성한 관목식물을 지나다 제자리에 우뚝 멈췄다.

푸른 치마 붉은 소매로 아리따움 견주는데,
한 떨기 짙은 꽃이 이슬 젖어 선명하네.
풍류 독차지해 여름꽃들 압도하고,
얼굴빛은 봄꽃들도 견주지 못하리.

백일홍을 수줍은 여인에 비유한 탁영 선생의 칠언 율시. 그 앞부분이 허공을 흐르듯 부유하다 그의 귀까지 녹녹하게 밀려들었다. 더욱이 그를 놀라게 하는 건 잔잔히 파생되는 울림이 귀에 익은 공주의 음성이라는 사실이었다.

서율은 관목식물 밖으로 몸을 반쯤 내밀고 재빨리 전방을 주시했다. 화려하게 만개한 백일홍 앞에 한 여인이 다소곳이 서 있었다. 진달래빛 고운 치마에 화문花紋이 수놓인 노란 저고리가 색색의 꽃들과 절묘하게 어우러진 모습이었다.

언뜻 보기에도 여인은 화경궁의 그분이 틀림없었다. 설마하니 공주께서 진짜로 이곳에 계시리라곤 예상치 못하였기에 서율의 눈가엔 놀라움이 번졌다.

모임에 나오신 건가?

아니다. 저분은 사대부가의 여인들과 절대로 어울리지 않으신다.

서율은 의아해하면서도 공주를 응시했다. 율시의 마지막 구가 끝난 지 오래였지만 공주는 움직이지 않았다. 그녀가 홀린 듯 바라보고 있는 건 붉은 꽃잎이 층층이 겹쳐진 소담스러운 백일홍. 반듯하게 서서 꽃을 내려다보는 공주는 더없이 고고하고 청초해 보였다. 그야말로 언 땅 위에 홀로 서서 꽃망울을 터트린 한 그루의 매화와 같았다.

모르는 사람이 봤다면 저기 계시는 저분이 세간의 입방아에 오르내리는 그 불같은 성미의 공주라고는 생각지 못할 것이다. 그도 그럴 것이 현재 저자에 떠도는 이상한 소문은 대부분 공주께서 어렸을 때 생성되었다. 지나치게 과장된 부분이 있지만 곰곰이 되짚어 보면 어린 공주는 당돌하다 못해 때론 고압적이기도 하였다.

하지만 그것은 누구도 함부로 비난할 수 없는 부분이었다. 권력다툼의 소용돌이 속에 태어나 홀로 남겨진 아이는 그렇게나마 자기 자신을 보호해야 했을 테니까. 대궐이란 비정한 세계에서 상처받지 않고 살아남기 위한 그분만의 치열한 생존 방법이었을 테니까.

그 고된 세월을 딛고 저리 잘 성장한 공주가 오늘따라 유난히 특별하게 느껴졌다. 공주는 확실히 성숙해진 모습이었다. 충분히 화낼 만한 상황에서도 이제는 한 번 더 참고 생각하는 어엿한 왕실의 여인이 되었다.

"여인이라……."

문득 떠오른 단어가 낯설어 서율은 새삼스러운 눈길로 공주의 옆모습을 바라보았다. 선이 고운 얼굴과 가냘프게 떨어지는 어깨, 달콤한 향이 배어날 것 같은 촉촉한 피부가 시야를 메웠다.

서율은 무의식중에 물끄러미 공주를 주시했다. 속수무책 빨려들어 쉽사리 눈을 떼지 못하다 돌연 보령에서의 기억까지 언뜻언뜻 떠오르자 황망히 정신을 차리고 고개를 돌렸다.

여자아이가 자라면 여인이 되는 것은 당연지사, 뭐 때문에 마음이 어수선해졌는지 모를 일이었다. 서율은 민망함에 귓불이 후끈거렸다. 속히 자리를 뜨고자 하는데, 또렷한 음성이 날아와 그의 거동을 가로막았다.

"그냥 가시는 겁니까?"

덫에 걸린 듯 발목을 잡힌 서율이 뒤를 돌아보았다. 자신을 똑바로 직시하는, 냉기 어린 눈동자와 정면으로 맞부딪쳤다.

화급을 요하는 정한군의 서찰을 받은 건 오시가 지날 무렵이었다. 급히 와 주셔야 한다는 짤막한 한마디가 심상치 않아 은명은 다급히 군저로 걸음했다. 어디 뱃놀이를 갔다가 사고라도 당하셨나, 심히 걱정스러웠는데 뜻밖에 안내된 곳은 꽃이 만발한 후원이었다. 황당함이 앞섰으나 까닭이 있겠거니, 영문도 모르고 기다린 지 한 식경이 넘었다.

무더위 속에 내내 서 있다 슬슬 열이 받은 은명은 신경질적으로 주위를 둘러보았다. 그리고 첫눈에 들어온 게 매정히 돌아서는 김서율이었다. 얼핏 착각인가 싶었는데 쌀쌀맞은 뒷모습이 늘 보아 오던 그 사내와 영락없이 일치했다.

놀람과 동시에 약간의 노여움이 솟았다. 어쩜 저렇게 번번이 사람을 외면하나 반항심이 일었다. 발끈한 은명은 어른답게 선을 지키자, 매 강론 때마다 다짐했던 결심도 잊고 한마디를 톡 쏘아붙였다. 마지못해 돌아본 그가 예를 올리든 말든, 가까이 다가가 불편한 심기를 드러냈다.

"스승님께선 저만 보면 돌아서느라 바쁘십니다."

태도와 말투는 깍듯하게 유지하되 목소리엔 서늘함을 실었다.

"그래도 명색이 공주고 제자인데, 어찌 아는 척 한 번 안 하시고 돌아설 수 있단 말입니까?"

"억측이시옵니다."

"억측이라고요?"

"조용한 시간을 보내시는 데 방해하고 싶지 않았을 뿐이옵니다."

"거짓말이 나날이 늘고 계십니다."

"명색이 나라의 관리요, 자가의 스승이옵니다. 억측을 삼가고 존중하여 주십시오."

 나쁘게 말하자면 사람을 보고도 슬며시 돌아서다 눈앞에서 걸린 것이었다. 그런데도 서율은 당황하는 기색 없이 당당했다. 괜한 트집을 잡았나, 흔들리긴 했지만 그렇다고 순순히 믿기엔 과거 외면당해 온 시간이 길고도 길었다. 은명은 약해지는 마음을 다잡고 반격했다.

 "있는 그대로의 사실을 말하는 게 스승님을 존중하지 않는 것이었습니까?"

 "겉으로 보고 느끼는 게 전부는 아닙니다. 외양이 아닌 그 이면을 들여다보십시오."

 "예, 이 사람이 솔직하고 직설적이라 송구합니다. 앞으로는……!"

 "여기 계셨습니까!"

 서율의 태연함에 은명이 파르르하는데 다급히 끼어드는 목소리가 있었다. 휙 돌아보니 이각이 넘도록 사람을 땡볕에 세워 놨던 정한군이 허허거리며 두 사람 사이에 다가와 섰다. 안 그래도 신경이 곤두섰던 은명은 짜증이 일었다. 쓴소리를 해주려 입을 여는데 간발의 차이로 서율에게 밀리고 말았다.

 "대체 어디를 가셨던 겁니까?"

 "하국 구경은 잘하였는가? 갑자기 공주께서 오신다는 기별을 받고 내 잠깐 분주하였네."

 서율을 먼저 상대한 정한군은 다음으로 은명을 알은체했다.

 "여기 계셨습니까! 바람이 쐬고 싶으셨으면 미리 귀띔이라도 주셨어야지요. 후원에 계신지도 모르고 내처 엉뚱한 곳만 찾아 다녔습니다."

서찰까지 보내 사람을 다급히 불러 놓고 이제 와서 무슨 말을 하시는지. 은명이 두 눈을 부릅뜨자 정한군은 자연스럽게 시선을 피해 다시 서율을 보았다.

"그나저나 지평, 자네 다른 볼일도 있다고 하지 않았는가? 내가 바쁜 사람을 너무 오래 붙잡아 두었으이. 미안하네, 얼른 가서 일 보시게."

말만 미안하고 거의 쫓아내는 듯한 분위기에 서율의 눈가에 혼란이 스쳤다. 그는 무언가 부자연스럽다그 느꼈는지 정한군을 유심히 응시하다가 은명과 눈이 마주치자 약간의 주저함을 일시에 내던졌다. 무슨 일이 벌어지고 있는지 모르겠지만 지금은 이대로 조용히 사라지고 싶다는 의지를 담아 공손히 말했다.

"두 분께서 긴히 나눌 말씀이 있는 듯하니 저는 이만 물러가겠습니다."

"기다리십시오. 아직 할 이야기가……."

"그러시게, 지평."

갑작스러운 서율의 도주 시도에 은명이 이의를 제기하고 나섰으나 역부족이었다.

"내 멀리 나가지 않겠네. 어서 가시게."

정한군이 합세해 보호막이 되어 주자 서율은 재깍 예를 올리고 순식간에 시야에서 벗어났다. 그에게 할 말을 속 시원히 다 하지 못한 은명은 성난 눈빛을 이복오라버니께로 돌렸다.

"지금 뭐 하시는 겁니까?"

"어서 안으로 드시지요."

"위급하다는 서찰의 내용은 거짓이었겠지요. 대체 이 무슨 고약한 장난이란 말입니까?"

"전부 들어가서 해명하겠습니다."

은명이 내보인 싸늘한 반응에 정한군은 안절부절못했다. 우습게도 그것은 공주인 제가 성을 내기 때문은 절대로 아니었다. 이보다 더한 상황에서도 언제나 하고 싶은 말을 전부 쏟아내는 그가 아니었던가.

정한군은 자꾸 다른 쪽을 힐끔거리며 어떻게든 은명의 입을 막으려고 애썼다. 그쪽은 서율이 사라진 방향도 아니었기에 은명은 의아할 수밖에 없었다. 그냥 넘어가기엔 아무래도 수상쩍어 빠르게 그쪽을 돌아보았다.

안채로 통하는 출입문이 활짝 열려 있는 그곳엔 적막한 바람만 감돌고 있었다. 느낌상 누가 있었던 것 같기도 하고, 아닌 것도 같기도 하고. 은명의 고개가 살짝 기울어지는데 뒤에서 정한군이 작은 숨을 내쉬었다.

가벼이 흩어지는 숨소리에 안도의 기운이 느껴진 건 혼자만의 착각일까.

의심이 짙게 밴 눈으로 불시에 시선을 돌리니 정한군은 여유를 되찾은 얼굴로 살랑살랑 접선을 흔들었다.

잠시 후, 별채에 든 은명은 상석을 차지하고 앉아 이복오라버니를 근엄하게 주시했다. 경직된 분위기에 아랑곳없이 정한군은 일전에 화경궁에서 가져온 매화차를 기분 좋게 음미했다.

"해명해 보십시오. 거짓 서찰을 보낸 이유가 그럴듯하셔야 할 겁니다."

"매화차는 피부를 맑게 할 뿐 아니라 심신안정에도 탁월한 효과가 있다지요. 공주 자가께 꼭 필요한 차가 아닐 수 없습니다."

"대답 안 하십니까?"

"뭘 그리 성을 내십니까. 지금 화내야 할 사람은 공주 자가가 아니라 이 오라비입니다."

차를 홀짝이며 느물거리던 정한군은 찻잔을 내려놓고 본격적으로 방어에 들어갔다.

"아까 그 자리가 어떤 자리인 줄 아십니까? 좌상 댁 정경부인께서 이판 댁 여식과 지평을 위해 마련한 자리였습니다. 그런 자리에 제가 공주 자가를 슬쩍 밀어 넣었던 것이지요. 천금의 기회를 얻었으면 분위기를 화기애애하게 이끌지는 못할망정 어찌 그리 사람을 다그쳤습니까. 정녕 김 지평을 의빈으로 만들고자 하는 마음은 있으신 겁니까?"

찬바람을 쌩쌩 날리던 은명은 정한군의 물음에 한쪽 눈썹이 산처럼 뾰족 올라갔다.

"그게 무슨 말씀입니까?"

"자가께서는 김 지평이 탐이 난다 하셨습니다."

"그건 농이었습니다."

은명의 부정에 정한군은 흥, 콧방귀를 뀌었다.

"예, 성질대로 내지르긴 하였는데 스스로 생각해도 너무했다 싶으셨겠지요. 농이라는 말로 은근슬쩍 무르신다 하여 이 사람이 호락호락 넘어갈 거라고 기대하지 마십시오."

그랬다. 저 여우 같은 정한군이 그 말을 곧이곧대로 믿었을 리 없었다. 당시 별말 없이 지나간 게 찜찜하다 싶었는데 뒤에서 이런 식의 엉큼한 작당을 벌일 줄이야.

은명은 감정에 휩쓸려 그런 말을 내뱉은 게 후회되었다. 속이 뜨끔해 눈동자가 흔들리면서도 일단 발뺌부터 하고 봤다.

"상상이 지나치십니다."

"이거 왜 이러십니까."

정한군은 은명의 주장을 귓등으로도 듣지 않았다. 오히려 재미있는 놀이에 동참하고픈 아이처럼 집요하게 물고 늘어졌다.

"부용정에서 찬바람을 일으키던 공주 자가의 모습은 참으로 뜻밖이었습니다. 아무리 좌상의 자제라고 하나 얼굴도 모르는 사내에게 그러한 감정을 품을 수는 없는 일이지요. 농이었다고 딱 잡아떼는 자가께 꼬치꼬치 캐물을 수도 없고, 제가 혼자서 얼마나 답답했는지 아십니까! ······한데 가만 되새겨 보니 여섯 해 전 자가께서 피접을 나가셨던 장소가 지평이 현감으로 나가 있던 그곳과 일치하더란 말입니다. 두 사람의 관계가 단순한 사제 간은 아니라는 것이지요."

조목조목 짚어내는 정한군의 반론에 은명은 입을 열지 못했다. 여기서 아니라고 계속 시치미를 뗀다면 꼴만 우스워질 따름이었다. 그렇다고 티 나게 민망해하거나 기가 죽을 필요도 없었다. 은명은 긍정도 부정도 하지 않고 새침하게 침묵을 지키다 내친김에 그간 궁금했던 점이나 물어보았다.

"그래서, 스승님과 이판 댁 여식의 혼담은 잘 진행되고 있답니까?"

"아직 이렇다 할 소식은 들려오지 않고 있습니다. 그러니 이참에 기회라도 잡고 싶으시다면 자가께서도 혼신의 힘을 다하셔야 할 겁니다. 상대는 도성 최고의 신붓감이라 일컫는 윤 규수가 아닙니까."

"다른 이와 경쟁할 생각은 없습니다."

"진심을 다하시란 뜻이었습니다."

"저는 늘 진지했습니다."

"바로 그 지나친 진지함이 문제인 겁니다!"

은명의 확고한 대답에 정한군은 매우 답답해하며 소리쳤다. 차 한 잔을 한 번에 쭉 들이켜 목을 축이더니 열변을 토하듯 은명의 문제점을 지적했다.

"자가께서 어쩌고 계시나 궁금한 마음에 얼마 전, 강론하는 시각에 맞춰 들여다본 적이 있습니다. 이건 뭐, 지평을 가까이하고 싶으신 것인지, 떼어내고 싶으신 것인지……. 예의는 갖추고 계시나 필요 이상으로 날을 세우고 있더군요. 그렇게 사람을 숨 막히게 하는데 어느 사내가 마음을 내어준단 말입니까. 지금과 같은 상황이라면 지평의 마음을 얻는 건 영 글렀습니다."

정한군의 솔직하고도 신랄한 평가에 은경은 반박하지 못했다. 그동안 예로써 김서율을 대하면서도 알게 모르게 신경을 곤두세운 건 사실이었다. 나름대로 숨긴다고 숨겼건만 정한군이 저리 야단인 걸 보니 어지간히 티가 났던 모양이었다.

은명은 부끄러워 얼굴이 화끈거리면서도 문득 언짢은 기분이 들었다. 그간 서율을 의식하고 있었다는 게 새삼 마음에 들지 않았다. 본래의 마음가짐대로라면 그는 스승이라는 존재, 그 이상도 이하도 아니어야 하는데. 어찌하여 지금껏 당연한 듯 신경을 곤두세운 것일까.

"하나 가능성이 아예 없는 것은 아니지요. 원하신다면 이 오라비가 자가를 위해 다른 방법을 강구해 드릴 수도 있습니다."

그 와중에 정한군은 타박과 흥미를 적절히 조절하며 대화를 계속했다. 어떻게든 일을 만들어 중간에 끼어 보려는 심산이겠으나, 그동안 자신이 지나치게 예민하게 굴었음을 깨달은 은명은 호응하지 않았다.

"차가 식겠습니다."

그와 관련한 대화는 이만 끝내고 싶다, 노골적으로 속내를 드러내며 찻잔으로 손을 가져갔다. 정한군은 얼핏 아쉬워하면서도 토를 달지 않았다.

방 안엔 순식간에 적막이 깔렸다. 대화의 감흥이 깨지고 속이 착잡했다. 뜻하지 않게 인지한 김서율을 향한 과잉된 감정이 은명을 불편하게 괴롭혔다.

한편, 군저의 안채에서도 가장 구석진 귀퉁이, 인적 없는 그곳에 한 여인의 신음 같은 숨소리가 가느다랗게 퍼졌다. 깊은 충격에 빠져 망연자실 은행나무 기둥에 몸을 기댄 규수는 이판의 고명딸 보희였다.

아무리 심호흡을 해 봐도 하얗게 질린 안색은 좀처럼 본래의 낯빛을 되찾지 못했다. 평정을 찾고자 몇 번이나 고개를 저어 봤지만, 머릿속에 상처처럼 새겨진 그의 표정이, 그의 눈빛이 떠나가질 않았다.

왜 그런 표정을 짓고 계셨을까. 왜 공주 자가를 그런 눈으로 바라보셨을까.

김서율을 붙잡고 차마 던지지 못한 말들이 속에서 들끓어 너울처럼 요동쳤다. 보희는 숨이 가쁘고 눈앞이 어질어질하였다.

그날 밤, 서율에게 아무 말도 못 하고 돌아서긴 했으나 도저히 그를 포기할 수 없었다. 그가 아닌 다른 이와의 혼인은 고려조차 하기 싫었다. 나름대로 돌파구를 찾은 게 안빈이었다. 안빈을 통해 서율과의 혼인을 혜빈께 부탁드리려고 했는데 별다른 성과를 얻지 못했다.

안빈께선 물끄러미 바라보기만 하시고 뚜렷한 반응을 내보이지 않으셨다. 어떡해야 하나, 홀로 끙끙대고 있을 때 정경부인께서 기회를 만들어 주셨다. 이번 군부인이 주최하는 모임 날, 서율을 정한군의 사저로 보내 줄 테니 후원에서 둘만의 시간을 가져 보라는 것이었다.

사랑채에서 기별을 주기로 했는데 아무리 기다려도 깜깜무소식이었다. 혹시나 하는 마음에 나가 보았더니 그는 벌써 후원에 있었다. 반가운 마음에 곧장 달려갔지만, 미처 의식하지 못하는 사이 두 다리는 땅 위에 그대로 굳어졌다.

언제나 반듯하기만 했던 서율이 예법도 잊고 한 여인을, 그것도 공주를 바라보고 있었다. 어쩐지 애틋하면서도 그것을 부정하고 싶은 모순적인 감정을 또렷이 드러낸 채였다.

그럴 리 없다고, 내가 잘못 본 거라고 고개를 내저으면서도 보희는 초조한 마음을 다잡지 못했다. 특히 궐에서 보았던 맑고 총기 가득한 공주의 옥안이 떠오르자 견딜 수가 없었다.

눈이 마주쳤던 그분이 공주였다는 사실을 나중에야 전해 듣고 적잖이 놀랐다. 소문과는 확연히 다른 모습이 머릿속에 깊은 인상을 남겼었다.

그런 분을 자꾸 가까이서 뵌다면 어느 사내라고 마음이 동요하지 않을까.

차라리 공주가 소문처럼 성정이 포악하고 사나운 분이셨으면…….

고민이 깊어질수록 정체를 알 수 없는 불안감이 스멀스멀 기어올라 보희의 몸과 마음을 송두리째 흔들었다. 공주라는 존재가 일순간 보희에게 크나큰 부담으로 부상했다.

"금강석이라……. 이 귀한 물건을 어찌 구했을꼬."
"받아 주십시오. 자그마한 성의입니다."
허허거리는 짤막한 웃음이 지나고 침묵이 이어졌다. 아마도 감상 중일 것이다.

의천상단 한양지점의 도방 양병수는 오늘도 촘촘히 짜인 발을 통해 언뜻 비추는 형상을 조금 더 자세히 보고자 은밀히 기를 썼다.

일명 벌리 어르신. 10여 년을 모셨지만, 그 속을 짐작하기는커녕 얼굴조차 마주한 적이 없었다. 지금 있는 이곳이 어디인지도 모른다. 눈을 가린 채 저들이 실어다 주는 대로 왔다 갔다 하는 게 전부였다. 그저 이 댁이 벌리 어디쯤 위치해 있다는 사실만 어렴풋이 짐작했다.

어르신과 처음으로 연을 맺은 건 지금으로부터 약 10여 년 전. 자형이었던 상단 대방의 명으로 한양에 막 분점을 내고 어찌 키워야 하나 고심을 거듭하고 있을 때였다.

당시 어떻게 알았는지 이 댁의 가신이라는 자가 찾아와 함께 하자며 유혹적인 제안을 건넸다. 첫 만남에 권력의 냄새를 맡은 그는 일말의 망설임도 없이 저들이 내민 손을 덥석 잡았다. 성공만 할 수 있다면 무슨 짓이든 할 작정이었다.

그의 예감은 적중했다. 벌리 어르신을 등에 업자 상단은 도성에 급속도로 뿌리를 내렸다. 분점의 규모는 날로 번창했고 상단 내 그의 위상이 덩달아 높아졌다. 그의 밑으로 사람들이 바글바글 몰려들어 후사가 없었던 자형의 후계 자리를 넘보기에 탄탄한 입지가 조성되었다.

자신감은 쑥쑥 커졌고 양병수는 자신이 차기 대방이 되리라고 확신했다. 어느 날, 자형이 어디선가 사내아이를 주워다 양

자로 들이기 전까지는 말이다. 자형은 그 아이를 상단의 후계자로 지목했고, 작년에 그는 솜털 보송보송한 애송이가 대방자리를 이어받는 걸 씁쓸히 지켜봐야 했다.

몇 달 전, 그 어린놈이 기별도 없이 물건을 직접 들고 나타나 꽤 당황스러웠다. 아직까지 도성에 붙어 있는 그놈이 꼴도 보기 싫었으나 이 기회에 그를 없애고 상단을 합법적으로 장악하는 것도 괜찮은 생각이었다. 물론 어르신께 도움을 받는다면 일 처리는 훨씬 수월할 것이다.

양병수는 속으로 한참 손익계산을 하고 있는데 구경을 마쳤는지 건너편에서 탁한 목소리가 발을 넘어왔다.

"이걸 보면 좋아하시겠군. 그래, 요즘 청월관에 사람들의 발길이 끊이질 않는다고?"

"지나치게 노출된 것 같아 걱정입니다. 아무 객이나 받지 않는 게 어떨까 싶기도 합니다."

"그냥 하던 대로 놔두시게. 어차피 재력이 든든한 자들만 감당할 수 있는 곳이 아닌가. 감추고 은밀해질수록 의심은 더욱 커지는 법, 그저 조금 특별하고 고급스러운 곳으로만 인식하게 만드시게. 그 어떠한 의심도 키워서는 아니 될 것이야."

"예. 명심하겠습니다, 어르신."

금강석도 바쳤겠다, 이제 목숨 하나를 부탁드릴 차례였다.

노을이 짙게 물든 어슬녘, 은명이 화경궁으로 돌아와 보니 뜻밖의 손님이 기다리고 있었다. 어머니의 지밀이자 늘 소식이 궁금했던 김 상궁. 어린 시절, 엄청난 비밀을 공유하고 외숙 일가의 소식을 끝까지 수소문해 알려준 고마운 사람이기도 했다.

내실에 들어서자마자 상궁을 알아본 은명은 반가움에 목이 메어 그녀의 주름진 두 손을 맞잡았다. 어머니의 그림자 같았던 사람을 이렇게 다시 마주하니 오랫동안 헤어졌던 피붙이와 재회한 듯 감격스러웠다.

"이게 얼마 만인가! 무심한 사람 같으니, 왜 그동안 소식 한 번 전하지 않았던 게야. 아직도 사찰에서 지내고 있는가?"

"예, 자가. 부디 좌정하시옵소서."

보료에 앉은 은명은 어느덧 머리에 새하얀 서리가 내려앉은 백발의 김 상궁을 애잔한 눈길로 바라보았다. 예를 올리는 자세는 일호의 흔들림이 없으나 겉으로 드러난 병색은 한눈에도 완연했다. 오래된 질환이 노상궁의 생명을 야금야금 좀먹고 있는 게 확실했다.

자네도 얼마 남지 않은 게로군…….

치미는 눈물을 간신히 삼켜낸 은명은 김 상궁이 자리에 앉자 그동안 품고 있던 생각을 넌지시 내비쳤다.

"화경궁에 돌아오니 다시 예전으로 돌아간 기분이네. 어머니는 아니 계시지만 자네만이라도 돌아와 준다면 든든할 것 같아. 어떤가, 예서 나와 함께 지내지 않겠는가?"

"말씀만으로도 감읍하옵니다. 하오나 소인은 하룻밤만 머물고 다시 본래의 자리로 돌아갈 수 있도록 허하여 주옵소서. 불초한 이 늙은이, 효경왕후마마의 극락왕생을 빌며 불사에서 조용히 여생을 마치겠나이다."

김 상궁은 조용조용 제 할 말을 끝내더니 살짝 몸을 틀었다. 한쪽에는 그녀가 가져온 것으로 보이는 묵직한 짐이 있었다. 보자기에 싸인 그것을 김 상궁은 얌전히 은명의 앞으로 내어주었다.

"무엇인가?"

"승하하신 중전마마께서 공주 자가 앞으로 남기신 것이옵니다."

"어머니께서?"

깜짝 놀란 은명은 떨리는 손으로 모란꽃이 수놓인 금빛의 비단보자기를 풀어 보았다. 매듭이 풀리자 안에 있던 묵직한 내용물이 그 모습을 드러냈다. 검은 바탕에 은빛의 매화가 우아하게 떠 있는 아름다운 화각함이었다.

"이것은……."

"기억하시옵니까, 중전마마께옵서 가장 아끼시던 함이옵니다. 자가께서 길례를 올리시면 전해 드리라고 하셨는데 소인에게 주어진 시간이 얼마 남지 않아 이리 일찍 찾아뵙게 되었사옵니다."

"어머니께서 아끼시던 그 은가락지도 이 안에 있는가?"

"그 옆에 있는 주머니에 함의 열쇠가 들어 있사옵니다. 한 번도 열어 보지 않아 그 안에 무엇이 있는지 소인은 모르겠나이다."

"고맙네, 김 상궁. 정말 고마워!"

은명은 기쁨과 안쓰러움을 담아 김 상궁을 보았다. 이미 쇠할 대로 쇠한 노상궁은 모시던 분의 마지막 명을 받들고자 남아 있는 기운을 끌어모아 이곳까지 찾아왔다. 어쩌면 이번이 김 상궁과 얼굴을 맞대는 마지막이 될 것임을 은명은 어렴풋이 짐작했다.

이루 말할 수 없는 먹먹함에 눈가가 점점 붉어졌다. 은명은 연로한 상궁을 가만히 바라보다 예전처럼 그 푸근한 품으로 파고들었다. 외로웠던 어머니와 어린 공주의 곁을 한결같이 든든하게 지켜준 사람. 김 상궁을 보내는 건 은명으로선 또 다른 가족을 잃는 것이나 마찬가지였다. 은명은 노상궁의 가슴에 얼굴을 깊이 파묻었다.

"김 상궁."

"예, 자가."

"조금만 더. 조금만 더, 오래 살아 주게."

어느새 눈가가 촉촉해진 노상궁도 주름진 손으로 귀한 상전이자 손녀딸이나 다름없는 은명의 등을 살살 문질러 주었다. 서로에게서 전해지는 온기가 따스하고도 편안한 저녁이었다.

사위가 어둠에 휩싸여 모두가 잠든 깊은 밤. 자리옷을 입고 침수 준비를 끝낸 은명은 두근대는 마음으로 오래도록 잠겨 있던 작은 자물쇠를 풀었다.

어머니가 여식에게 남긴 개인적인 유품이라 손자국이라도

날까 봐 신경이 쓰였다. 조심조심 화각함의 뚜껑을 열자 그 옛날 어머니의 손가락에서, 쪽 찐 머리에서, 가슴팍에서 반짝이던 각양각색의 장신구가 그 위용을 드러냈다. 진주와 홍보석, 청보석, 금강석, 호박, 산호, 취옥 등등. 각각의 고유한 빛깔을 한껏 뿜으며 가지런히 배열된 보석은 찬란하기까지 했다.

그런데 딱 하나, 어머니께서 외조모로부터 물려받으셨다는 은가락지만은 보이지 않았다.

혹, 그대로 끼고 가신 것일까?

워낙 아끼시던 것이니 그럴 수도 있었다. 은명은 은가락지에 대한 미련을 지우고 어머니께서 남기신 것들을 하나하나 직접 착용해 보기 시작했다. 예전에는 헐거웠던 가락지가 이제는 손수 재어 맞춘 듯 손가락에 꼭 맞았다.

신기한 마음에 보석함을 칸칸이 죄다 꺼내 놓고 한참을 이것저것 끼워 보는데 이상한 점이 눈에 띄었다. 수평을 이루어야 할 마지막 칸의 안쪽 받침이 미묘하게 기울어져 있었다. 최고의 장인이 만든 함에 결함이 있을 리 없다. 자세히 살피니 고정되었다 여겼던 마지막 칸의 받침도 뺄 수 있도록 만들어져 있었다.

제대로 끼워 맞추기 위해 은명은 손을 뻗었다. 받침대를 당기는데 무척이나 빡빡해 좀처럼 빠지지가 않았다. 손가락에 힘을 주고 얼마나 낑낑거렸을까, 갑자기 탁 소리와 함께 받침대가 빠져나왔다. 이어서 그 안을 들여다본 은명은 놀라움에 눈이 동그래졌다.

맨 아래에 서찰이 하나 들어 있었다. 그 끄트머리가 받침대 사이에 끼어 그토록 빡빡했던 것이고.

저 안에 웬 서찰일까.

매화 꽃물을 먹인 것으로 보아 어머니가 누군가에게 보내려던 것임이 틀림없었다. 오라버니께 보낼 안부 서찰을 이곳에 넣어 놨을 수도 있기에 은명은 재빨리 꺼내서 읽어 보았다.

기억하십니까.

단조로운 일상 속 갑갑해하던 저에게 담 너머 세상, 신기한 이야기를 처음으로 들려주셨습니다. 아름다운 팔도와 압록강 너머의 청나라, 머나먼 이양인들의 설화를 들으며 저는 무척이나 기쁘고 설레었습니다.

돌이켜 보면 그때가 마음 놓고 웃을 수 있는 마지막 시절이었습니다. 그때로 돌아가고 싶습니다. 그 시간이 사무치도록 그립기만 합니다.

지금의 저는 꿈도, 희망도, 향기도 없는 사람이 되었습니다. 숨이 막힙니다. 고통스럽습니다.

변명은 하지 않겠습니다. 용서도 구하지 못하겠습니다. 당신께 씻을 수 없는 아픔과 고통을 드린 저는 그럴 자격조차 없는 사람이겠지요. 하찮은 이 한목숨 내어놓는다 해도 용서받을 수 없다는 걸 알고 있습니다. 잘 알면서도 얽히고설킨 복잡한 고리를 끊어낼 방도가 전혀 없기에 이렇게밖에 사죄드릴 수 없음을 용서하여 주십시오.

당신께서는 쉽게 포기하는 사람을 가장 경멸하십니다. 마지막 순간까지도 저는 당신이 경멸하는 사람만큼은 되고 싶지 않아 고민에 고민을 거듭하였습니다. 그리고 답을 얻었습니다. 저는 이번 생이 아닌 다음 생에서 다시 한 번 꿈을 꾸도록 하겠습니다.

산들바람이 되어 백성들이 넘실대는 저잣거리를 빙빙 날아 보겠습니다. 바닷바람이 되어 머나먼 이국땅에도 훨훨 날아가 보겠습니다. 솔솔바람이 되어 당신의 땀과 당신의 눈물 또한 닦아 드리겠습니다. 바람이 불면 가슴 깊은 곳에 모아 두신 아픔을 툭툭 털어내어 주십시오. 당신의 상처와 고통을 전부 받아내는 바람이 되겠습니다.

부디 숨 막히는 어둠을 이겨내시고, 보잘것없는 소녀에게도 꿈을 주셨던 그때의 그 빛나던 모습으로 돌아가 주십시오.

당신에게서는 향기가 납니다. 당신만의 그윽한 향기가 피어오릅니다.

아십니까, 당신의 향기가 언제나 저를 아프게 하였습니다.

아니, 행복하게 해주었습니다.

서찰을 들고 있는 은명은 충격으로 두 손이 부들부들 떨렸다. 눈에서는 뜨거운 눈물이 끊임없이 흘렀다. 믿어지지 않으나 이는 분명 유서와 같았다. 어머니께서 승하하신 연유가 원인을 알 수 없는 병에 걸렸던 탓이 아닌 스스로 목숨을 끊었기 때문임을 고스란히 드러내는 내용이었다.

은명은 허깨비처럼 힘없이 고개를 저었다. 그럴 리가 없다.

어머니가 세상의 전부였던 일곱 살 어린 딸을 버려두고 매정하게 홀로 가버리실 분이 절대 아니었다. 궐에 다녀올 때까지 적적해도 참고 기다리겠노라 그리 답해 주시지 않았던가.

은명은 강하게 부정하면서도 배웅을 하시며 어머니가 보였던 서글픈 미소가 떠오르자 가슴이 덜컥 떨어졌다. 어머니께서는 입가에 잔잔한 미소를 띠면서도 눈가에는 깊은 고통을 간직하고 계셨다. 설마…….

"아니야. ……아니야!"

은명은 외마디 비명을 지르고 정신없이 밖으로 뛰쳐나갔다. 혜도 신지 못하고 김 상궁이 머무는 방을 향해 허겁지겁 두 다리를 움직였다. 깜깜한 밤, 그곳까지 무슨 정신으로 어떻게 달려갔는지 의식조차 없었다. 시꺼먼 어둠 속으로 무작정 뛰어들어 놀라서 상체를 일으킨 김 상궁을 붙잡고 작은 소리로 울부짖었다.

"사실대로 말해 줘야 할 것이다. 나는 진실을 알아야 한다!"

"자가, 그게 무슨 말씀이시옵니까? 어찌 이리 떨고 계시는지요?"

한밤중에 느닷없이 뛰어 들어온 공주가 온몸을 떨며 숨죽여 울었다. 잠이 홀딱 깬 김 상궁은 무슨 일인가 싶어 사지가 얼어붙고 가슴이 쿵쾅거렸다.

"어머니께서 어찌 돌아가셨느냐? 어머니의 마지막을 자세히 고해 보아라."

"중전마마께서는 침수에 드셨다가 아침에 깨어나지 못하

셨……."

"거짓말! 자네는 지금 내게 거짓을 고하고 있다!"

은명의 말에 이번에는 김 상궁이 전신을 사시나무처럼 바들바들 떨었다.

"자, 자가……."

"왜 거짓을 말하느냐. 무엇이 두려워 진실을 말하지 못하는 것이냐? 어머니께 대체 무슨 일이 있었던 것이냐?"

"아니옵니다, 자가. 중전마마께옵서는 침수에 드셨다 그대로 승하하셨나이다."

"함 속에 어머니의 서찰이 있었다. 이래도 계속 거짓을 말할 참이냐?"

"서, 서찰이 있었사옵니까?"

김 상궁은 혼이 나간 사람처럼 중얼대더니 곧 은명의 눈앞에 죄인처럼 바짝 엎드렸다. 숨죽여 오열을 토해냈다.

"공주 자가! 소인을…… 소인을 죽여주시옵소서!"

"사실대로 말해 보아라. 나는 알고 있어야 하지 않겠느냐. 한 몸처럼 지내던 어머니와 나였다. 서로에게 몸과 마음을 의지한, 세상에 둘도 없는 모녀지간이었단 말이다."

한참을 울던 김 상궁이 몸을 일으켰을 땐 얼굴이 온통 눈물로 뒤덮여 있었다. 사방에 어둠이 내려 깜깜한 방, 엄청난 진실을 간직해온 초로의 상궁이 달빛에 의지해 눈앞의 은명을 응시했다.

"자가께서 입궐하신 그다음 날 아침, 중전마마께옵서 소제를 하신다며 돌연 주변의 물건을 정리하셨사옵니다. 특이한 점은 없었으나 한밤중에 소인을 불러 화각함을 내어주셨을 땐 아무래도 이상하였나이다. 평소 알던 중전마마가 아니셨사옵니다. 하여 깊은 밤중에 몰래 들어가 살펴뵈었더니 평안하시더이다. 한데 새벽에 다시 들어가 뵈었더니…… 스스로 목을 매시어…….”

은명은 눈앞이 아득했다. 짐작이 사실이었음을 확인받자 명치끝이 타는 듯 통증이 몰아쳤다. 숨이 쉬어지지 않아 가슴을 움켜쥐고 고통을 토하듯 캐물었다.

"누가…… 누가 또 이 사실을 알고 있느냐? 전하께서도 아시느냐? ……오라버니는? 오라버니께서도 알고 계시느냐?”

"오직 전하와 어의 영감, 그리고 이 사람만이 알고 있는 사실이옵니다.”

"말해 보아라. 어머니께선 왜 그리 모질게 가셨단 말이냐?”

"소인이 그 깊은 심중을 어찌 다 헤아리겠사옵니까. 다만 사가의 일로 오랫동안 속병을 앓아 오셨으니 그 슬픔을 감당치 못한 것으로 추측할 뿐이옵니다. 마마의 괴로움을 잘 알고 있었으면서도 지켜드리지 못한 이 몹쓸 노인네를 절대로 용서하지 마시오소서…….”

김 상궁은 또다시 엎어져 오열했다. 은명은 그런 노상궁을 뒤로하고 넋이 빠진 얼굴로 방을 나왔다. 그대로 더 있다간 숨이 막혀 죽을 것 같았다. 땅바닥의 좁쌀만 한 돌이 맨발을 아프게 찔러대는데 은명은 아무것도 느끼지 못하고 터덜터덜 걸었다.

어머니가 나를 버리고 스스로 목숨을 끊으셨다니…….

새로이 알게 된 끔찍한 진실을 은명은 도저히 받아들일 수 없었다. 서찰도 그 내용으로 보았을 때 전하께 남긴 글은 절대 아니었다. 눈앞이 어질어질하고 속이 메슥거렸다. 그 옛날, 어머니가 하셨던 말씀이 하나둘 머릿속에 선연하게 떠올랐다.

'은명아, 궐에 다녀오지 않으련?'

'궐에 가면 어린 동생을 잘 돌봐 주어야 한다. 궐에서뿐 아니라 언제 어디서든 은명이를 잘 지켜주어야 하느니라.'

'그래, 아가야, 조심히 잘 다녀오너라.'

뜨거운 눈물이 쉴 새 없이 흘러내려 두 뺨을 적시고 발끝으로 뚝뚝 떨어졌다.

어머니는 목숨을 버리시려 어린 딸을 궁으로 들여보냈다. 오랜 시간이 흘러 이제야 그 내막을 알게 되었으니 자식으로서 할 수 있는 일이라곤 오직 후회와 자책뿐이었다.

그날 오라버니를 따라나서지만 않았어도…….

마당 한가운데 멈춰 선 은명은 모든 게 저의 잘못인 것 같아 굵은 눈물을 하염없이 흘렸다.

구름 한 점 없이 맑고 화창한 오후, 대문을 나선 서율이 화경궁으로 향했다. 공주가 병석에 누운 지 오늘로 벌써 이레가 넘었다. 궐에서 어의와 의녀가 줄줄이 나오고 세자도 그새 두 번이나 다녀갔다.

잠자코 물러나 사태를 지켜보던 서율은 공주의 병세가 악화되자 더는 방관하기 어려웠다. 이상하리만치 속이 어지러워 일에 집중할 수 없었다. 하루에도 몇 번씩 화경궁 쪽 소식에 귀를 기울였다.

버티다 못한 그는 적어도 강론이 이어지는 동안에는 사제 간의 도리를 다해야 한다는 적당한 이유를 명분 삼아 그분을 염려하는 자신의 마음을 합리화했다. 환후가 어느 정도인지 직접 확인하고 싶어 오늘 잠시 들러 공주의 문후를 여쭙겠다고 화경궁에 미리 기별도 넣었다.

그러고 나니 아침부터 일이 손에 잡히지 않았다. 오후엔 번거로운 일이 터져 퇴청까지 늦어졌다. 예상보다 지체된 서율은 집에 도착해 환복하자마자 다시 길을 나섰다. 늦어진 시간을 만회하고자 평소보다 걸음을 서두르는데 어디선가 불쑥 한 여인이 나타나 길 한복판에서 그의 앞을 가로막았다.

뜻밖의 사고에 움찔했던 서율은 앞에 선 여인이 장옷을 뒤집어쓴 보희임을 알아보고 깜짝 놀랐다.

"보희야!"

"무례를 용서하십시오. 꼭 드릴 말씀이 있어 결례를 범했습니다. 길게 붙잡지 않을 것이니 잠깐만 시간을 내어주십시오."

보희는 어쩐지 절박해 보였다. 그러나 화경궁은 아무 때나 마음대로 드나들 수 있는 곳이 아니었다. 무엇보다, 흔쾌히 부탁을 들어주기엔 지난 며칠, 공주의 병세로 그의 신경이 덩달아 예민해져 여유가 없었다.

"무슨 일인지 모르지만, 다음에 따로 시간을 내는 것이 좋겠구나. 지금은 급히 가봐야 할 곳이 있다."

"다녀오십시오. 소녀는 월류지에서 기다리고 있겠습니다."

월류지란 말에 서율의 안색이 급변했다. 그곳이 저에게 어떤 의미가 있는지 익히 알기라도 하는 듯 말끄러미 바라보는 보희가 낯설게 느껴졌다.

잠시 굳어 있던 서율은 불현듯 품었던 의심을 금세 지웠다. 만약 그렇다고 해도 타인의 특별한 추억을 함부로 이용할 아이가 아니었다.

"보희야, 내가 지금……."

"부탁입니다, 오라버니. 오늘이 아니면 안 됩니다."

서율은 좋게 타이르려고 했는데 보희는 들으려고 하지 않았다. 오히려 한층 간절하게 부탁했다.

보희가 저리 떼쓰는 게 처음이라 당황스럽기도 하고 한시가 급한 이때 실랑이를 벌이느라 거리에서 시간을 허비하는 것도 불필요하게 느껴졌다. 서율은 그가 할 수 있는 다른 최선을 제시했다.

"한 시진 정도 걸릴 것이다."

"천천히 볼일 다 보고 오십시오. 기다리고 있겠습니다."

간신히 얻은 확답에 보희는 수심을 지우고 활짝 웃었다. 서율은 고개를 살짝 끄덕이고는 바쁜 걸음을 옮겼다.

연분홍 치마와 새하얀 저고리가 포근한 바람에 살짝살짝 흔들렸다. 밖으로 나와 있던 은명은 안채의 화단 앞에 서서 무심히도 높고 푸르른 하늘을 올려다보았다. 바람으로 흩어져 창공을 훨훨 날고 계신 어머니가 그림처럼 머릿속에 상상되었다.

이미 말라버린 줄 알았던 눈물이 또다시 설움에 들끓어 두 눈에 차올랐다. 형체 없는 그것이 보고 싶어 기를 쓰고 허공 여기저기를 둘러보았다.

"왜 나와 계십니까?"

뒤에서 익숙한 목소리가 들려온 건 바로 그 즈음, 반쯤 넋을 놓고 돌아보니 그곳에 서율이 있었다. 평상시와 같이 조금의 흐트러짐도 허용치 않은 정갈한 모습이었다. 눈이 마주치자 그의 미간에 살짝 주름이 잡혔다. 곰곰이 이쪽을 바라보다 상황을 대충 짐작한 듯 질문했다.

"옥체가 편치 않으시옵니까, 심중을 해하는 무슨 일이 있었던 것이옵니까?"

하도 울어 눈자위가 짓무르고 얼굴도 엉망이 되었다. 보는 이로 하여금 충분히 그런 추측을 하게 할 만한 몰골이었다. 그렇다고 솔직하게 답할 수도 없어 은명은 떠오르는 대로 핑계를 댔다.

"몸이 아파 짜증을 부리던 참이었습니다. 마음대로 움직일 수 없으니 속에서 울화만 쌓이나 봅니다."

성의 없는 얄팍한 입놀림을 서율은 만만히 넘기지 않았다.

"과도한 축적은 반드시 심한 망실을 가져온다 하였습니다. 그것은 비단 사물에만 해당하는 말이 아닐 겁니다. 사람의 마음도 그렇습니다. 모든 것을 혼자서만 짊어지려 하다가는 그 화가 어떤 식으로든 반드시 자가께 해악을 끼치게 되겠지요."

그럴듯한 말이었으나 달리 돌려줄 대답은 없다. 은명은 그 이상의 구실을 찾는 것도 귀찮아 입을 다물고 고개를 가로저었다. 어렸을 때부터 답하기 곤란할 때마다 버릇처럼 해 온 행동이었다. 놀랍게도 서율은 그것을 찰떡같이 알아들었다. 무슨 일이 있었는지 자세히 캐묻는 것을 삼가고 곧장 다른 주제로 넘어갔다.

"조금 전 무엇을 찾고 계셨사옵니까?"

"그런 적 없습니다."

"허공을 둘러보며 무언가 애타게 찾고 계셨습니다."

바람 소리를 좇아 공허하게 고개를 돌리던 모습을 목격한 모양이었다.

은명은 별거 아니라고 말해 보지만 그가 뚫어지게 주시하며 무언의 압박을 가했다. 그러니까 별거 아닌 그거라도 말해 보라는 듯. 할 수 없이 은명은 있는 그대로의 사실을 말해 주었다.

"혹 바람을 볼 수 있을까 하여……."

"예?"

전후사정을 모르는 그에겐 허무맹랑하게 들릴 만한 소리였다. 그래도 어쩔 수 없었다. 내 어머니는 친정이 무너지고, 지아비를 다른 이에게 빼앗긴 중에도 마음속에 다른 정인을 품고 계셨던 것 같다고. 하지만 은애하는 정인도, 당신 자신도 모든 것을 잃고 스스로 목숨을 끊으셨다고. 그분이 바람이 되었을지도 모르겠다는, 그런 말을 할 순 없었으니까.

은명은 허우룩한 마음에 두 눈이 따끔거렸다. 혹시라도 눈가가 젖을까, 시선을 내리뜨는데 서율은 생각을 알 수 없는 얼굴로 침묵을 지켰다. 그러더니 잠시 후 그는 무슨 말인가 할 듯하다가 그대로 고개를 돌리고 차갑게 외면했다. 울려거든 혼자 알아서 울라는 듯 인정머리 없이 냉정히 통보했다.

"물러나 있겠습니다."

은명은 놀라서 고개를 번쩍 들었다. 차마 입 밖으로 내어 말하지는 못하나 그가 이대로 있어 주길 바랐다. 대놓고 애원하지 못하고 그를 보며 속만 끓이는데 은명의 눈가에 점차 의아함이 번졌다.

말은 고따위로 야멸치게 해 놓고 서율은 제자리서 꿈쩍도 안 했다. 어찌된 영문인지 아픈 저보다 갑절은 더 심란한 얼굴을 하고서 먼 곳만 응시했다.

이게 무슨 전개인가 싶어 두 눈에 고여 있던 눈물도 어느새 쏙 들어갔다. 김서율이 왜 저러나, 숨죽이며 지켜보는데 그가 체념과도 같은 한숨을 내쉬었다. 동시에 걸음을 떼더니, 물러나기는커녕 가까이 다가와 바로 옆에 나란히 섰다. 시선은 은명이 올려다보았던 허공 어딘가를 너머 창궁까지 닿아 있었다.

"바람은 보는 것이 아닙니다. 느끼는 것이지요."

얼떨떨하게 서율을 보고 있던 은명은 고개를 들어 그와 같은 방향을 바라보았다.

너무나 당연한 이치이거늘 새삼 처음 알게 된 양 바람을 맞앉다. 가만히 촉감을 곤두세우니 그의 말대로 바람은 온몸을 통해 느껴졌다. 정면에서 불어와 뺨을 타고 흩어져 귀밑머리 아래서, 옷고름 끄트머리쯤에서, 곱디고운 치맛자락 위에서 산들산들, 시원하고 부드럽게 유영했다.

괴이한 일이다. 조금 전까지 삭막한 이 세상, 덩그러니 홀로 남겨진 기분이었는데 그가 이렇게 와 주니 든든하고 안심이 되었다. 막혔던 속을 뻥 뚫어 주는 청량감이 그에게서 전해졌다.

믿을 수 있는 사람. 탁월한 안목과 식견으로 백성들의 곤궁함을 두루 헤아리는 사람. 그러면서도 정작 나에게는 상처와 혼란만 안기고 냉정히 떠나간 사람.

생각이 거기까지 미치자 은명은 순간적으로 멈칫하였다. 풀어졌던 마음이 얼어붙고 표정도 사라졌다. 잠깐이나마 김서율에게 의지하고 있었다는 게 믿어지지 않았다. 김대원의 아들에게, 장차 왕실에 위협이 될지도 모르는 자에게 함께 있어 주길 바라고, 위로받고 싶어 했다니. 당황한 은명은 제 행동을 부정하듯 그에게서 차갑게 등을 돌렸다.

"어디가 불편하시옵니까?"

걱정스러운 그의 물음에도 은명은 눈을 감고 마음부터 진정시켰다.

그에게 의지했던 것이 아니다. 어머니의 일로 마음이 약해져 누구든 곁에 있어 줄 사람이 필요했다. 은명은 조금 전의 일을 속으로 정당화하기 바쁜데 어디선가 엄격한 목소리가 날아왔다.

"뭐 하는 것이냐?"

익히 아는 음성이었다. 흠칫하여 소리가 난 쪽을 보니 어느 틈엔가 세자와 정한군이 와 있었다.

"네가 걱정되어 오신 스승님께 왜 등을 돌리고 있는 것이야?"

가까이 다가온 세자가 이상히 여기며 추궁했다. 그새 평온을 되찾은 은명은 자연스럽게 해명했다.

"어지럼증이 일어 정신을 수습하던 중이었습니다."

"그러게 몸도 성치 않은 분이 왜 벌써 일어나셨습니까. 얼른 들어가십시오."

중간에서 눈치를 살피던 정한군이 잽싸게 끼어들었다. 혀를 끌끌 차며 은명을 부축하더니 얼른 피하자는 듯 팔을 잡아끌었다. 은명은 말없이 저를 보고 있는 서율을 흘깃하고는 정한군이 이끄는 대로 따라갔다.

세자는 뒤에서 두 사람을 조용히 지켜보다가 관심을 서율에게로 돌렸다.

"문안을 왔는가?"

"예, 저하."

무의식중에 공주에게서 눈을 떼지 못하던 서율이 언제 그랬냐는 듯 두 손을 앞으로 모으고 공손히 상답했다.

"그동안 한 번도 들여다보지 않았다기에 괘씸해하던 차였거늘."

"송구하옵니다."

"어쨌든 잘되었네. 그러잖아도 물어볼 게 있어 부르려고 하였거든. 일단 들어가세."

세자가 서율의 어깨를 톡톡 두드리고 아우들의 뒤를 따랐다.
저하께서는 필시 구휼미와 관련한 수사의 진척 상황을 하문하실 것이다. 그렇다면 시간은 오래 걸릴 수밖에 없다. 보희와 선약이 있었던 서율은 얼굴에 난감한 빛이 떠올랐다.

보희는 당혹스러운 낯으로 저를 알은척하며 다가온 좌상 댁 여종 아이를 바라보았다.
한 시진이 지나기를 초조하게 기다리다 조급증이 일어 약조한 시각이 채 되기도 전에 월류지로 달려왔다. 몇 시진이고 기다릴 작정이었다. 그가 와 주기만 한다면 기나긴 기다림조차 행복이었는데 눈앞에 나타난 얼굴은 참으로 엉뚱했다. 보희는 설마 하면서도 아이가 이곳에 나타난 까닭을 물었다.
"네가 여기엔 무슨 일로 온 것이냐?"
"작은도련님께서 보내셨습니다. 오늘 약조를 못 지킬 것 같으니 전할 말씀을 서찰로 보내 달라 하셨습니다."
"뭐?"
청천벽력과도 같은 소식에 보희는 안색이 파리해졌다.
오늘 거리에서 했던 행동은 결코 쉬운 일이 아니었다. 수십 번 고민하고 셀 수 없이 망설인 끝에 간신히 그의 앞에 나선 것이었다. 뿐만 아니라, 기회를 얻기 위해 서율에게 특별한 장소인 이곳 월류지를 기꺼이 거론했다. 이기적인 방법이었지만 그를 향한 마음이 그만큼 크고 절실하였기에 과감히 내질렀다.
다행히 승부수는 통했고 그도 긍정적인 답변을 주었다. 서율을 기다리는 동안엔 그에게 할 말을 몇 번이나 연습했다. 그런데 이제 와 그의 얼굴조차 마주하지 못하고 어렵게 얻어낸 자리를 끝내야 한다니.

그럴 수는 없었다. 보희는 다급히 말했다.

"급한 용무가 있다고 하시더니 많이 바쁘신 게로구나. 나는 괜찮다. 얼마든지 기다릴 것이다. 그러니 야야, 네가 오라버니께 돌아가 천천히 일 보시고 여기로 오시라 전해 주지 않으련?"

"소인도 도련님을 뵐 수가 없습니다. 아직 공주방에 계시는걸요."

"공주방? 하면 급한 용무라는 게 화경궁에 볼일이 있으셨던 것이냐?"

"자세한 건 소인도 모릅니다. 공주방에서 온 사람이 별채로 도련님의 서찰을 보냈고, 소인은 별당아씨의 심부름을 온 것입니다."

보희는 가슴이 꽉 막히며 현기증이 일었다. 단순히 공주 때문에 자신과의 약조를 저버릴 분은 아니었다. 서율이 그렇게 했을 땐 그럴 만한 사정이 있었을 것이다. 이성적으로는 충분히 이해하고 받아들일 수 있지만, 가슴속에 서운함이 빠르게 퍼지는 건 어찌할 수 없었다.

왜 이토록 어긋나기만 하는지 속상한 마음에 코끝이 시큰거렸다. 눈부시도록 환하고 아름다운 여름 햇살이 보희는 그저 서럽기만 하였다.

그 시각.

평교자에 몸을 실은 이판은 골똘히 생각에 잠겨 있었다. 안빈의 부친인 우참찬과 나누었던 대화를 좀처럼 지울 수가 없었다.

'전하께서 진정 우리 보희를 마음에 두었다는 말인가?'

'따로 언질이 있으셨던 것은 아닙니다. 하나 그날 경연에 드셨을 때의 모습과 여러 가지 정황으로 살펴보았을 때 성상께서 심상치 않으신 것만은 사실입니다.'

'그런 일이······.'

'대감, 이것은 기회일 수 있습니다. 보희 그 아이가 중궁에 오르면 이판께서는 국구가 되는 것입니다. 좌상과 우상 못지않게 대감을 주축으로 새로운 세력이 재편되는 것이란 말입니다. 게다가 중궁이 된 보희가 왕자아기씨라도 생산하게 된다면······. 생각해 보십시오, 부원군과 관련해 대다수의 중신은 동궁마마를 경계하고 있습니다. 이러한 때에 새로운 적자아기씨가 왕실에 태어나신다면 앞으로 어떠한 일이 벌어지겠습니까. 누구보다 좌상과 우상께서 새로운 대군 아기씨를 옹립하고자 앞장설 겁니다. 저위가 정해졌다고는 하나 확실한 건 없습니다. 앞으로의 일은 아무도 모르는 것입니다.'

이판은 심기가 복잡해 끙, 앓는 소리를 냈다.

왕께서 따로 언질을 내리신 건 아니니 따지고 보면 깊이 고민할 문제도 아니었다. 딸아이의 평범한 행복을 바란다면 쏟아지는 혼담 중 제일 잘난 명문가의 자제를 택해 혼사를 성사시키면 그만. 문제는 저 깊은 곳에 묻어 두었던 이판의 사적인 야심이 폐부를 타고 스멀스멀 기어오르는 데 있었다.

"국구라……."

몇 번이고 되뇌어도 질리지 않는 호칭이었다.

현법사를 찾은 은명은 홀로이 높은 언덕에 올랐다. 위에서 아래를 굽어보니 무한히 펼쳐진 광활한 산수가 절경의 극치를 이루었다.

딩, 딩, 딩.

바람이 불 때면 한가로이 퍼지는 처마 끝 풍경 소리가 곡조의 울림처럼 맑고 은은했다. 슬쩍슬쩍 법당에서 퍼지는 옅은 향내까지 더불어 날아오니 심적으로 평온함마저 느끼게 된다. 속세와 떨어진, 자연에 둘러싸인 불사에서만 누릴 수 있는 평화로움이었다.

그 평온한 곳에서 은명은 가슴속 격랑과 치열한 싸움을 벌이는 중이다.

……대체 누구에게 용서를 구하고자 하셨을까?

과거, 어머니께 무슨 일이 있었는지, 어떻게 다른 이를 심중에 품고 계실 수 있었는지 아무리 생각해도 모를 일이었다. 줄줄이 외울 만큼 서찰을 몇 번이고 읽어 봤지만, 그것의 주인이 전하가 아니라는 사실 외엔 알아낼 수 있는 게 아무것도 없었다.

외가 식구들이 몽땅 떼죽음을 당한 지금. 이 엄청난 일을 누구에게 어떻게 물어봐야 한단 말인가. 어머니는 항상 궁녀에게 둘러싸여 주위에 사내라고는 전하와 오라버니가 전부였기에 막막하기만 했다.

은명은 점점 더 고민이 깊어지는데 바스락바스락, 뒤에서 누군가 다가오는 소리가 들렸다. 아무도 따르지 말라 하였거늘, 공주의 명을 무시하고 누군가 뒤를 밟은 게 틀림없었다. 한껏 예민해져 차갑게 돌아본 은명은 그대로 숨을 죽였다.

저 앞에 웬 사대부 차림의 중년 사내가 갓도 쓰지 않은 채 어딘가를 향해 살금살금 다가가고 있었다. 그의 시선이 고정된 곳은 이름 모를 들꽃에 내려앉은 작은 고추잠자리였다.

딴에는 조심히 움직이고 있으나 보는 사람이 다 조마조마할 만큼 사내의 행동거지는 상당히 어설펐다. 결국 몇 걸음 다가가지 못하고 또다시 부스럭 소리를 냈고, 잠자리는 하늘 높이 휘익 날아가 버렸다.

사내는 제자리서 잠시 울먹거리다 어느 순간 신이 나서 이리저리 뛰어다녔다. 자신이 잠자리라도 되는 듯 양팔을 옆으로 쭉 뻗어 팔랑팔랑 휘저었다. 하늘에 수십 마리의 잠자리가 떠다니고 있었음을 뒤늦게 깨달은 것이다.

외관은 사오십 대 어른이었으나 하는 짓은 예닐곱 살 어린아이라.

아무래도 제정신이 아닌 모양이었다. 은명은 심란한 속내도 잊고 망연히 사내를 지켜보는데 멀리서 희미한 웅성거림이 들렸다. 차츰 가까워지는 그 외침은 누군가를 찾고 있는 소리였다.

이런 곳에서 사람들과 맞닥트리는 게 꺼림칙스러웠다. 은명은 사내에게 관심을 지우고 자리를 옮기려다가 돌연 움직임을 멈췄다. 여러 명의 아우성 중에서 귀에 익은 목소리가 감지되었다.

"숙부님! 숙부님!"

환청을 들은 것인가. 은명은 귀를 바짝 세웠다.

"……숙부님!"

그러다 다음 순간 그것이 환청이 아니었음을 확신했다. 저 멀리, 여린 하늘빛 도포에 짙은 감청색 답호를 입고 나타난 선비는 분명 서율이었다. 곁에는 무사 치경과 좌상 댁 종으로 보이는 이들도 함께하고 있었다.

낯선 곳에서 우연히 만났기 때문인지 형용할 수 없는 감정이 거센 물결처럼 밀려와 은명을 뒤흔들었다. 김서율이란 명자 하나로 심장은 격렬히 질주했고 얼굴은 모닥불을 담아 부은 양 화끈화끈 타올랐다. 며칠 전 그에게서 느꼈던 청량감이 기억 속 어딘가에서 되살아나 온몸을 짜릿하게 자극했다.

아니야. 그 때문에 이러는 게 아니야!

강하게 부정해 보지만, 눈앞이 아슴아슴하면서도 그에게로 향하는 시선을 도저히 놓을 수 없었다. 근처로 다가온 그는 해맑게 뛰어다니는 사내를 지켜보며 환하게 웃었다. 그 웃음에 은명은 숨이 턱 막혔다. 눈물이 츠럼츠럼 솟아올랐다.

벗어나지 못했다. 아닌 척하면서도 이 마음은 보령에 머물렀던 아홉 살 그때의 마음에서 변한 것이 없었다. ……아니다! 김서율은 천벌을 받아 마땅한 김대원의 아들일 뿐!

혼란이 증폭되었다. 감정이 극에 달해 눈물이 후드득 떨어지는데 타인의 시선을 느꼈는지 서율이 이쪽으로 고개를 틀었다. 동시에 은명은 등을 돌리고 옆으로 나 있는 산길을 따라 정신없이 뛰어올랐다. 아무에게도 이런 모습을 들키고 싶지 않았다. 감정이 무너진 은명은 숨을 곳을 찾아 무턱대고 내달렸다.

까마득한 시간이 흐른 것 같았다. 심장이 터질 듯 부풀어 오를 때쯤 저 앞으로 절벽 끝이 펼쳐졌다. 시커먼 매지구름이 어언간 하늘을 뒤덮어 기괴한 분위기가 장관이었다. 힘이 빠진 은명은 뭐에 홀리기라도 한 듯 끝을 향해 무작정 걸어가는데 누군가 팔을 낚아채 거칠게 돌려세웠다.

은명의 몸이 힘없이 휙 돌아가자 벌겋게 상기된 서율이 보였다. 표정을 보아하니 단단히 화가 난 기세였다.

"여기서 뭐 하시는 겁니까? 이곳은 위험지역입니다. 얼마나 많은 이들이 이곳에서 목숨을 잃었는지 듣지 못하셨습니까? 위험천만한 산길을 그런 차림으로 뛰어오르시다니요!"

은명을 보자마자 정신없이 달려온 서율은 저도 모르게 버럭 소리를 질렀다. 산세가 험준해 실족사가 다반사로 일어나는 곳이었다. 정신이 온전치 못한 숙부가 혹시라도 이 길로 들어섰을까 염려되어 와 봤더니 공주께서 산길로 뛰어들고 계셨다.

엉뚱한 곳에서 공주와 마주쳤다는 데 한 번, 겁도 없이 산길로 뛰어드시는 광경을 보고 또 한 번. 서율은 기겁하여 미친 듯이 쫓아왔다. 첫눈에 공주를 알아봤기에 망정이지 만약 그대로 지나쳤다면 어떤 일이 벌어졌을지 상상하고 싶지도 않았다. 화가 난 서율은 공주를 엄격히 다그쳤다.

"이게 무슨 행동입니까! 궁녀와 군관은 어디에 떼어 놓으셨습니까? 어찌 이리 무모하신 겁니까!"

"아픕니다. 놓아주십시오."

은명이 잡힌 팔을 비틀며 신음했다. 서율은 그제야 자신이 공주를 거칠게 붙잡고 있었음을 자각해 황급히 손에 힘을 풀고 물러났다.

"송구합니다."

몸이 자유로워진 은명은 아픈 부위를 손으로 감싸고 그에게서 돌아섰다. 마음을 진정시킬 잠깐의 여유가 필요했다. 조금만 시간을 주면 알아서 감정을 추스를 텐데 왜 가만히 놔두질 않는 것인지.

이러한 심정도 모르고 서율은 물러난 뒤에도 닦달을 계속했다.

"왜 돌아서 계십니까? 지금 내려가야 합니다. 곧 비가 쏟아질 겁니다."

"먼저 내려가십시오."

"비가 오면 길이 미끄러워 더욱 위험해집니다!"

"알아서 할 테니 그냥 가십시오!"

급기야 은명은 그를 돌아보며 감정적으로 소리쳤다.

"원래 잘만 두고 가는 분이 아니셨습니까! 그리 가버릴 땐 언제고, 왜 여기까지 쫓아와 이러시는 겁니까!"

그것도 강론을 시작한 이래 언급 자체를 금기시해 왔던 보령에서의 마지막을 들먹이며.

휘잉, 거센 바람이 불어오고 두 사람 사이에 정적이 흘렀다. 서로를 빤히 응시하고 있지만 서율은 차분했고 은명은 숨소리조차 내지 못했다.

이런 식으로 시비 걸 생각은 전혀 없었다. 속 좁은 신경질이 이제 와 부끄러웠다. 은명은 어찌할 바를 몰라 죄 없는 치맛자락만 움켜쥐는데 뜻밖에 그에게서 걱정스러운 음성이 흘러나왔다.

"……괜찮으시옵니까?"

진심 어린 한마디였다. 그 말 한 번에 바짝 조여 있던 신경이 어이없이 풀어졌다. 잊고 있던 기억도 떠올랐다. 그는 원래 이런 사람이었다는 걸. 다른 이의 잘못을 탓하는 대신 괜찮으냐 다정하게 물어봐 주는 사람. 그래서 그를 욕심 냈고, 그래서 그를 잊지 못했다. 지금까지도 말이다.

인정할 수밖에 없는 한 가지 깨달음에 은명은 맥이 탁 풀렸다. 다리에 힘을 잃고 스르르 주저앉는데 서율이 얼른 은명의 허리를 감싸안았다. 두 사람은 매우 가까이 맞붙었다.

숨결과 숨결이 코앞에서 맞닿았고 그윽한 향과 시원한 체취가 뒤섞여 세상에 그와 저, 단둘만 존재하는 기분이었다. 이상하게 안심되고 보호받는 듯한 느낌에 은명은 그의 품에 얼굴을 묻고 엉엉 울고 싶었다. 어머니 때문에 속상하다고. 제발 당신이 나를 위로해 달라고. 당신만이라도 오래오래 내 곁에 머물러 달라고.

차마 입 밖으로 꺼내지 못한 말들은 눈물이 되어 흘러내렸다.

"왜 이러시는 겁니까?"

"……."

"대체 무슨 일이 있었던 겁니까?"

서율은 가슴이 조금씩 들썩거리기 시작했다. 공주의 두 눈에 눈물이 고이는 걸 목격한 순간부터 까닭을 알 수 없는 노기가 치밀었다.

아무래도 공주가 이상했다. 며칠 전 문안차 화경궁에 들렀을 때도 공주는 심히 불안정해 보였다. 적당히 모르는 척 넘어가 주려고 했지만 이렇게까지 된 이상 서율도 그 연유를 캐묻지 않을 수 없었다.

"분명 무슨 일이 있으셨습니다. 왜 항상 모든 고민을 혼자서만 끌어안고 계십니까!"

"한 사람이…… 자신의 마음을 부정하고 법도에 따라서만 살다가 허망하게 세상을 떠났습니다."

"그분이 누구입니까?"

"눈을 감는 그 순간 그분은 사무치도록 후회하고 또 후회하셨겠지요. 그분이 왜 그런 선택을 하셨는지 저는 이해할 수 없습니다. 그래도 이것만은 확실히 알겠습니다. 가문과 권력, 복잡한 정쟁에 휘둘리기만 했던 그분은 본인만의 삶을 살지 못하셨기에 더 불행했었다는 것을요."

공주의 새까만 두 눈에 고통의 흔적이 역력히 떠올랐다. 그것은 점차 강력해지는 듯하더니 두 눈으로 보고도 믿기지 않을 만큼 삽시에 흔적을 감추었다. 공주는 놀라울 정도로 빠르게 아픔을 추스르고 결연한 방어막을 휘감았다.

"하여 저는, 살면서 어떠한 후회도 남기지 않을 겁니다. 세상 어느 것에도 휘둘리지 않고 오직 제 마음이 시키는 대로만 따라가겠습니다."

선언과도 같은 그 말에 잠시간 침묵이 흘렀다. 조용히 공주를 들여다보던 서율은 문득 익숙한 향기를 느꼈다. 곧이어 공주가 지나치게 가까이 있음을, 그것은 자신이 그녀를 거의 끌어안다시피 했기 때문임을 인지했다.

황망한 마음에 재빨리 손을 거두어들이는데 이번에는 공주 쪽에서 그의 팔을 덥석 붙잡았다. 그가 팔을 풀지 못하게 고운 두 손에 힘을 주었다. 당황한 서율이 이유를 묻기도 전에 공주는 기습적으로 예전 일을 끄집어냈다.

"그래서 여쭙겠습니다. 육 년 전, 스승님께서는 아무런 말씀도 없이 저를 떠나셨습니다."

어색하게 팔을 움직이던 서율이 움직임을 멈추고 작고 새하얀 얼굴을 바라보았다. 공주의 얼굴에선 책망의 기운도, 시시비비를 가리겠다는 의지도 찾아볼 수 없었다. 그것은 순수한 물음이었다.

"후회 같은 건…… 조금도 하지 않으시겠지요?"

"……후회합니다."

그래서 서율도 거짓 없이 대답해 주었다.

"그렇게까지 해야 했을까, 다른 방법은 없었나, 가끔 생각하곤 하였습니다."

어린 공주가 무슨 잘못이 있다고 부왕에게 방치되고, 대신들에게 눈총받고, 저 같은 놈에게 버림받나, 가슴이 아팠다. 그러나 아무리 고민을 거듭해도 그가 아는 해결책은 하나밖에 없었다. 서율은 그런 부분까지도 솔직하게 밝혔다.

"하나 그것은 어디까지나 생각이었을 뿐입니다. 또다시 동일한 상황이 주어진 데도 저는 같은 선택을 하겠지요."

"어째서입니까?"

"알고 계시지 않습니까. 상대가 공주 자가이시기 때문입니다."

공주의 두 눈에 붉은 기가 여릿여릿 서려 가는 것을 서율은 끝까지 지켜보았다. 측은함, 애잔함, 안쓰러움, 그리고 가슴을 요동치게 하는 알 수 없는 어떤 감정이 불같이 이는 것을 느꼈다.

공주와 임금의 신하, 스승과 제자라 볼 수 없을 만큼 서로에게 밀착된 두 사람은 이제 어느 쪽도 상대를 밀어내거나 물러서려 하지 않았다. 그저 서로에게서 상대를 느끼고 바라보고만 있었다. 비구름이 머리 위에서 무거워지든 말든 두 남녀는 서로만을 오롯이 주시하고 있는데 번쩍, 섬광이 스쳤다. 곧이어,

우르르 콰쾅.

하늘이 쩍쩍 갈라지는 듯 요란한 뇌성이 천지에 울렸다. 그 소리를 기점으로 굵은 작달비가 힘차게 쏟아졌다. 얼굴로 따갑게 내리치는 빗물을 맞으며 은명은 망연자실 잿빛 하늘을 올려다보았다. 동시에 손목에 따스한 온기가 감겨들었다. 고개를

내려보니 서율의 큰손이 손목을 거세게 잡아끌고 있었다.

"무얼 하고 계십니까. 뛰어야 합니다!"

그가 손에 힘을 주는 동시에 은명이 그대로 끌려갔다. 또 한 번의 달음박질이 시작되었다.

밖에서는 작달비가 시원스레 내리치고, 안에서는 물방울 떨어지는 소리가 청아하게 울렸다. 이곳은 기암절벽 사이로 자리잡은 천연동굴로 스님들이 속세의 번뇌를 버리고 불도수행을 닦는 곳이었다. 처음부터 이곳을 알고 있었는지 서율은 은명의 손목을 붙잡고 이곳으로 이끌었다.

그의 온기가 남아 있는 손목을 제외하고 은명은 온몸에 한기를 느꼈다. 안색은 하얗게 질리고 미세한 솜털이 부스스 일어섰다. 갈수록 커지는 추위에 몸을 바짝 움츠리는데 등 뒤로 포근한 기운이 온화하게 퍼졌다. 서율이 답호를 벗어 따뜻하게 감싸 주고 있었다. 온몸에 휘감기는 그의 상쾌한 체취로 눈앞이 아득하니 가슴 언저리가 저릿했다.

"지나는 비입니다. 한바탕 쏟아지다 그칠 것이니 조금만 참으십시오."

추위에 약한 은명은 대답 대신 오들오들 떨며 답호를 단단히 여몄다. 아직 더위가 남아 있는 시기였으나 산속이라 그런지 서늘하다 못해 쌀쌀하기까지 했다. 더군다나 홀딱 젖기까지 했으니 몸의 온기는 급격히 식었다.

도포만 걸치고 있는 서율은 은명의 옆으로 조금 거리를 두고 앉아 입구에서 불어오는 바람을 몸으로 막아 주었다.
"스승님께서도 추우실 텐데 폐를 끼쳐 송구합니다."
"저는 괜찮습니다."
"이런 곳을 어찌 알고 계셨습니까? 현법사에 자주 오시는 모양입니다."
"숙부께서 허리가 안 좋으신 탓에 가끔 모시고 와 주지스님께 침을 맞고 있습니다."
"숙부라면 아까 그 잠자리를 쫓던……."
"예. 그분이 저희 막내숙부이십니다."
그렇다면 좌상의 막냇동생이었다. 피도 눈물도 없어 보이는 냉혈한 같은 자에게 온전치 못한 아우가 있는 줄은 몰랐다. 어쩌다 그리되었을까. 놀랍기까지 한 사실에 은명은 혼자서 이런저런 생각에 빠져 있는데 서율이 말했다.
"하문하십시오."
"예?"
"궁금한 것이 있으면 묻고 답을 듣는 것이 당연한 이치입니다. 망설이지 마시고 하문하십시오."
은명이 무엇을 궁금해하는지 익히 알고 있단 의미였다. 그간 숙부를 모시며 이런 경우를 자주 접했던 듯 그는 매우 덤덤했다. 은명은 그것이 안쓰러우면서도 혼자서 엉뚱한 추측을 하기보다 정확한 사연을 들어 보는 것도 나쁘지 않다는 판단이 섰다.
"그렇게 말씀하시니 궁금한 것을 여쭙겠습니다. 숙부님께서는 태어나실 때부터 그러하셨던 겁니까?"

"본래 영리한 분이었다 들었습니다. 열다섯에 소과에 입격한 경력도 있으십니다."

"그럼 어찌하다 그리되셨습니까?"

"가문이 화를 입었을 때 조부님의 마지막을 눈앞에서 목격하셨다 합니다."

"눈앞에서 직접 말입니까?"

너무도 참혹한 말에 은명은 저절로 미간을 찡그렸다.

"그 모습이 하도 끔찍해 정신을 잃고 사경을 헤매고 있을 때 노비로 끌려간 관아에서 매질을 심하게 당하셨던 모양입니다. 구사일생으로 목숨은 건질 수 있었으나 모든 기억을 지우고 저렇게 어린 시절로 돌아가 계신 겁니다."

"어찌 그런 일이……."

"견디기 힘드셨을 겁니다. 무섭고 끔찍하셨겠지요. 정신을 놓아버릴 정도로 감당하기 힘들었던 숙부님의 고통을 전부 헤아릴 순 없습니다. 그래도 조금은, 저는 조금은 알 것도 같습니다."

서율의 눈가에 아른대는 슬픔은 보는 이의 콧날을 시큰하게 할 만큼 처연했다.

"많이 속상하시겠습니다."

"숙부님의 일은 진정 안타까우나 부모님이 서로 얼굴도 모르던 시절에 일어났던 일입니다. 솔직히 저한테는 잘 와 닿지 않는 먼 옛날 이야기이지요."

어느새 슬픈 기색을 지운 서율은 처음부터 그랬다는 듯 무덤덤하게 대답했다.

잘못 보았나, 은명은 희미하게 고개를 기울이다가 또 다른 사실에 살짝 몸서리가 쳐졌다. 그러고 보면 좌상은 참으로 대단한 인물이었다. 그토록 절망적인 상황에서 홀로 몸을 일으켜 오늘날 범접할 수 없는 위치에까지 이르렀으니. 좌상이 뽐었던 압도적인 관록의 기운이 어디에서 비롯되고 있었는지 이제야 완벽히 이해했다.

은명은 갑자기 오싹해졌다. 전하와 오라버니께서는 그런 분과 어찌 맞서고 계신 것인지. 만약 서율이 좌상의 뒤를 이어 저들의 영수가 된다면 앞으로 어떠한 일이 벌어지게 될는지.

가정만으로도 아찔해 은명은 두 눈을 감았다. 더는 생각하는 게 무리라 여겨질 정도로 기운이 없었다. 나머지는 화경궁에 돌아가 찬찬히 고민해 보리라. 김서율은 물론이요, 여전히 그에게로 향해 있는 이 마음에 관해서도.

서율은 고개를 반대편으로 돌려 바깥을 주시하고 있었다. 은명은 그와 반대쪽으로 고개를 돌렸다. 동굴 안은 깊은 침묵에 잠겨 들었다.

보희는 눈으로 보고 있는 광경을 믿을 수가 없었다.

저건 오라버니의 답호일진대…….

수백 번 글로 옮겨 보아도 서찰에 마음을 담는 건 불가능했다. 깊은 수심에 빠져 하루하루가 초조한데 설상가상 어머니께서 좌찬성 댁과의 정혼을 매듭짓겠다, 통보하셨다. 조금만 시간을 달라고 통사정한 보희는 애타는 마음을 누르지 못하고 현법사까지 서율을 쫓아오기에 이르렀다. 부끄럽긴 했지만 연모하는 마음을 어떻게든 고백하고 싶었다.

장대비를 헤치고 절에 도착해 보니 서율은 공주와 함께 행방이 묘연해진 상태였다. 절은 발칵 뒤집혔고, 보희는 알 수 없는 불안감에 조바심이 일었다.

하필 공주와 함께라니…….

비가 그친 뒤 밖에서 한참을 서성이다가 몸종 아이를 따돌리고 기어이 위험한 산길로 뛰어들었다. 서율이 걱정스러웠고 공주가 신경 쓰여 견딜 수가 없었다.

갓 산길 입구에 들어서는데 인기척이 들렸다. 앞을 살펴보고는 얼른 한쪽으로 몸을 숨겼다. 서율이 눈부시도록 반짝이는 공주를 보배처럼 조심조심 부축하여 내려오고 있었다. 그의 것으로 보이는 답호를 공주는 자연스럽게 몸에 걸치기까지 하였다. 그 자태가 약이 오르도록 근사해 보희는 가슴이 미어터질 것만 같았다.

게다가 서율은 너무도 자상한 얼굴을 하고 있었다. 여태 공주 자가를 마음에 두고 계셨나, 그리하여 나 같은 건 안중에도 없나, 부정적인 생각이 밑도 끝도 없이 밀려들었다.

다시 컴컴해진 하늘에서 굵은 빗방울이 후드득 떨어졌다. 보희의 시야도 쓰라린 눈물로 뿌옇게 흐려졌다. 사람들에게 발견된 공주와 서율은 어느덧 사찰 안으로 모습을 완전히 감추었다.

보희도 움직여야 했지만, 이상하리만치 그 자리서 꼼짝할 수 없었다. 자신이 얼마나 곱고 어여쁜지 망각한 채 솟구치는 질투심과 열등감에 서글픈 눈물만 토해냈다.

뜨거운 눈물이 차가운 빗물과 뒤섞여 두 뺨을 적셨다. 애끓는 오열이 터지듯 흘러나왔지만,

우르르 쾅!

우렁찬 천둥소리가 보희의 슬픔마저 한입에 꿀꺽 삼키고 말았다. 지금의 아픔은 오직 너 혼자서 감당해야 할 몫이라는 듯.

현법사에 다녀와 감모로 앓아누운 지 벌써 나흘. 봄볕 아래 피어난 새하얀 목련 같던 보희는 그 빛을 잃고 시들시들 말라가고 있었다. 열에 들떠 두 뺨은 발그레한 홍조가 물들고 머리는 깨질 듯 두통이 몰아쳐 일어나 앉을 수도 없었다.

"쯧쯧. 이게 대체 며칠째인지, 원……."

정부인은 보희의 이마에 물수건을 바꿔 주며 속상한 마음을 드러냈다. 좌찬성 댁과의 허혼을 잠시 미뤄 달라던 아이가 느닷없이 현법사를 갔다가 비를 쫄딱 맞고 돌아왔다. 서율과의 혼사가 틀어져 방황하고 있구나. 충분히 이해는 되지만 이렇게 몇 날 며칠 앓고 있는 모습을 보니 속이 상했다. 이럴 바에야 차라리 혼처를 빨리 정하는 게 나을 것 같았다.

"마음을 정리할 시간은 그동안 충분히 주었다. 좌찬성 댁이든 다른 곳이든 아버님과 의논해 네 혼사를 최대한 빨리 매듭지을 것이다. 고르고 골라 최고의 자리로 브내 줄 것이니 너는

하루빨리 몸을 추스르는 데만 신경 쓰거라."

싫다는 말은 용납지 않겠다며 정부인은 대답도 듣지 않고 쌩하니 방을 나갔다.

보희는 무거운 눈꺼풀을 들어 올렸다. 어머니의 말씀에 좌찬성 댁 외에 다른 곳이 추가되었음을, 그것이 어떤 자리인지를 이미 알고 있었다.

나흘 전 비에 홀딱 젖어 안채에 들어섰을 때였다. 창백해진 얼굴로 어머니께 사찰에 다녀왔음을 고하려고 했는데 안방에서 부모님의 말소리가 새어 나왔다.

'우리 보희를 중전으로요?'

'부인, 진정하고 내 말을 좀 들어 보시오.'

'세자빈이라면 몰라도 저는 싫습니다. 전하께선 연치가 너무 높지 않으십니까!'

'역대 왕실을 살펴보면 그보다 훨씬 차가 많이 나는 경우는 얼마든지 있었소. 잘 생각해 보시오, 부인. 당신이 부부인이 되시는 거란 말이오. 우리 보희가 이 나라의 국모가 되는 것이란 말입니다.'

'아이, 참……'

보희는 양친의 대화를 거기까지 엿듣고 조용히 처소로 돌아와 오늘까지 이렇게 몸을 가누지 못했다. 그녀의 인생에 사내란 단순히 두 부류로 분류되었다. 김서율이란 사내와 김서율이 아닌 사내들. 만약 서율과 맺어질 수 없다면 그 상대가 누구라 해도 보희는 상관없었다. 다른 이들은 그저 서율이 아닌 자들일 테니.

보희의 얼굴에 울음빛이 강하게 번졌다. 마음 한 번 드러내지 못하고 이대로 접어야 하는 현실이 미치도록 서럽고 속상하기만 했다. 몽롱해지는 의식 속 '보희야.' 다정하게 제 이름을 불러 주었던 그가 생각나 붉어진 눈에서 눈물이 흘렀다.

소녀를 기억해 주시겠습니까?

당신 때문에 이리도 아파했던 소녀를, 가끔이라도 한 번은 기억해 주시겠습니까?

어쩌다 눈이 마주치면 저를 향해 싱긋 웃곤 했던 그 사내를 떠올리며 보희는 가물가물 의식이 흩어졌다.

"그 땅을 전부 되찾았단 말인가!"

사랑채에 이판의 목소리가 쩌렁쩌렁 울렸다. 우참찬이 민망해할 만큼 놀라움이 역력한 얼굴이었다.

"다는 아니고 조부께서 태어나신 고향 집과 그 일대를 조금 사들였습니다."

"그래도 그게 어디인가! 잘되었네. 잘되었어!"

이판은 화통하게 웃으며 몇 번이나 강조했다.

안빈의 부친이자 우참찬인 노용식. 그의 조부는 살아생전 도성 안 최고의 부호 중 하나로 꼽히던 인물이었다. 현재 조정에서 권세를 잡고 있는 대신 중 한때 그 어른의 경제적 지원을 받지 않은 집안이 거의 없었다.

자자손손 부를 이어 갈 거라 믿어 의심치 않았는데 그 집안이 무너진 건 순식간이었다. 좌상의 가문을 시작으로 세력 전체가 줄줄이 멸문을 당했을 때 그 화는 노용식의 집안까지 휩쓸고 지났다. 후에 그들과 함께 복권되었지만, 그의 조부와 부친은 목숨을 잃었고 몰수되었던 재산도 거의 되찾지 못했다.

"내 아직도 그때를 생각하면 자네에게 미안하이. 나라도 나서서 자네를 도왔어야 했는데 말일세."

"그런 말씀 마십시오. 누구도 어쩔 수 없는 상황이었습니다. 저는 그저 지금이라도 이만큼 살고 있다는 사실에 만족하고 있습니다."

"그리 말해 주니 내 실로 고마우이."

노용식을 볼 때마다 이판은 양심의 가책을 느꼈다. 그의 조부에게 경제적 도움을 받았던 만큼 자신도 그를 도와야 했는데 어려울 때 외면한 게 아직도 수시로 마음에 걸렸다.

그나마 다행인 것은 그도 안빈도 그런 것에 크게 개의치 않는다는 점이었다. 두 부녀는 과거보다 현재에 더 관심이 많았다. 이판으로서는 다행한 일이 아닐 수 없었다. 마침 밖에서 기척이 일었다.

"아버님. 소녀, 보희입니다."

"어, 어서 들어오너라."

이판과 우참찬은 보희가 들어와 나부시 인사하는 모습을 흐뭇하게 지켜보았다.

감모를 심하게 앓아 눈에 띄게 야윈 얼굴이었으나 요 며칠 병세가 회복돼 제법 기운을 차린 모습이었다. 절을 올리고 몸을 일으킨 보희는 준비된 방석 위로 다소곳이 앉았다. 흠잡을 데 없이 곱고 조신해 국모가 되기에 조금도 모자람이 없는 모습이었다.

이판은 안사람과의 말씨름 끝에 보희가 좋다면 그의 뜻을 따르겠다는 약조를 받아 놓은 상태였다. 그는 노용식과 시선을 교환한 뒤 신중하게 선택한 말들을 차근차근 딸 앞에 꺼내 놓았다.

"내 오늘 여기서 너를 보자고 한 이유는 긴히 물어볼 말이 있어서다."

"말씀하십시오, 아버님."

얌전히 대답하면서도 보희는 부친께서 무슨 말씀을 하시려는지 짐작하고 있었다.

"보희야, 너 혹 궐에 살고 싶다는 생각을 해 본 적이 있느냐?"

평소의 보희라면 어디에 사는 것이 아니라, 누구와 사는 것이 더 중요하지 않겠냐고 반문했을 것이다. 하지만 함께하고 싶었던 사람이 저를 거절한 이상, 이제 보희는 어디에서 누구랑 살든 아무런 상관이 없어졌다.

"내 너를 국모로 만들어 볼 참이니라. 어떠냐, 보희야. 이 땅에서 가장 높고, 가장 귀한 여인이 되어 보지 않겠느냐?"

어차피 김서율이 아닌 자들은 다 같았다. 이왕지사 그렇다면 이 나라에서 가장 높고, 가장 귀한 여인이 되어 보는 것도 나쁘지는 않겠구나. 만사가 귀찮고 의욕이 떨어지는 요즘, 조바심을 내는 부친을 무심하게 바라보며 보희는 서서히 그런 고민을 해 보기 시작했다.

강릉, 명이 아가씨 (1)

선혜청 6품 관리인 한 낭청의 집. 서율의 얼굴에 깊은 낭패감이 떠올랐다. 구휼미를 조직적으로 빼돌리는 자들의 꼬리를 밟아 이곳을 급습한 게 조금 전의 일이었다.

증거 인멸을 우려해 빠르게 낭청을 잡아들이고 벽과 바닥까지 뜯으며 수색을 벌였건만 건진 것이 없었다. 기나긴 잠복 끝에 빼돌린 미곡 일부와 비밀장부가 이곳으로 들어오는 것을 확인한 후 들이닥친 것이었음에도 말이다.

짧은 시간 동안 그 많은 것을 다른 곳으로 옮길 수는 없었다. 밖에서 계속 감시하고 있었으니 증거는 마땅히 집 안 어딘가에 있어야 했다. 만약 그렇지 않다면…….

서율은 결론을 내리기 전 신뢰하는 사헌부 아전과 곳간을 한 번 더 샅샅이 뒤집어 보았다. 어디에도 수상한 점은 없었다.

"아무래도 저희가 잘못 본 것 같습니다."

"잘못 본 게 아니라 눈속임에 넘어간 것이다."

"예?"

"저들은 우리의 움직임을 처음부터 꿰뚫고 있었어. 우리가 가짜를 보고 쫓아오는 동안 진짜는 다른 곳으로 빼돌렸을 테지."

"그렇다면 내부에 첩자가 있었다는 소리가 아닙니까!"

"수색을 중단하고 다들 모이라 하게."

"예, 나리."

아전은 명을 받고 곧장 움직였다. 서둘러 곳간을 나서려 하는데 휘이잉 거센 바람이 불더니,

쾅!

귓속이 얼얼할 정도로 굉음이 일며 곳간 문이 드세게 닫혔다. 곳간 전체가 흔들거릴 정도로 강한 충격이었다. 그 여파로 구석에 세워져 있던 조그맣고 허름한 자루가 힘없이 바닥으로 쓰러졌다. 하도 낡고 지저분해 아무도 거들떠보지 않았던 자루, 놀랍게도 그 안에서 엄청난 내용물이 좌르르 굴러 나왔다. 쾨쾨했던 창고 안에 신선한 솔향을 가득 퍼트리며.

"이건!"

주로 대궐에 진상되는 최상급의 송이버섯이었다. 이렇게 귀한 것이 일개 6품 관리의 곳간 구석에 처박혀 있다니. 서율이 허름한 자루를 집어 그 속을 들여다보는데 갑자기 누군가 헐레벌떡 들어와 안에서 곳간 문을 닫았다. 얼굴을 확인할 틈도 없이 사내는 서율 앞에 두 손을 모으고 바짝 엎드렸다.

"나리, 제발 그것만은 모르는 척하여 주십시오. 이렇게 빌겠습니다. 제발 그것만은 남겨 주십시오!"

"진상품을 빼돌린 것도 모자라 못 본 척까지 해 달라? 너는 누구냐?"

"소인, 이 집의 서기입니다."

기가 막힌 일이다. 종6품 관리가 서기를 따로 두고 있을 만큼 규모 있게 부정부패를 저지르고 있었다니.

"그것은 심통을 앓고 있는 우리 아이를 위해 주인나리 몰래 소인이 빼놓은 것입니다. 이 사실이 알려지면 소인은 물론 죄 없는 식솔까지도 무사치 못할 것입니다. 제발 살려 주십시오!"

사내가 이마를 땅바닥에 대고 통사정하는데 그를 바라보는 서율의 눈이 어느 순간부터 한 지점으로 집중되었다. 시선이 향하는 곳은 사내의 등 아랫부분. 엎드리느라 팽팽해진 옷 위로 허리 부위에 띠를 찬 것 같은 미묘한 자국이 드러나고 있는 곳이었다.

"허리에 무엇을 차고 있느냐?"

"예?"

바닥에 이마를 처박고 있던 사내가 고개를 드는데 얼굴이 사색이었다.

"이, 이건…… 소인의 개인적인 소지품입니다."

"쯧쯧. 얼굴이 새파랗게 질렸구나."

서율은 그 말과 함께 아전에게 신호를 보냈고, 두 사람은 동시에 사내에게 달려들어 허리춤에 차고 있던 띠를 풀어내었다.

물건을 빼앗긴 낭청의 서기가 비 오듯 식은땀을 흘리며 거친 숨을 몰아쉬었다. 무언가 심히 켕기고 두려운 모양새였다.

서율은 싸늘히 식은 눈길로 천에서 나온 두 개의 뭉치 중 하나를 풀어 보았다. 이어서 내용물을 확인하곤 안색이 싹 바뀌었다. 지난 6월, 의천상단 대방이 보여 주었던 연꽃 모양의 상아 연적이 떡하니 모습을 드러낸 것이다.

다른 하나를 풀어 보니 그 역시 당시에 같이 보았던 최상급의 황모필이었다. 이 집을 팔아도 살 수 없는 물건이 서기라는 자의 허리춤에서 나왔으니 구구절절 듣지 않아도 그 이유는 명백했다.

서율은 발밑에서 벌벌 떨고 있는 사내를 흘깃 보고는 무릎을 굽혀 그와 눈높이를 맞췄다. 얼굴 가득 안타까움도 머금었다.

"송이가 몸에 좋은 것은 사실이나 모든 병에 탕약처럼 효과가 있는 것은 아니네. 내가 의원을 보내 자네의 아이를 진맥케 하고 약제도 지어 주지."

"나, 나리…… 대체 왜, 왜 이러십니까?"

사내가 겁을 먹고 뒤로 주춤주춤 물러났다. 서율은 한쪽 입꼬리를 슬며시 올리며 태연하게 받아쳤다.

"보면 모르는가? 나는 지금 자네를 매수하고 있는 것이라네. 어떤가, 저렇게 곳간 문도 닫았겠다, 분위기도 조성되었으니 나와 은밀한 거래 한번 터보지 않겠는가?"

뜬금없는 제안에 사내는 화들짝 몸을 떨었다. 하지만 그 이상 물러나지도 않았다. 이미 절반은 넘어온 듯 불안하게 눈동자가 흔들리며 마른침을 꼴깍 삼키고만 있었다.

"그 낭청이란 자가 정말 윗선의 하수인 노릇을 하고 있었단 말인가!"
조용하지만 노기에 찬 세자의 음성이 자선당의 허공을 갈랐다.
"미곡뿐 아니라 갖가지 진상품이 줄줄이 새고 있는 것이 분명하옵니다."
"수사의 규모를 키워야겠군. 진상품을 건드리고 있다면 필시 생산지에서부터 손을 대고 있을 것이다. 뒷배를 봐주는 자들이 있을 것인데……."
"최상급의 황모필이 호조참의에게 바쳐질 뇌물이었다면 상아연적은 그보다 더 높은 관리에게 전달될 예정이었을 겁니다."
어느 정도 예상하였으나 부패의 뿌리가 생각보다 깊이 자리 잡고 있었다. 서율의 보고를 들을수록 세자의 표정은 어둡게 변해 갔다.
"우선 그 낭청은 미곡을 조금 빼돌린 혐의로 징계하는 선에서 마무리를 짓게. 태형을 내리고 녹봉을 삭감하는 선이 적당할 듯싶네."
"예, 저하."
"비용을 따로 내주도록 하지. 그 서기란 자 외에도 이용할 만한 가치가 있는 다른 자들을 몇 명 더 포섭해 보도록 하게. 앞으로 어찌할 셈인가?"

"빼돌린 진상품이 어디까지 흘러가고 있는지 추적 중이옵니다. 저들은 그것을 재물로 변환할 만한 다른 수단을 마련해 놓았을 것입니다."

세자는 일순 눈빛을 날카롭게 번뜩였다.

"호조참의도 중간단계에 불과하겠지. 그런 자까지 연루되었다면 이는 틀림없이 어느 세력의 정치자금일 터, 사심을 완전히 버릴 수 있겠는가? 좌상의 묵인 없인 어떤 이도 감히 이런 짓을 벌일 수는 없네. 부친의 결백을 믿는 것인가?"

"그 부분에 관해선 염려하지 마시옵소서. 나라에서 녹을 받는 사헌부의 관리로서 한 점 부끄러움 없이 이 사건을 파헤치겠나이다."

기백이 실린 서율의 대답에 극도에 이르렀던 세자의 신경이 조금은 완화되었다.

서율이 낭청의 집을 급습한 뒤 제일 먼저 집에 틀어박혀 일가친척들의 가계 장부까지 낱낱이 뒤져 보았음을 알고 있었다. 좌상이 권력을 틀어쥐고 있음에도 재물을 탐하지 않는다는 것은 누구나 다 알고 있는 사실. 차라리 재물을 탐하는 이였다면 그 오랜 세월 부왕께서 골머리를 앓을 일도 없었을 것이다.

"자네의 활약을 기대해 보지."

세자는 남아 있는 감정을 훌훌 털어내고 화제를 전환했다.

"참, 이판 댁 규수가 별궁으로 거처를 옮겼다네. 알고 있는가?"

"들었사옵니다."

"어떤 분이신가? 자네 친척누이와 가까운 사이라고 듣긴 하였네만."

"제가 아는 한 바르고 음전한 분이시옵니다. 걱정되시옵니까?"

"내가 걱정할 게 무엇인가. 네 살이나 어린 시어머니를 모시게 생겼으니 빈궁께 미안해서 그런다네."

보희가 의령대군의 눈에 들어 중궁으로 간택되었다는 소식은 서율에게도 큰 충격이었다. 이판께서 끔찍이 아끼던 고명딸을 이토록 살벌한 궁에 들여 연치 높은 성상의 배필로 만들 줄은 꿈에도 몰랐다. 하나 본인 스스로도 원했다고 하니 밖에서 왈가왈부할 필요는 없다. 서율은 그저 오라비와 같은 마음으로 보희가 궐에 들어와 잘 적응하기만을 바랄 뿐이었다.

은명은 방으로 나 있는 분합문을 활짝 열어 놓고 청쾌한 하늘을 올려다보았다. 한차례 비바람이 지나간 가을의 하늘은 보기에 시원할 만큼 드높고 선명했다. 저 새파란 하늘처럼 사람의 마음도 명쾌하고 깨끗하면 좋으련만.

은명은 요즘 복잡한 심경을 추스르느라 안간힘을 쓰고 있었다. 서책을 읽고, 수를 놓고, 머릿속을 비우려 무던히 노력했다. 결과는 언제나 참담했다. 마음이 차분해지기는커녕 나날이 예민해지고 울적한 기분이 들었다.

하늘로 향해 있던 시선은 금방 다른 곳으로 움직였다. 은명의 눈동자는 한곳에 머무르지 못하고 불안하게 이곳저곳을 옮겨 다녔다. 파란 하늘, 목화솜 같은 구름, 처마 끝 풍경, 담장 위의 참새. 그러다가 어느 순간 시야에 붉은 물결이 일렁이자 두서없는 이동을 멈추고 그곳에 고요히 두 눈을 고정했다. 그 상태로 시간이 흘렀다.

"자가, 무슨 생각을 그리 골똘히 하시옵니까?"

궁녀들이 다과상을 들여와 기척을 내는데도 공주는 일절 돌아보지 않았다. 최 상궁이 사근사근 말을 건네 보지만 역시나 묵묵부답이었다.

열흘간 앓아누웠던 공주는 사찰에 다녀온 뒤 부쩍 말수가 줄었다. 온종일 홀로 곰곰이 상념에 잠기는가 하면 입맛을 완전히 잃고 하루하루 말라 갔다. 때문에 최 상궁은 다과 음식에 특히 신경을 기울였다. 지금도 감떡과 앵도 과편, 햇밤초 등을 푸짐히 올려 다과상을 낸 참이었다. 맛있게 젓수신다면 그보다 더 기쁠 수는 없을 텐데 공주는 음식에 영 관심을 보이지 않았다.

그럴수록 최 상궁은 지극정성을 다했다. 상다리가 부러지도록 차린 다과를 내밀며 오늘도 어김없이 공주를 채근했다.

"감떡이 아주 잘되었사옵니다. 식기 전에 젓수어 보소서."

"……."

"자가, 어디를 그렇게 바라보시옵니까?"

"백일홍을 보고 있다."

보모의 성화에 마침내 공주가 나직이 대답했다.

공주의 시선을 따라가 보니 담장 밑에 자리한 안채의 화단, 겹꽃으로 피어난 붉디붉은 백일홍이 탐스러운 맵시를 뽐내고 있었다. 최 상궁을 비롯해 시중을 들던 수비와 차를 우리던 난이까지 방 안에 있던 이들은 일동 입가에 미소를 그렸다.

"많이 보아 두소서. 이번에 지면 명년 6월이 되어서야 보실 수 있을 것이옵니다."

"나는 그에게 백일홍 같은 사람이 되고 싶었다."

감상하듯 화단을 내다보던 최 상궁은 공주의 생뚱맞은 소리에 잔잔히 떠올렸던 미소를 거뒀다. 나인들과 조용히 시선을 교환하다 조심스레 확인했다.

"백일홍 같은 사람이라니요? 자가, 그게 어인 말씀이시옵니까?"

"누구에게나 보기 좋은 모란이 아닌 순수하게 마음이 끌리는 백일홍 같은 사람 말이다."

최 상궁과 나인들은 그제야 공주에게서 나오는 기운이 심상치 않음을 알아챘다. 그네들의 눈에 비친 공주의 옆모습은 혼란에 휩싸인 듯 위태로워 보였다. 가슴이 덜컥 내려앉은 최 상궁은 마른 입술을 축이며 침착하게 상전의 상태를 점검했다.

"자가, 무슨 일이시옵니까?"

"내내 마음이 불편했던 이유를 이제야 알았다."

"그것이 무엇이옵니까?"

"솔직하지 못했기 때문이었다. 진실을 외면하고 진심을 부정하기에 바빠 마음에 여유를 주지 않은 탓이었어."

공주가 갑자기 최 상궁을 돌아보았다.

"나는 후회하고 싶지 않다. 그의 마음도 궁금하다."

"공주 자가……."

"그러니 말해 보라. 이렇게 애가 타고 궁금할 땐 어떡해야 하겠느냐?"

최 상궁은 머리가 어질어질하였다. 앞뒤 정황을 하나도 짐작할 수 없으니 '후회', '궁금', '그의 마음'이란 말만이 머릿속을 둥둥 떠다녔다. 무슨 말을 어떻게 해야 할지 몰라 붕어처럼 입만 뻐끔대는데 대답을 바라는 공주의 진지한 눈빛을 차마 외면할 수 없었다. 급한 대로 표면적으로나마 이해한 부분부터 더듬더듬 대답했다.

"그러니까…… 궁금하신 것은 하문을 하시옵고, 후회와 그의 마음이란……."

"그 말이 옳다."

공주는 최 상궁이 말을 채 끝맺기도 전에 득달같이 수긍했다. 듣고 싶은 답은 전부 들었으니 다른 말은 필요치 않다는 태도였다.

"궁금한 게 있다면 묻는 것이 마땅하고, 얻고자 하는 것이 있다면 노력을 해야겠지."

"자가, 혹 갖고 싶은 것이 생긴 것이옵니까?"

"내가 지평의 마음을 가져야겠다."

단호하다 못해 고집스럽기까지 한 그 대답에 방 안 어디선가 헉, 하고 숨 넘어가는 소리가 울려 퍼졌다. 공주의 의도를 종잡을 수 없어 진땀을 흘리던 최 상궁도 넋을 잃었다.

"고, 공주 자가……."

눈앞이 노래지는 것을 간신히 극복하고 수습을 하고자 말문을 떼지만, 소용없는 일이었다.
"출타할 것이다. 채비를 하여라."
"출타라니요. 어디를 가려고 그러시옵니까?"
"사헌부로 갈 것이다."
결심을 굳힌 공주는 거침이 없었다.

병조와 사헌부의 건물 사이, 평소 인적 없는 좁은 골목에 한 건장한 체격의 사내가 입구를 막고 서 있었다. 그가 지켜야 할 상전은 화경궁의 주인이자 왕의 유일한 적녀인 공주 은명. 벌써 반 시진이 넘도록 사헌부의 담장 아래를 서성이고 있는 분이었다.

은명은 한곳에 가만히 서 있지 못하고 성마르게 주위를 왔다 갔다 했다. 군관이 지켜보고 있는데도 초조한 심정을 감추지 못했다.

마음을 굳히고 행동으로 옮기기까지 망설임은 없었다. 단숨에 사헌부로 달려와 전갈을 보냈고, 서율이 출타 중이라는 소식에 당연하게 그가 돌아오기를 기다리기로 했다. 막연한 떨림은 그때부터 시작되었다. 긴장감을 가눌 길이 없어 사헌부의 정문과 병조의 반대편 길을 수도 없이 번갈아 내다보았다.

"자가, 심려치 마시옵소서. 기별을 넣어 놨으니 지평께서 돌아오는 즉시 박 나인을 찾을 것이옵니다."

"그래. 알았다."

군관의 위로에 은명은 의젓이 대답했다. 그러면서도 어쩔 수 없이 고개가 밖으로 향하는데 이번에는 뺨에 옅은 홍조가 오르며 두 눈을 반짝거렸다.

조금 전까지 기척조차 없더니 그사이 서율이 당도해 난이를 따라 이쪽으로 오고 있었다. 무슨 사정인지 듣지 못하였는지 난이의 재촉에 걸음을 떼면서도 앞쪽을 살폈다.

은명의 가슴이 거세게 요동쳤다. 그를 마주한 건 달포 전 현법사에서가 마지막이었다. 오랜만에 그를 보는 게 반가워 고개를 담장 밖으로 더 길게 빼냈다.

이번에는 그와 눈이 마주쳤다. 서율의 눈이 놀라움으로 커지는 게 보였다. 그는 은명이 살짝 눈인사를 건네는데도 반응하지 못했다. 얼마간 믿어지지 않는다는 표정으로 응시하다가 한달음에 다가왔다.

"대체……."

서율은 차마 화내지 못하고 감정을 억눌렀다. 공주를 반 시진도 넘게 밖에서 기다리게 했다는 점이 당혹스러운 듯하였고, 공주가 길에서 이러고 있는 모습에 경악스러워하는 듯도 하였다.

"놀라셨습니까?"

"여기까지 어인 걸음이시옵니까? 전할 말씀이 있었으면 아랫사람을 보내시는 것만으로도 충분했을 겁니다."

"긴히 여쭙고 싶은 게 있어 직접 걸음하였습니다. 여유가 있으신지요?"

"안으로 모시겠습니다."

"아니요. 여기가 좋습니다."

은명은 빠르게 사양했다. 티 나지 않게 숨을 살짝 들이마셨다. 여기까지 씩씩하게 오기는 왔는데 막상 그와 마주하니 설레는 동시에 약간의 주저함이 일었다.

높은 하늘 아래 선선하게 불어오는 바람, 그리고 그 바람을 함께 맞으며 서 있는 김서율. 익히 아는 모습이건만 오늘따라 유달리 그가 의식되었다. 상당히 큰 키와 넓은 어깨, 바람을 타고 전해지는 그만의 은근한 체취, 자신을 바라보는 저 정중한 눈빛까지도 신경이 쓰였다.

은명은 난이와 군관이 눈치껏 떨어져 있는 것을 확인하고 가벼운 질문부터 시작했다.

"많이 바쁘십니까?"

"한창 진행 중인 일이 있어 찾아뵙지 못하였습니다. 강론은 보름 안에 재개할 예정입니다."

"그러시군요."

궁금한 건 따로 있어 대꾸하는 말에 성의가 없었다. 답을 하고 나서야 그것을 느낀 은명은 너무했나 싶어 흘끔 눈치를 살폈다. 민망하게도 그가 빤히 내려다보고 있었다. 예전에는 눈조차 마주치려 하지 않더니 언제부터인가 그는 이렇게 똑바로 시선을 맞추며 무언의 압박을 하곤 했다.

오늘도 그의 눈길에서 재촉이 느껴졌다. 묻고자 하는 게 그것이 아님을 알고 있으니 빨리 본론에 들어가 보라고 독촉하는 인상이었다. 은명은 도톰한 입술을 오물거리다 에라 모르겠다 싶어 고개를 획 들었다. 정면으로 그를 마주 보며 도전적으로 물었다.

"이판 댁 여식이 중궁에 간택되었다는 소식을 들었습니다. 스승님께서는 심정이 어떠하신지요?"

"새로운 삶에 잘 동화하며 사시기를 바랄 뿐, 심정이 어떠하다 특별히 드릴 말씀은 없습니다."

별 희한한 소리를 다 듣겠다는 표정을 하면서도 서율은 확실하게 대답했다. 은명은 슬며시 안도하는 한편 섣불리 마음을 놓지도 않았다. 딱딱한 어조로 용의자를 심문하듯 빠르게 다음 질문을 쏟아냈다.

"일전에 그분과 스승님의 혼담이 오갔다는 이야기를 들었습니다."

"도성에는 원래 수많은 소문이 떠돌아다닙니다. 일일이 현혹되지 마시옵소서."

"하면 그분과는 어떤 관계였습니까?"

"딱히 어떤 관계는 아니었습니다. 다만 그분께서 본가에 들어와 있는 외사촌누이와 가까이 지내셨기에 저도 누이처럼 대해 오긴 하였습니다."

"정말입니까?"

"정말입니다."

사실상 추궁에 가까운 질문에 김서율은 막힘없는 즉답을 이어 갔다. 표정은 건조했고 목소리는 흔들림이 없었다. 왜 그런 사적인 질문을 하느냐고 기분 나빠하지도 않았다. 마치 티끌만큼의 오해도 사고 싶지 않다는 듯 대답하는 데 약간의 여지도 남기지 않았다.

의혹을 떨칠 만한 서율의 명쾌한 대답이 은명은 굉장히 만족스러웠다. 목에 걸려 있던 껄끄러운 무언가가 속으로 깔끔히 넘어간 느낌이다.

두 사람의 혼담 이야기를 처음 들었을 때 어쩌면 서율이 윤 규수를 마음에 담았을지도 모른다고 생각했다. 안 그런 척해 왔으나 한 번씩 그런 의심이 들 때마다 가슴이 답답했다. 그런데 뜬금없이 윤 규수가 비씨妃氏(왕비로 간택된 아가씨를 높여 이르던 말)로 입궁했다는 소식을 듣게 되었다. 어찌된 영문인지 그에게 꼭 물어보고 싶었는데 저토록 명료히 답해 주니 더 바랄 것이 없었다.

서율의 마음을 확인한 은명은 괜스레 맥박이 빨라졌다. 나비 떼가 일제히 속에서 날개를 파닥이듯 뱃속이 간질거렸다. 마침내 진짜로 묻고 싶은 것을 물을 수 있는 용기도 생겼다. 은명은 여전히 자신을 보고 있는 그를 똑똑히 바라보았다.

"그렇다면 이번에야말로 정말 드릴 말씀이 있습니다."

강론이 진행되지 않았던 지난 달포, 은명은 현법사에서의 일을 잊을 수가 없었다. 자신에게 몰아쳤던 감정과 그와 나누었던 대화들, 작달비가 내리치기 직전 서로에게 속절없이 빠져들었던 그 순간.

그래서 은명은 산속에서 깨달은 바 있었던 사실 하나를 오늘 그 앞에서 깨끗이 인정하기로 했다. 가문이나 원한, 자존심 같은 것과 상관없이 오직 그를 향한 이 마음 하나만을 부여잡고서.

"스승님께서 화경궁의 강론을 맡았다는 소식을 처음으로 접했을 때 화가 많이 났었습니다."

"그러셨을 것입니다."

"연유가 무엇인지 아십니까?"

"짐작은 하고 있습니다."

"그리움이 컸기 때문이었습니다."

"……."

"스승님을 뵈면 줏대 없이 흔들릴 것이고, 그런 모습은 죽어도 보여 드리고 싶지 않았습니다."

은명은 담백한 어조로 솔직히 고백했다. 겉으로 표가 날 만큼 서율이 굳어져도 개의치 않았다. 더는 망설이지도 주저하지도 않을 것이다. 그와 자신. 둘 중 하나가 다가가야 이 평행선이 좁혀질 수 있다면 그건 좌상을 아비로 둔 김서율이 아니라 달성부원군을 조부로 둔 자신이어야 한다고 판단했다.

"어린 시절, 오랫동안 부왕의 관심을 갈구한 적이 있습니다. 나를 돌아봐 주지 않으실까, 미행을 나와 화경궁으로 찾아와 주지 않으실까, 괜한 기대감에 설레곤 하였지요. 하지만 이제는 아닙니다. 세월은 흘렀고, 부정을 갈망하던 소녀의 기다림은 멈춘 지 오래입니다."

"자가, 그런 말씀은……."

"신기한 게 뭔지 아십니까?"

진심 앞에 부끄러움은 없었다. 은명은 최선을 다했다.

"모든 것을 잊게 하고 퇴색시키는 그 속절없는 세월 앞에 당신만은 늘 그대로였습니다. 언제나 그 자리에, 움직이지 않는 거대한 산처럼."

"……."

"현법사에서 말씀하셨습니다. 보령에서 그리 떠나셨던 이유는 제가 공주이기 때문이었다고. 만약 제가 공주가 아니었다면 어찌하셨을 겁니까? 정쟁, 가문의 이해관계, 신분, 지위, 과거, 그런 것을 전부 배제하고 생각하여 주십시오. 만약 부수적인 것을 제외한다면 제가 다가가도 괜찮은 겁니까? 스승님의 마음을 알고 싶습니다."

은명은 긴장감에 마른침을 넘기며 서율을 응시했다. 그는 속을 알 수 없는 표정을 하고 있었다. 뭔가를 참는 것 같기도, 혹은 망설이고 있는 것 같기도 하였다. 여하튼 한심해하는 눈초리는 아니어서 다행이다 싶었는데 그 잠깐의 순간 기습적으로 매정한 대답이 돌아왔다.

"못 들은 것으로 하겠습니다."

"……어째서요?"

은명은 멍해진 얼굴로 바보같이 반문했다.

"줏대 없는 모습을 보여 주고 싶지 않다 하셨습니다. 나중에 후회하지 마시고 소신 있게 행동하여 주십시오."

"살면서 후회를 남기지 않겠다, 산속에서 분명 말씀드렸습니다."

은명은 즉각 반박했다.

"마음이 시키는 대로만 따라가겠다, 그런 말씀도 드렸지요. 저는 지금 소신을 지키고자 하는 겁니다."

"공주 자가……."

서율이 곧장 받아치려고 하자 은명은 재빨리 다음 말을 가로챘다.

"불쑥 찾아와 이런 말씀을 드려 놀라신 거 압니다. 하지만 저에게는 이것이 결코 갑작스러운 일이 아님을 알아주십시오. 당장은 대답을 듣지 않겠습니다. 부디 충분히 숙고한 뒤 대답하여 주십시오. 오늘은 이만 가보겠습니다."

은명은 얼른 고개 숙여 예를 취했다. 그에 따라 맞절하면서도 물끄러미 이쪽을 바라보는 서율의 눈빛은 매우 심란했다. 그것을 보지 못한 척 은명은 서둘러 시선을 피해 자리를 떠났다.

처음부터 수월할 거라고 기대하지 않았다. 늘 공손하면서도 자신에게 한해서만 불시에 매몰차지는 그였다. 대놓고 면박 주며 야멸스레 거절해도 그러려니 했을 텐데 이 정도의 반응은 그나마 승산이 있었다.

은명은 급하게 도망치면서도 가슴 한편이 은근히 두근거렸다. 한시바삐 화경궁으로 돌아가 주책없이 뛰고 있는 이 가슴부터 진정시키고 싶었다.

세상사란 원래 한 치 앞도 모르는 법. 서둘러 화경궁으로 돌아가겠다던 은명의 마음은 눈앞에서 새로운 세상을 접하며 까마득히 멀어졌다. 사헌부를 떠나온 지 약 한 식경. 사람들이 구름같이 모였다가 흩어진다는 운종가의 입구를 코앞에 두고 은명은 절로 감탄사를 터트렸다.

조금 전, 고백의 후유증은 심각했다. 뛰는 가슴을 주체 못 해 덩까지 멈추게 했다. 속을 진정시키기 위해 밖으로 나와 호흡을 가다듬는데 길을 지나는 아낙들의 말소리가 관심을 끌었다.

"어물전에 가기 전에 의전衣廛부터 둘러볼까? 동수 어멈 얘기 들어 보니 이번에 제법 고운 저고리를 건진 모양이더라고."

은명은 여인들이 향하는 곳을 멀리 내다보았다. 그러고 보니 이 근처 어딘가 운종가가 있다고 들은 것도 같았다. 보령에서 서율과 처음 만났던 장소도 바로 저자의 한 귀퉁이. 비록 보령에 있는 저자와는 규모부터 다를 것이나 그때의 그 감정을 다시 한 번 느껴 보고 싶었다.

슬쩍 돌아보니 난이와 군관은 멀리서 울리는 사당패의 놀이에 정신이 팔렸다. 어차피 말해 봤자 아니 된다며 못 가게 할 것은 자명한 일. 저들이 눈치채기 전 운종가 입구라도 잠깐 구경하고 싶어 은명은 슬그머니 뒷걸음질하였다.

그때까지만 해도 입구에서 분위기만 살피고 돌아가려고 했는데 도착하고 보니 호기심은 걷잡을 수 없이 번졌다. 끝도 보이지 않을 만큼 길고 넓게 뻗은 거리와 입이 다물어지지 않을 정도로 어마어마한 인파. 난생처음 보는 광경에 흥분한 은명은 장옷을 단단히 여미고 앞으로 나아갔다. 하지만 돌연,

"비켜!"

귀청이 찢길 듯한 말 울음소리가 나면서 누군가의 위협적인 목소리가 공중을 울렸다. 반사적으로 고개를 돌려보니 불과 몇 걸음 앞, 길 한복판에서 태연하게 무언가를 줍고 있는 한 사내가 보였다. 그는 집채만 한 말이 자신을 향해 무시무시한 속도로 돌진해 오는 줄도 모르고 땅에 떨어진 물건만 바라보고 있었다.

심장이 얼어붙은 은명은 앞뒤 재지 않고 그대로 사내에게 몸을 날렸다. 생각 같은 건 하지 않았다. 그저 사람을 살려야 한다는 본능만이 은명을 움직이게 하였다. 말은 아슬아슬, 인명사고를 피해 엄청난 속도로 그곳을 지나쳤고, 흙바닥에 쓰러진 은명은 충돌의 여파로 눈을 꼭 감았다.

머릿속이 아득하니 깊은 적막에 휩싸였다. 의식이 끝을 알 수 없는 저 밑바닥까지 내려갔다가 눈 깜짝할 새 수면 위로 솟구쳐 다시금 세상의 소리가 왁자지껄 들려왔다. 서서히 정신을 차린 은명은 자신이 따뜻하고 단단한 무언가를 꽉 끌어안고 있음을 인지했다.

뭐지?

이상한 기분에 슬며시 눈을 떠보니 품 안에서 얼굴이 벌겋게 달아오른 한 사내가 숨이 넘어갈 듯 놀란 눈을 하고 있었다.

"앗!"

벌건 대낮에 땅바닥에 누워 외간 남자를 가슴에 끌어안고 있었다는 게 믿어지지 않았다. 소스라치게 놀란 은명이 몸을 발

딱 일으키자 먼저 일어난 사내는 괜찮으냐 말도 없이 호통부터 내질렀다.

"정신이 있소, 없소? 거기가 어디라고 뛰어드는 것이오!"

매끈한 전립에 흑색과 검푸른 빛이 도는 관복이라. 사내는 한성부의 관리가 틀림없었다. 서율만큼 키가 크고 호걸의 풍모를 지녔지만 하는 짓은 어째 괘씸하기만 했다. 죽을 뻔한 사람을 살려 놓았더니 다짜고짜 고함부터 치다니. 기분이 상하는 걸 애써 누르며 은명은 최대한 예의를 갖춰 답했다.

"정신은 말짱합니다. 그러니 그대를 무사히 구할 수 있었지요."

"지금 낭자가 나를 구해 주었다는 것이오?"

"하면 아닌가요?"

은명은 눈을 동그랗게 뜨고 되물었다. 사내는 발끈하여 받아쳤다.

"보면 모르겠소? 나는 저 노파가 떨어트린 짐을 줍는 중이었고, 맞은편에서 말이 오는 것도 알고 있었소. 바로 몸을 피하려던 순간, 낭자가 나를 덮쳐 흙바닥에 구르게 한 것이오. 대체 어딜 봐서 내가 구해 줘야 할 사람처럼 보였단 말이오?"

사내는 거의 숨도 쉬지 않고 몰아붙였다. 심히 삐딱한 눈초리로 은명이 입고 있는 삼회장저고리와 풍성한 연보랏빛 치마도 훑어보았다. 못마땅한 시선은 차림새를 쭉 살피다 청보석과 백옥, 진주가 조화를 이룬 머리의 진귀한 장신구에서 끝을 맺었다.

"보아하니 대가 댁 규수 같은데 어찌하여 장옷도 쓰지 않고 혼자서 시전으로 향한단 말이오?"

"시전을 구경하러 갈 것인데 장옷을 덮어쓰면 시야가 좁아져 불편하지 않겠습니까."

"뭐요?"

은명은 사내의 말 한마디 한마디가 밉살스러웠다. 당연히 대답도 곱게 나갈 리 없었다. 당돌하고 뻔뻔스러운 대답에 사내는 얼굴을 험악하게 찌푸렸다. 단순하고 무식하게 펄쩍 뛸 듯싶더니 무슨 생각이 들었는지 용케도 욱하는 기운을 다스렸다.

웬일인가 싶어 사내를 살피면 그는 성질머리를 다스린 대신 노골적인 선입견을 두르고 은명을 보고 있었다. 자세히는 몰라도 굉장히 한심스러운 눈빛을 하고 있는 것으로 보아 한자리 하는 집안의 철없는 규수쯤으로 여기는 것 같았다. 더는 말도 섞기 싫다는 말투로 악담에 가까운 대답도 내놓았다.

"본인의 편의를 위해서라면 법도 같은 건 아무래도 상관없다? 좋소. 그건 알아서 하시고, 대신 나중에 화를 입고 후회나 하지 마시오. 무슨 일을 당하든 본인이 자초한 것이니."

"밝은 대낮에 인파로 뒤덮인 시전에서 무고한 백성이 화를 입는다니요? 도성의 질서가 그리도 어지럽습니까? 하면 그는 어느 개인의 잘못이 아닐 겁니다. 도성의 치안을 관할하는 한성부의 관리가 게으른 탓이지요."

은명도 지지 않았다. 아무것도 모르는 척 무구한 얼굴로 조곤조곤, 한성부의 관리로 보이는 사내를 에둘러 비난했다. 사내가 아연한 빛을 띠자 뒤에서 지켜보던, 그의 수하로 보이는 참군이 발끈하여 나섰다.

"말씀이 지나치십니다. 한성부를 모욕하다니!"

"나서지 마라."

사내는 참군을 제지하고 은명을 주시했다.

"이보시오, 낭자."

"기분이 상하셨다면 용서하십시오."

저쪽에서 싸늘하게 쏘아붙일 기세를 보이자 은명은 냉큼 사과부터 건넸다.

허를 찔린 사내는 화낼 기회를 잃고 허무하게 입을 다물었다. 돌려주고 싶은 말은 많은데 그걸 못 하게 되었으니 얼마나 약이 오를지 상상이 되고도 남음이었다. 실제로도 그는 화기를 다스리느라 낯빛이 발갛게 변했다. 그것을 가까이서 생생히 지켜본 은명은 속이 시원하면서도 약간은 뜨끔했다.

사실 처음부터 이럴 작정은 아니었다. 무턱대고 타박만 하는 그가 얄미워 말대꾸를 하다 보니 신경전이 길어졌다. 이제 뒤틀린 속도 조금 풀렸겠다, 계속 지체할 시간도 없어 은명은 이쯤에서 심술을 멈추고 원만한 갈무리에 들어갔다.

"나리와 한성부를 모욕할 의도는 일호도 없었습니다. 장옷이 엉망이 된 게 속상해 저도 모르게 날카로워졌는데, 생각해 보니 세답을 하면 끝날 일을 제가 옹졸하였습니다."

은명은 몇 걸음 옮겨 흙바닥에서 넝마가 되어 뒹굴고 있는 장옷을 보란 듯이 주워 올렸다. 동시에 사내가 움찔하였다.

"그게 낭자의 것이었소?"

"예. 이런 비단쪼가리보다 인명이 더 중하다는 소신으로 뛰어들었으나 오판하였습니다. 쓸데없이 끼어들어 나랏일 하시는 나리를 흙바닥에 구르게 하였으니……. 게다가 제 잘못은 생각 않고 괜찮으냔 말도 없이 호통부터 치시는 게 심통이 나 실언까지 하였습니다."

은명은 장옷에 묻은 흙먼지를 툭툭 털어내며 사죄인지 질책인지, 그 경계가 모호한 소리를 태연하게 쏟아냈다. 사내는 괜한 헛기침을 하였다. 은근한 핀잔에 딱히 반박하지 못하고 머쓱해하는 양이 잘 살피지도 않고 성급하게 말부터 내지른 걸 본인도 아는 모양이었다. 대충 정리를 끝낸 은명은 마지막으로 그에게 다시 한 번 정중히 사과했다.

"여러모로 폐를 끼쳐 송구하였습니다. 그럼 저는 이만."

사내는 얼굴 가득 찜찜함을 담고 있었다. 그것이 무엇 때문이든 은명이 상관할 바 아니었다. 입구에서 구경이라도 하고 가려면 서둘러야 했다. 은명은 멈췄던 길을 빠르게 나아가는데 뒤에서 사내의 우렁찬 목소리가 발목을 잡았다.

"잠깐! 기다리시오!"

솔직히 못 들은 척 그냥 가버리고 싶었다. 하지만 그런다고 포기할 사내가 아닌 것 같아 은명은 공손히 돌아보는 쪽을 택했다. 사내는 넓은 보폭으로 순식간에 다가왔다.

"같이 갑시다. 어쨌든 나 때문에 그리되었으니 장옷은 내가 새것으로 하나 장만해 주겠소."

"괜찮습니다."

"거 얼룩이 지워질 것 같지도 않고, 아까는 별 도움은 안 됐으나 수고하였소. 나는 빚지고는 못 사는 사람이오. 과정과 결과가 어찌 꼬였든 낭자의 장옷은 내가 꼭 하나 마련해 주어야겠소."

사내는 기필코 장옷을 새로 사 주고야 말겠다는 막중한 책임감을 불태웠다. 마지막에 께름칙한 기색을 비쳤던 게 더러워진 이 장옷 때문인 듯하였다. 진실로 그럴 필요는 없는데 말이다. 은명은 적당한 핑계를 둘러댔다.

"나리의 빚은 혹시 모를 나중을 위해 아껴 두겠습니다."

그냥 바쁘다는 소리였다.

"뭐요?"

그 속뜻을 알아듣지 못한 사내는 어이없어하며 실소를 지었다.

"언제 다시 만날지도 모르는데 그걸 아껴 무에 쓴단 말이오? 이대로 영영 다시는 나를 못 보게 되는 수도 있소."

"그것 또한 나리의 복이십니다. 하지만 앞으로의 일은 모르는 법, 그때 가서 뵙게 되면 모르는 척이나 하지 마십시오."

기왕지사 이렇게 된 거 혹시 모를 일이었다. 훗날 한성부의 관리로 보이는 저자의 도움을 받게 될 날이 올지도. 은명은 절반쯤 진심을 섞어 답했다. 반면 사내는 어떻게든 이 자리서 찜찜함을 떨쳐내고 싶어 하는데 다행히도 적시에 구원자가 나타났다.

"아가씨!"

저 멀리서 사색이 된 난이와 군관이 허겁지겁 달려왔다. 답답하다며 덩을 멈추게 하고는 그들이 깜박 해이해진 사이 공주가 온데간데없이 자취를 감추었으니 둘 다 사색이 되었다. 난이는 두 눈에 눈물까지 방울방울 매달고 있었다.

"고…… 아니, 아가씨, 그렇게 갑자기 사라지시면 어찌합니까! 소인은 너무 놀라 가슴이 터질 것만 같습니다."

"미안하다. 내 금방 돌아가려고 했는데."

아렴풋한 감정 하나를 붙잡고 멋대로 움직이긴 했지만, 공주에게 사고가 생기면 그 책임은 고스란히 저들의 몫이 된다. 개인적인 호기심을 누르지 못해 아랫사람들을 괴롭힌 것 같아 은명은 양심의 가책을 느꼈다.

"이제 그만 돌아가시어요. 아가씨께서 다치기라도 하시면 소인은 죽음을 면치 못할 것입니다."

"그래도 이리 나왔는데 어찌 그냥 돌아간단 말이냐. 차라리 잘되었다. 저 앞이 운종가라 하니 이참에 같이 가서 구경이나 하자꾸나. 볼 것도 많고 신기한 것도 많다 들었다."

"참말로 왜 이러십니까!"

"걱정하지 말거라. 내 다시는 너와 떨어지지 않을 것이다."

울상을 짓고 있는 난이의 손을 잡아 주면서도 은명은 고집을 꺾지 않았다. 미안한 건 미안한 것이고, 하고 싶은 건 하고 싶은 거였다. 여기까지 왔는데 어떻게 그냥 돌아간단 말인가. 은명은 어떡하든 두 사람을 구슬려 운종가를 돌아보려 하는데 중간에 끼어드는 사람이 있었다.

"도성에 사는 분이 아니었소? 뭐가 그리 신기하시오?"

옆에서 대화를 듣고 있던 사내가 난이와의 대화를 의아하게 여기며 대뜸 캐물은 것이다. 갑작스러운 질문에 말문이 막힌 은명은 자연스레 마지막 피접 장소를 떠올렸다.

"저는 강릉에서 왔습니다."

"강릉?"

"시각이 지체되어 이만 가보아야 합니다. 오늘 나리께 실례가 많았습니다."

사내가 다른 궁금증을 드러내기 전 은명은 얼른 인사를 건넸다. 훌쩍이는 난이를 수습해 속히 걸음을 떼는데 멀뚱히 지켜보던 사내가 마지막 당부를 잊지 않았다.

"나는 한성부 판관, 송가 익정이라 하오. 돌려받지 못한 빚이 아까워지거든 언제든 관청으로 찾아오시오."

절대로 일어나지 않을 일이었다. 은명은 이번에야말로 못 들은 척, 한 번 돌아보지 않고 잽싸게 그곳을 떠나갔다.

(2권에서 계속)